警視庁ＳＭ班Ⅲ

スリーパー

富樫倫太郎

角川文庫
23090

目次

プロローグ

平成二二年（二〇一〇）四月二七日（火曜日）

恵比寿《えびす》。早朝。

甘粕龍一《あまかすりゅういち》が、派手な顔立ちのキャバ嬢の肩に手を回し、何か冗談でも言って、キャバ嬢を笑わせながら雑居ビルの入り口から出てくる。

「もう龍ちゃんたら。本気にしちゃうじゃない」

キャバ嬢が男の胸を軽く叩《たた》く。

「本気だって。おれの女になれよ。月に一〇〇万渡すぜ。いずれ店を持たせてやる。だから、一緒に来いよ。おれの部屋に」

龍一はかなり酔っているらしく、顔が真っ赤である。

二人の後ろから、同じ年頃の若い男が出てくる。龍一と違って、まったく酔った様子はない。目付きが鋭く、油断なく周囲を見回している。龍一の護衛役、町村正次《まちむらしょうじ》だ。

ビルの前には高級外車が横付けされている。

龍一が出てくると、運転席から男が降りてくる。末長友彦《すえながともひこ》だ。龍一の護衛役と運転手を兼ねている。

「さあ、どうする？　行くだろうな」

龍一が女の耳許《みみもと》に顔を寄せたとき、

「ナオミ！」

という怒鳴り声が聞こえた。

声のした方に女が顔を向ける。女が、きゃーっと悲鳴を上げる。道路の反対側、三〇メートルほど離れたところに黒いランドクルーザーが停まっており、その助手席から体格のいい男が現れる。石原紫苑《いしはらしおん》だ。

ナオミの顔色が変わる。

「し、しおん君……」

今にも膝《ひざ》から崩れ落ちそうにぶるぶる震える。

「龍一、てめえ、人の女に手を出しやがって。ただじゃ済まさないからな」

ランドクルーザーから更に三人の男たちが降りてくる。三人とも腕っ節が強そうだ。古田《ふるた》裕司《ゆうじ》、駒形啓太《こまがたけいた》、八代俊夫《やしろとしお》の三人だ。

彼らは石原紫苑の護衛役である。いずれも凶悪な顔つきをしているが、特に八代俊夫は左半面に痣《あざ》があり、しかも、スキンヘッドなので、かなりの強面《こわもて》である。

四人の姿を見ても、龍一はへらへら笑っている。酔っ払いすぎて、何が起こっているのかよく理解できていないらしい。

しかし、町村正次は、そうではない。この状態では、とても相手の四人には歯が立たないと瞬時に判断した。万が一、龍一が怪我をさせられたり、拉致《らち》されたりしたら、自分もただでは済まないとわかっている。護衛役としての責任を取らされることになる。

逃げるしかない、と判断すると、ナオミを突き飛ばして龍一を後部座席に押し込む。

「車を出せ」

と、末長友彦に言いながら、自分も後部座席に乗り込む。

ナオミを乗せなかったのは、同乗させれば、相手がしつこく追ってくると思ったからだ。ナオミを奪い返したことで諦《あきら》めてくれれば、ラッキーである。

しかし、そうは、ならなかった。

末長友彦が車を出すと、紫苑たち四人もすぐさまランドクルーザーに乗り込んで、龍一の車を追い始めた。道路に坐《すわ》り込んでいるナオミには見向きもしない。

末長友彦は黄色の信号で交差点に突っ込み、駒沢《こまざわ》通りに入る。

(これで振り切れないか)

そう期待しつつ、町村正次は後ろを見る。

ランドクルーザーは赤信号を無視して、クラクションを盛大に鳴らす。青信号で走り出している他の車を停止させ、猛スピードで追ってくる。

「くそっ、紫苑の奴、かなり頭に血が上ってるな」

「どうしますか？」

「何とか、振り切れ。もっとスピードを出せ」

「でも、警察が……」

「馬鹿野郎。あいつらに捕まるくらいなら警察に捕まる方がましなんだよ」

「はい」

末長友彦はアクセルを踏み込む。性能のいい車は反応が早い。ランドクルーザーを一気に引き離す。

町村正次は、厳しい顔つきで後方を窺《うかが》う。どうすればランドクルーザーから逃げ切ることができるかと思案しているのだ。

その傍らで、龍一は、のんきにいびきをかいている。

第一部　山田太郎

一

四月二七日（火曜日）

マンションから、犬を連れた若者が出てくる。

山田《やまだ》太《た》郎《ろう》だ。

茶髪で、白いシャツにジーンズ、スニーカーという格好だ。童顔なので、かなり若く見える。大学生くらいに見えるが、実際には、もっと年上なのかもしれない。

犬は、雄のパグ犬だ。

ペットショップで買った犬ではない。もらったわけでもない。一年前、偶然、拾ったのだ。

その一年前……。

夜道を帰宅しているとき、公園から心細そうな鳴き声が聞こえた。公園を覗《のぞ》くと、犬がいた。近くに飼い主がいるのかと思ったが、あたりに人影はなかった。

犬は、太郎のそばに寄ってきた。片足を引きずっていた。しゃがみ込むと、太郎の膝に前足を載せ、太郎の顔を嘗《な》めようとした。右の後ろ足が不自然に曲がっていた。出血もしているし、怪我をしたばかりのようだった。かわいそうだと思ったが、そのうち飼い主が戻ってくるだろうと考え、太郎は立ち去ろうとした。すると、犬がくんくんと鼻を鳴らしながらついてきた。

　よく見ると、犬には首輪がついていなかった。

　もちろん、リードもない。

　雑種でもなさそうなのに、どういうことだろうと気になったが、犬のことなど何もわからないので、やはり、立ち去ることにした。小走りに公園を出て、マンションに帰ろうとする。背後で鳴き声が聞こえた。振り返ると、犬が足を引きずって、太郎についてこようとしている。しかし、うまく歩くことができず、よたよたしている。こんなところに放置したら、車に轢《ひ》かれるかもしれないと心配になった。

犬の許《もと》に戻り、手を差し伸ばすと、犬が太郎に飛びつこうとする。

が、転んでしまう。

　太郎は犬を抱き上げてやった。

駅の方に戻り、交番に入った。怪我をした犬を見付けたが、どうしたらいいでしょうか、と中年の巡査に訊《き》いた。迷い犬を交番で預かることはできないし、首輪がないのなら捨て犬か野良犬だろうから、交番ではなく、動物愛護センターか保健所に連れて行くべきではないか、と素っ気ない対応をされた。

しかし、どっちももう閉まっているじゃないですか、朝までどうすればいいんですか、と質問すると、その犬を見付けたところに戻したらどうですかね、朝になって通報すれば引き取りに来てくれますよ、と熱意のない返事である。犬のことを心配しているほど暇ではないのだ、と言いたそうな冷たい態度だ。

じゃあ、そうします、と犬を抱いて交番を出た。本当に公園に戻すつもりだったが、その犬は太郎に抱かれて、すっかり安心した様子で、今にも眠り込んでしまいそうだ。その顔を見ていると、あまり邪険にはできない気がしてくる。巡査の冷たい対応に憤りを感じたばかりだったので、何となく、その犬を守ってやりたい気持ちにもなった。

ふと見上げると、動物クリニックの看板が目に入った。まだ明かりがついていた。公園に戻すにしても、怪我の治療をしてからにしようと考え、クリニックに入った。四〇歳くらいの医者がいて、今日はもう終わりましたと言ったが、犬を見ると、怪我をしたんですかと訊いてきた。事情を話すと、診察してもいいですが、診察代はあなたが負担してくれるんでしょうか、場合によっては、かなり高額になるかもしれませんが、それでもいいんですかと訊かれた。

はい、負担します、大丈夫です……深く考えることもなく、太郎はうなずいた。

　診察してもらうと、犬は右後ろ足を骨折していた。たぶん、車にぶつかったのでしょう、命が助かってよかったですね、と医者は言った。なぜ、首輪をしてないのでしょうか、と太郎が質問すると、飼い主に捨てられたのかもしれません、と医師が答えた。自分の犬を捨てたりするんですか、と驚くと、最近は珍しくもありませんよ、病気になったから、高齢になったから、引っ越すことになったから、鳴き声がうるさいから……そんな理由で、犬を処分してくれと保健所に持ち込む飼い主だっていますからね、と言った。

　この犬をどうしたらいいでしょうか、と太郎が訊くと、ビラを作ったりして飼い主を探すという手もありますが、首輪がないのでは、飼い主が名乗り出る可能性は低いでしょう、そうなると、新しい飼い主を見付けるしかないでしょうね、と言った。

　新しい飼い主を見付けることはできますかと訊くと、それも難しいでしょう、こんな怪我をしているし、これからも治療費がかかりますからね、検査をしてみないとわかりませんが、心臓とか腎臓《じんぞう》とか、他にも悪いところがあるかもしれません、そもそも、人気があるのは子犬で、大きくなった犬を飼おうとする人なんかいませんよ、この犬は、たぶん、七歳か八歳くらいだろうから、と答えた。

　他に手段はないでしょうかと訊くと、ご自分で飼うという手もあるじゃないですかと言った。

　とりあえず、その夜は、病院に犬を預けて帰ることにした。医師が、保証金が必要です、それに今日の治療費も払ってもらわないと困りますと言うので、太郎はポケットから無造作に金を取り出して医師に渡した。医者が驚いたのは、一万円札が一六枚あったからだ。

どうせ大して金なんか持っていないのだろうな、と医者は思っていたのだ。恐らく、治療費に怖れをなして逃げ出すのだろう、今夜の治療費を払ってもらうこともできず、ただ働きになるのだろう、それも仕方あるまい……そんなことを考えていたので、いきなり、大金を差し出されて驚いた。

足りなければ、明日《あした》、また持ってきます、と太郎が言うと、いや、これだけあれば治療できますし、何日か預かることもできます、と医者が言った。

じゃあ、お願いします、明日また様子を見に来ますので……ぺこりと頭を下げて太郎は帰った。

太郎は律儀に毎日病院にやって来た。

犬は元気を取り戻したものの、治療費は膨らんだ。最初に渡した一六万円では足りなくなり、更に一二万円出さなければならなかった。医者が申し訳なさそうに金額を口にすると、ああ、そうですか、と太郎はポケットから金を取り出した。前回と同じように無造作な仕草だった。まるで、金なんかどうでもいい、たかが紙切れじゃないか、というように見えた。

治療費が増えたのは、犬は足を骨折しているだけでなく、精密検査をすると、心臓にも悪いところが見付かり、投薬が必要だと判断されたからだ。糞《ふん》を調べると、虫も湧いていないし、変なものを食べた痕跡《こんせき》もなかった。ただ、糞の量は少なく、二日か三日くらい、ろくに食べていないだろうと推測された。

やはり、飼い主に捨てられたのでしょう、と医者は言った。

なぜ、捨てるんですか、自分の犬なのに……以前も口にした疑問を太郎は繰り返した。

この子は心臓が悪いから、定期的に診察を受け、薬を飲み続けなければなりません、ペット保険に入っていなければ全額自己負担になりますが、少なくとも、年に三〇万くらいかかるでしょう、もっとかかるかもしれない、それが嫌だったのかもしれませんね、と医者は言った。

三〇万ですか、たった、それだけの金を惜しんで自分の犬を捨てるんですか、と太郎は信じられないという顔をした。

で、どうしますか、この犬を？　もう連れ帰ってもいいんですが。じゃあ、ぼくが引き取ります、それで問題ないでしょうか。ええ、それが一番いいと思いますよ、名前もつけなければなりませんね、何か考えてますか。そうですね、次郎《じろう》にします。次郎ですか。はい、ぼくが太郎なので、この子は次郎でいいと思います。

それが一年前のことである。

以来、太郎と次郎は一緒に暮らしている。

定期的に病院に通って、診察を受け、薬をもらっている。医者が言ったように病院代は馬鹿にならない金額になった。一度病院に行くと、六万円くらい請求された。ペット保険に加入していないから、全額自己負担である。

太郎は、いつも黙って金を払った。

朝と夕方、よほどひどい雨でない限り、太郎は次郎を連れて散歩に出かける。規則正しい日課である。

エントランスを出て、太郎と次郎が歩き始めると、植え込みの陰から、

「ぱっ」

と女の子が飛び出してくる。

「おはよう、愛里沙《ありさ》ちゃん」

「おはよう、太郎ちゃん、それに次郎君」

「何で、おれが『ちゃん』で、こいつが『君』なの？」

「だって、逆だったら、おかしいでしょう？」

「おかしいかな」

「うん、おかしいよ」

愛里沙がくすくす笑う。

太郎は愛里沙の正確な年齢を知らないが、学校に通う姿を見たことがないから、五、

六歳だろうと思っている。小学校に通う年齢でないのなら、幼稚園や保育園に行くのではないか、という発想は太郎にはない。太郎自身、学校教育をまともに受けていないからだ。幼稚園にも保育園も通わなかったし、小学校や中学校にも普通には通わなかった。

「ママは？」

「寝てる。どうして、いつも同じ質問をするのよ？」

愛里沙がぷっと膨れる。

「さあ、何でだろう……」

太郎が小首を傾げる。自分の質問の何がおかしいのかわからないという顔だ。いつも同じ質問をするのは、他に何を訊《き》けばいいかわからないというだけの理由に過ぎない。

愛里沙は太郎と同じマンションに母親と二人で暮らしている。母親は、それが本名かどうか太郎にはわからないが、石沢樹里《いしざわじゅり》亜《あ》と名乗っている。ハーフのような顔立ちで、愛里沙のような大きな子供がいるようには見えない。クラブでホステスをしているらしく、いつも深夜にタクシーで帰宅する。

半年ほど前、太郎と次郎が夕方の散歩から帰ってきたとき、たまたま、樹里亜と愛里沙の母子とエレベーターで一緒になった。

何気なく、愛里沙が差し出した指を、次郎がぺろりと嘗《な》めた。

たった、それだけのことで愛里沙は次郎に夢中になり、エレベーターを降りるまでに、太郎と次郎が朝と夕方、何時頃に散歩しているのかを探り出した。

翌日、太郎と次郎が散歩に出かけようとすると、植え込みの陰に愛里沙がしゃがみ込んでいた。太郎を見上げて、にっこり笑うと、

「一緒に行っていいかな？」

と訊いた。

「ママはいいと言ったの？」

「うん」

愛里沙は、うさぎのポーチと水筒をたすき掛けにしている。ポーチからメモを取り出して、太郎に渡した。そのメモには、「ご迷惑でなければ一緒に散歩させてやって下さい」と書かれていた。

そのメモをポケットに入れると、

「いいよ、行こうか」

「うん」

それ以来、週に何度か、玄関前で愛里沙は太郎と次郎を待ち構えるようになった。散歩する道筋は、きちんと決めているわけではなく、行き当たりばったりである。大体、一時間くらいの散歩だ。散歩の最後には、マンションの近くにある公園に寄って休憩する。次郎を見付けた公園だ。その公園で、愛里沙は水筒のお茶を飲んだり、ポーチに入れたお菓子を食べたりする。ブランコに乗ったり、滑り台で遊んだりもする。次郎と一緒になって、砂遊びもする。その様子を、太郎はベンチに坐《すわ》って眺めている。早朝

なので、他の子供たちの姿はない。

「あ、水筒が空っぽ。ママ、忘れたんだ」

お茶を飲もうとして、愛里沙が悲鳴を上げる。

樹里亜は帰宅時間が遅くなると、散歩に出かける準備をするのを忘れて寝てしまうことがたまにあるのだ。

「やっぱり……」

愛里沙が泣きそうな顔になる。ポーチにもお菓子が入っていない。

「コンビニに買いに行こう」

太郎がベンチから腰を上げる。

「いいの？」

「いいよ」

「ジュースとチョコだよ」

「うん」

「やった」

愛里沙が喜びの声を発する。樹里亜は水筒にはお茶しか入れないし、ポーチのおやつは無糖のビスケットと決まっている。幼い子供が大喜びで食べるものではないであろう。

しかし、太郎とコンビニに行けば、うるさいことなど何も言わず、太郎は愛里沙が好きなものを買ってくれる。だから、嬉《うれ》しいのだ。

公園を出て、近くのコンビニに向かう。

「ここで待ってて」

「ジュースとチョコだからね」

「わかってるよ」

太郎が微笑む。愛里沙が好きなものは承知しているのだ。

店先に愛里沙と次郎を残し、太郎が店に入る。

何を買うか迷う必要はないから楽だ。ジュースとチョコを選んでレジに行く。他に客はいない。眠そうな顔をした若い店員が対応する。

支払いをしながら、太郎が外に顔を向ける。次郎が走っている。うっかり愛里沙がリードを離してしまったらしい。愛里沙が慌てて後を追う。

よくあることだから、太郎も心配しない。

しかし、次郎が車道に飛び出しそうになり、それを愛里沙が足を止めずに追いかけようとするのを見て、太郎は商品を受け取りもせず、店の外に走り出す。それほど車通りは多くないし、スピードを出して走る車もほとんどないことはわかっているから、恐らく、何事もないであろうが、それでも、車道に飛び出すのは危ない。入り口のドアを押し開け、店先の駐車場に走り出る。そのまま、車道に向かって走る。

「次郎、ストップ！　愛里沙ちゃん、行くな、そこで止まるんだ」

太郎が大声を発する。これは、かなり珍しいことだ。滅多に大声など出さないし、興奮することもない。心拍数すら滅多に上がらないのだ。

つまり、どんなときでも冷静さを保つことができるということである。その太郎が慌てた。危険を察知した。車のエンジン音の響きが近付いてくるのが聞こえたからだ。視線を右に向ける。高級外車が猛スピードで走ってくる。その直後には、大型のランドクルーザーが続いている。どちらも、ものすごいスピードを出している。朝っぱらから公道でカーチェイスでもしているかのようだ。その二台の車がどんどん近付いてくる。こんなことは初めてだ。

「……」

太郎は、次郎が車道に飛び出すのを見た。それを愛里沙が追うのも見た。次郎と愛里沙が動く速さを計算した。同時に二台の車のスピードも目測した。その二台が次郎と愛里沙のいる場所に到達するのと、愛里沙が次郎を抱き上げて公道から出るのと、どちらが早いか……難しい計算は必要なかった。

次郎と愛里沙は、もう逃げようがない。

太郎も間に合わない。

高級外車のバンパーが次郎と愛里沙を撥《は》ね上げる。

ふたつの体が空中に舞い上がる。落下してきたところに、今度は、ランドクルーザーがまたもや次郎と愛里沙に衝突する。ふたつの体は、恐らく、二〇メートルは投げ出されたであろう。凄《すさ》まじい衝撃である。

「……」

太郎は、その場に佇《たたず》んで、じっと目を凝らして二台の車の動きを追う。動転はしていない。依然として冷静さを保っている。

瞬《まばた》きもせず、走り去る車を追い、ランドクルーザーのナンバーを記憶に焼き付ける。運転席にも助手席にも大柄な男が坐っている。座高の高さから、どちらも身長が優に一八〇センチ以上はあるだろうと推測する。顔は見えなかった。

後部座席の左側には、スキンヘッドの大柄な男が乗っている。顔に大きな痣《あざ》がある。窓を開け、車の外を覗《のぞ》いていたから、そこまで判別できた。この男も大きい。一九〇センチくらいはありそうだ。その隣に坐っている男も、スキンヘッドと同じくらいの座高だから、かなりの大男である。ランドクルーザーに乗っている四人は、いずれもかなり大柄な男たちばかりということになる。車種もナンバープレートもしっかり脳裏に焼き付けた。

前を走っていた高級外車の方は、どんな連中が乗っていたのか、はっきりしなかった。三人乗っていることだけはわかった。車種はわかったが、ナンバープレートを読み取ることはできなかった。

二台の車が遠くに走り去って見えなくなると、太郎は、ようやく瞬きをする。

背後で悲鳴が上がる。

コンビニの店員が外に出てきて、悲鳴を上げたのである。控え室にいた店員も出てきて、二人で大騒ぎしている。大変だ、すごい血が出てる、すぐに救急車だ、警察だ……そんなことを言っている。

しかし、太郎は、まったく動かない。

もう愛里沙も次郎も生きてはいない。死んでしまったとわかっているから、じたばた騒がない。死んだものを生き返らせることはできないからだ。

二

四月二九日（木曜日）

新宿《しんじゅく》の雑踏を太郎が歩いている。

身長が一七六センチ、体重は五八キロという中肉中背で、童顔という以外に、これといった特徴のない平凡な顔立ちだ。服装も地味で、どこにでもいそうな若者に過ぎない。だから、雑踏にいると、周りの人々に埋もれてしまう。

一昨日《おととい》の早朝、次郎と愛里沙は二台の車に轢《ひ》き逃げされた。現場に救急車が到着したとき、ふたつの心臓は止まっていた。

救急車が運んでいったのは愛里沙だけで、救急隊員は次郎には見向きもしなかった。一緒に救急車に乗るように促されたが、太郎は断った。もう愛里沙は死んでいる。自分ができることは何もない。愛里沙を気遣う者は他にもいるだろうが、次郎を気にかける者はいない。自分だけだ。だから、次郎のそばを離れるわけにはいかない。

太郎は、愛里沙の名前と住んでいるマンションを告げると、次郎を抱き上げて現場から立ち去った。

部屋に戻ると、風呂場《ふろば》で次郎を洗ってやった。全身が血と泥にまみれていた。何ヵ所も骨が折れていた。体を丁寧に洗い、ドライヤーで体を乾かしているとき、玄関のチャイムが鳴った。何度も鳴ったが無視していると、ドアをどんどんと叩《たた》いて、ねえ、いないの、どういうことなの、愛里沙に何があったの、という樹里亜の叫び声が聞こえた。無視していると、やがて、静かになった。

次郎をバスタオルで包み、リビングのソファに寝かせる。その横に坐《すわ》り込み、太郎は考え事をする。何も食べず、何も飲まず、時間だけが過ぎていく。

やがて、窓から西日が差してくる。

ようやく太郎がソファから腰を上げる。思案がまとまったのだ。半日も坐り込んでいたことになる。

太郎はパソコンを起動し、陸運局のデータベースをハッキングする。一部の中央官庁を除けば、役所のデータベースをハッキングするのは、さして難しいことではない。データをネット上に流出させたり、データを改竄《かいざん》したり、といった悪質な行為をすれば騒ぎになるだろうが、データベース内にある資料を盗み見るだけであれば、何も問題は起こらない。そもそも侵入したことすら気付かれないであろう。

ハッキングしたのは、ランドクルーザーの持ち主を調べるためだ。

個人の所有ではなく、ある会社が所有していた。

次に、その会社について調べた。正規の手続きを踏んで登記簿を手に入れることもできるが、時間が惜しかったので、法務局のデータベースをハッキングした。その会社は新宿に本社を置く商事会社だった。石原道寸《どうすん》という代表取締役の名前を見て、それが税金対策のために設立されたペーパーカンパニーだと太郎にはわかった。会ったこともないし、直《じか》に口を利いたこともないが、太郎は石原道寸から依頼された仕事をしたことがある。正確に言えば、道寸本人ではなく、道寸の組織から依頼された仕事である。

石原道寸などという、いかにも古めかしい日本名を名乗っているが、道寸は、フィリピン人である。日本人女性と結婚して、日本国籍を取得し、改名したのだ。

道寸は、「ルシファー」と呼ばれる組織の会長である。「ルシファー」は、二〇年前、道寸が一七歳のときに不良仲間と作った暴走族グループが土台になっている。今では二〇〇人以上の構成員を抱え、歌舞伎町《かぶきちょう》に本拠を置く犯罪組織になっている。フィリピンやベトナムなど、東南アジアの組織とも関係が深い。主な資金源は、売春と不法就労の斡旋《あっせん》、麻薬の密売で、ここ数年は、フィリピンの犯罪者を観光客として入国させ、富裕層を狙った強盗なども行っている。凶悪な組織である。

となれば、ランドクルーザーは、実質的には「ルシファー」が所有しているのであろうし、乗っていたのは「ルシファー」の構成員に違いない。

身長が一八〇センチ以上でスキンヘッド、顔の左側に大きな痣がある構成員……次に太郎が捜さなければならないのは、その男である。

道寸の仕事を引き受けたことがあるといっても、仕事のやり取りは、すべてインターネット上で行われたから、太郎は道寸のことも知らないし、その構成員についても何も知らない。事務所に足を踏み入れたこともない。相手の方でも、太郎の名前も年齢も性別も知らないはずである。

捜すべき相手が「ルシファー」の構成員だとわかれば、時間さえかければ自分で調べることができる。

だが、急ぎたかったので情報屋を使うことにした。

そういう依頼も、すべてインターネット上で行う。

仕事に関することは、すべてインターネット上で行うという仕組みを、時間をかけて、太郎は構築した。その仕組みが自分の身を守ってくれると信じているからだ。現に今も生きているし、誰にも正体を見破られていない。その仕組みが有効だという証《あかし》であろう。太郎の知りたいことは三時間で調べがついた。顔に痣のあるスキンヘッドは八代俊夫である。住所もわかった。それだけの情報を手に入れるのに、五〇万円かかった。口止め料込みである。

そこまで調べて、太郎はパソコンの前から離れた。すでに夜中である。シャワーを浴びて、食事をした。大して腹は空《す》いていなかったが、それでも食べた。体力が落ちないようにするためだ。

ソファに戻り、次郎の体に手を載せる。冷たかった。

太郎には、今まで誰かに愛されたという記憶はない。親はいたが、親に愛されていたという実感はない。純粋に一途《いちず》に太郎を愛してくれたのは、次郎が初めてだったはずだ。

それは太郎にとっても同じで、誰かを愛したのは、次郎が初めてだった。

その次郎が死んだ。

いや、殺されたのだ。

愛里沙も殺された。愛里沙を愛していたわけではないが、嫌いではなかった。少なくとも好意は持っていた。一緒にいる時間がもっと増えれば、次郎に対するのと同じような愛情を愛里沙に対しても抱いたかもしれない。

愛情や好意……太郎がそんな感情を持っていたのは、次郎と愛里沙に対してだけだった。次郎も愛里沙も太郎にとってはかけがえのない存在だったのだ。

その次郎と愛里沙が死んだのだから、こんなに悲しいことはないはずだったが、太郎は涙を流すことができなかった。いかなるときも、己の感情を完全に制御するように心懸け、鍛錬してきたので、こんなときですら、悲しみを抑え込んでしまうのである。

そのおかげで、まったく興奮することなく、冷静に淡々と、まるで決まり切った通常業務のように太郎は頭の中で着々と計画を練り上げる。

その計画とは復讐《ふくしゅう》である。

三

太郎は、マンションの前で足を止める。場所柄、家賃は安くないだろうが、高級感はまったくない。ただの古ぼけたマンションだ。

このマンションの七階に八代俊夫は住んでいる。

エントランスのドアに手をかける。拳《こぶし》で軽く押すと、ドアが開く。拳で押したのは指紋をつけないためだ。

セキュリティーの緩いマンションで助かった、と太郎は考える。今時のマンションは、そう簡単にエントランスに入ることができない仕組みになっているからだ。現に太郎が住んでいるマンションが、そうである。自分の鍵《かぎ》を使うか、それとも、インターホンで居住者を呼び出すか、どちらかのやり方でロックを解除しないとエントランスに入ることができない。

このマンションには常駐の管理人もいないようなので、勝手にマンションに入っても咎《とが》められることもない。

エントランスに入ると、右手に郵便受けが並んでいる。七〇三号室の郵便受けに「八代」というパネルが貼ってある。エレベーターホールに進みながら、手術用の透明で薄い手袋をポケットから取り出して両手にはめる。

一階に停止していたエレベーターに乗り込んで、七階に上がる。八代の部屋の前に行く。マンションに入ってから、ここに来るまで、まだ一人の住人にも会っていない。

ドアの横にあるチャイムを鳴らす。

続けて何回も押す。

すると、ドアの向こうから、

「誰だ？」

と問う声が聞こえる。

「……」

太郎は返事をしないで、尚《なお》もチャイムを押す。

「何だよ、宅配か？」

「……」

「聞こえねえのかよ」

ドアが押し開けられる。

タンクトップにボクサーパンツという格好で、八代が顔を出す。スキンヘッド、顔の左側に大きな痣《あざ》がある。右と左の二の腕から胸のあたりまでタトゥーが入っている。筋肉質で体格がよく、肩幅は太郎の倍くらいありそうだ。体重は三〇キロ以上は重そうだし、身長も一〇センチ以上違う。全身の筋肉が盛り上がっており、かなり鍛えていることを窺《うかが》わせる。

しかし、太郎はまったく臆《おく》する様子がない。

「おい、荷物じゃないのか？」

「……」

太郎がにこっと笑いかける。

「おまえ、何なんだよ？」

八代が首を捻《ひね》る。

太郎は八代の懐に飛び込む。ぐっと腰を沈めてから、一気に伸び上がる。太郎の頭頂部が八代の顎《あご》に命中する。

八代が仰《の》け反って後退《あとずさ》り、尻餅《しりもち》をつく。

太郎が靴脱ぎ場に入る。背後でドアが閉まる。

八代の鳩尾《みぞおち》を、スニーカーの踵《かかと》で強く踏みつける。

いくら鍛えているといっても、力を抜いているときに鳩尾を強打されれば、その衝撃と痛みはかなりのものだ。八代は体を折り曲げ、呻《うめ》き声を洩《も》らす。

太郎は八代に馬乗りになると、八代の右の親指をつかみ、手の甲の方に思い切り反らせる。鈍い音がして骨が折れる。左の親指も同じように折る。下駄《げた》箱の横に消火器が置いてある。立ち上がって消火器を持ち上げると、八代の膝《ひざ》を目がけて振り下ろす。鈍い音がして骨が砕ける。もう片方の膝も同じように潰《つぶ》す。八代の口から悲鳴が洩れる。消火器を八代の口に叩《たた》きつける。何本もの歯が折れ、口から血が溢《あふ》れる。悲鳴が止まる。

八代が玄関を開けてから、ここまで、まだ三〇秒もかかっていない。

太郎は消火器を手にしたまま、部屋の奥に進む。他にも誰かいるのなら放っておくことはできない。

八畳くらいの広さのリビングがあり、テレビがつけっ放しになっている。隣に四畳くらいの部屋があり、大きなベッドが置いてある。八代の他には誰もいないようだ。

消火器をソファの上に放り投げると、太郎は八代のところに戻る。八代は呻き声を発して、全身を痙攣《けいれん》させている。

太郎は八代をリビングに引きずってくる。重いので、なかなか大変そうだ。

台所にある手《て》鍋《なべ》に水を汲《く》み、その水を八代の顔にぶちまける。

八代が太郎を見上げながら、

「おまえ……誰だ……なぜ、こんなことをする……頼む、救急車を呼んでくれ」

苦しげに言う。

「質問に答えろ。正直に答えないと、もっと苦しむことになる」

「何をいったい……」

「火曜日の朝、おまえはランドクルーザーに乗っていた。外車を追っていたな。女の子と犬をはねて、そのまま走り去った。おまえ以外に誰がランドクルーザーに乗っていたかを言え。外車に誰が乗っていたかも言え」

「知らねえ。何のことかわからねえ……」

「そうか」

太郎が周囲を見回す。テーブルの上に食べかけのカップ麺《めん》が置いてある。器の横に割り箸《ばし》がある。割り箸を二本取り、それぞれ、ふたつに折る。折れた部分がギザギザになった短い割り箸が四本できる。シンクの上にある手《て》拭《ぬぐ》いを手に取る。

「さっきの質問に正直に答えろ」

「知らないって、何のことか、さっぱり……」

「……」

折れた割り箸の一本を八代の左の鼻の穴に思い切り、突っ込む。もう一本は、左の耳の穴に突っ込む。

八代の口から悲鳴が上がる。

太郎が素早く手拭いを八代の口に入れる。

「次は目を刺す。それでも言わなければ、ペニスを切断し、金玉を切り落とす。おまえが正直に言うまで、おまえの体を細かく切り刻んでいく。すぐには死なせない。おまえは苦しみ続けることになる。どうするか、おまえが決めろ」

「……」

八代が両目を大きく見開いて太郎を見つめる。ふたつの目には恐怖の色が滲《にじ》んでいる。

八代がもごもご口を動かして何か言おうとする。

太郎が手拭いを八代の口から取り出す。

「車を運転していた奴なら、昨日、警察に自首した」

「そんなことは知っている。近くの防犯カメラに車が映っていただろうから、どうせ逃げ切れないと考えて、身代わりのチンピラを出頭させたんだろう」

外車とランドクルーザーを運転していて轢《ひ》き逃げをしてしまったという若者がふたり、昨日、警察に自首したというニュースを、太郎はテレビで観た。二人とも痩《や》せていて、太郎よりも背が低そうだった。太郎が視認した運転手は、間違いなく、もっと大柄だった。轢き逃げで死者が出たことで、犯人を見付けるまで警察が諦《あきら》めないと判断し、実際に車を運転していた者たちを守るためにチンピラを身代わりに出頭させたに違いない、と太郎は考えた。

「誰が乗っていた？　言え」

「だから、犯人なら、もう……」

「……」

太郎の手が素早く動き、短い割り箸を八代の左目に突き刺す。

八代が悲鳴を上げる。

また太郎が手拭いを口に突っ込む。

「……」

太郎が八代のボクサーパンツを脱がせる。八代の陰茎は悲しいほど小さく縮こまっている。

台所に行き、食器棚の引き出しをいくつか開けると、ハサミがあった。そのハサミを手にして、

「おまえは正直に答えるつもりがない。だから、今度は、ペニスをこのハサミで切る。その次は、金玉を切る。その次は、腹を割いて内臓をひとつずつ取り出す。最初に腎臓《じんぞう》を……」

八代が顔を真っ赤にして首を振る。手拭いを突っ込まれているので何を言っているのかわからない。

太郎が手拭いを取ると、

「やめてくれ。お願いだ。何でも言うよ。だから、もうやめてくれ……」

八代が泣き出す。

「まず、ランドクルーザーに乗っていた者の名前から聞こうか」

顔色も変えずに、太郎が訊《き》く。

二時間後……。

すでに八代の顔色は死人のような土気色に変わっている。大量の出血と外傷性ショックのせいだ。

太郎は時間をかけて、じっくりと八代から話を聞いた。何度も同じ質問を繰り返したのは、嘘をつかせないためだ。最初の三〇分で重要な質問をし、あとの九〇分は、質問

の答えが正しいかどうかを確かめる作業だった。この期に及んでも、八代は微妙に嘘をつこうとした。嘘をついていることが明らかになるたびに、太郎は八代に罰を与えた。精神と肉体を破壊する寸前まで追い詰めることで、ついにすべての質問に関して真実の答えを手に入れることができた。

ランドクルーザーに乗っていた四人の名前と年齢、住所などがわかった。

石原紫苑。三一歳。

古田裕司。四〇歳。

駒形啓太。二九歳。

そして、八代俊夫だ。三三歳。

いずれも「ルシファー」の構成員で、石原紫苑は道寸の弟だった。大物である。

八代の携帯を手に入れ、パスワードも聞き出したので、彼らの電話番号やメールアドレスもわかった。

ランドクルーザーが追っていた外車に誰が乗っていたのかもわかった。

甘粕龍一。二〇歳。

町村正次。二四歳。

末長友彦。二二歳。

彼らは「金星《きんせい》連合」の構成員だ。

「金星連合」は古くから新宿を縄張りにする組織で、歴史的に中国や台湾の犯罪組織と深い繋《つな》がりを持っている。主な資金源は麻薬と売春で、「ルシファー」とは客層や縄張りがかぶるために険悪な関係で、しばしば流血を伴う揉《も》め事を起こしている。「金星連合」のトップ、総長の地位にあるのは甘粕龍之介《りゅうのすけ》、四三歳、すなわち、龍一の父親である。

石原紫苑と同じく、龍一も大物だ。

二台の車に乗っていた七人の名前を、愛里沙と次郎の敵として、太郎は胸に刻み込んだ。それぞれの車には「ルシファー」と「金星連合」のトップの弟と息子が乗っていた。それほどの大物が乗っていたからこそ、ふたつの組織は警察の捜査を嫌がり、捜査を避けるために身代わりを立てて出頭させたのに違いなかった。轢き逃げ犯が逮捕されれば、事件は一件落着となり、警察の捜査も打ち切られることになる。真相は闇に葬られてしまうのだ。

「た、たのむ、病院に……救急車を……」

うつろな目で、八代が太郎を見上げて懇願する。

「すぐ楽になる」

太郎は台所に行き、包丁を手に取る。

その夜遅く、ランドクルーザーを所有している商事会社の玄関先に黒いボストンバッグが置かれた。

朝になって出勤してきた社員、その社員は「ルシファー」の構成員ではなく、表向きの業務をこなすために雇われている総務・経理担当の中年男だったが、これは何だろうと首を捻《ひね》りながら、ボストンバッグを事務所に運び入れた。机の上に置いてから、何の気なしにチャックを開けて中を覗《のぞ》いた。

次の瞬間、その社員は絶叫した。

ボストンバッグには、八代の生首が入っていた。

ぶるぶる震えながら、その社員は固定電話に手を伸ばす。電話した先は警察ではない。「ルシファー」の本部だ。事務所で何かトラブルが起こったら、真っ先に本部に連絡するように指示されていたからだ。その指示を忠実に守ったわけである。

四

四月三〇日（金曜日）

雨が降っている。

傘を差した喪服姿の男女が足早に葬儀会場に入っていく。これから愛里沙の葬儀が営まれるのだ。

会場の筋向かいの物陰に太郎が立っている。

いつもと変わらない格好をしているから、葬儀に行くつもりではないようだ。かれこれ、一時間ほども、そこに立っている。その間に一度、樹里亜を見かけた。中年男女の参列者を出迎えに会場から出てきたのだ。樹里亜の身内なのか、三人で肩を抱き合って泣いていた。

やがて、会場に入っていく者がいなくなった。

葬儀が始まる時間になったのだ。

太郎は会場に背を向けて歩き出す。

部屋のドアを開けると、ぷーんと強烈な消臭剤の臭いが鼻をつく。

バスルームに行くと、更に臭いがきつくなる。浴室の戸を開けると、消臭剤の臭いに腐臭も混じっている。その腐臭はボストンバッグから漂い出ている。次郎が入っているのだ。暑い時季ではないし、エアコンも低めに設定して涼しい場所に置いていたものの、冷凍していたわけではないから、時間が経つと腐臭を発するようになった。もっと早く埋葬するべきだったが、愛里沙の葬儀まで待とうと太郎は決めた。愛里沙と一緒に死んだのだから、一緒に旅立たせてやりたいと考えたのだ。

ボストンバッグを手にして、リビングに行く。

テーブルの横に紙袋が置いてある。その中には、供花、線香、果物、ドッグフードなどが入っている。その紙袋も持ち、太郎は玄関に向かう。廊下に出て、エレベーターで地下にある駐車場に降りる。来客用の駐車場にレンタカーが停めてある。自家用車を持ってないので、昨日のうちに借りておいた。ごくありふれたタイプの五人乗りの国産車である。

天現寺《てんげんじ》で首都高に乗り、高速2号目黒《めぐろ》線から都心環状線へ車を走らせる。谷町《たにまち》ジャンクションから高速3号渋谷《しぶや》線に入り、一〇分ほどで今度は東名《とうめい》高速に入る。厚木《あつぎ》で小田原厚木道路に入り、大磯《おおいそ》、小田原西《おだわらにし》と過ぎて、箱根《はこね》口《ぐち》から箱根新道に入る。安全運転を心懸けて、あまりスピードを出さなかったこともあり、ここまでで二時間かかっている。

箱根新道の終点である箱根峠まで行くと、そこからは一般道を走る。

狩野川《かのがわ》に沿うように、ひたすら下田《しもだ》街道を南に下る。旧天城《あまぎ》湯ケ島町《ゆがしまちょう》を過ぎ、天城峠の手前で下田街道を外れて天城山の方に向かう。道はだんだんと細くなり、車と行き交うことが目立って減ってくる。歩行者はまったく見ないし、周辺には民家も見当たらない。その道路から、林の中へと続く私道に入る。

このあたりから、太郎が所有する土地になる。

広大な土地である。山もあれば、川も流れている。面積だけで考えれば、野球場やサッカー場をいくつも作れるくらいの広さはあるものの、平坦《へいたん》地が少ないので、実際には、そんなものを作れるはずもなく、単に広いというだけの過疎地である。

周辺には有名な温泉地がたくさんあるが、この土地からは温泉が出ない。ライフラインも貧弱で、電気もガスも水道も通っていない。電気は自家発電だし、水道は井戸水だ。電話線すら通っていないし、携帯の電波も届かないから、いざというときのために無線機を備えてある。

バブルの頃には、辺鄙《へんぴ》な土地でも別荘地として高値で売買されたものだが、この土地は、バブルの時代ですら見向きもされなかった。

唯一の取り柄は、空気がきれいで、周辺に人工的な照明がまったくないため、日が沈むと、こぼれるほどの星が夜空全体に溢《あふ》れることである。孤独を愛する者にとって、これほどふさわしい場所はないであろう。

やがて、太郎の目に山小屋が見えてくる。平屋のログハウスだ。

山小屋の前に車を停める。かなり雑草が伸びている。月に何日か、ここに定期的に来て、山小屋周辺の雑草を除去するようにしているが、それでも際限なく生えてくる。

今日は、草むしりをする時間はないので、この次に来たときにでもやろうと太郎は考えるが、次がいつになるか、自分でもわからない。

山小屋に入る。室内が埃《ほこり》っぽく、床にうっすらと埃が積もっている。空気も澱《よど》んでいる。しばらく掃除をしないと、こうなってしまうのだ。この山小屋と周辺の土地を維持するのは、太郎にとっても楽ではない。金の問題ではなく、労力の問題なのである。外部の人間を雇って維持管理をしてもらえば楽だとわかっているが、他人を入れたくないので自分でやるしかない。ここにやって来るたびに、都内のマンションで暮らすのは何と楽だろうと思い知らされる。だからといって、ずっと都内で暮らしたいとは思っていない。太郎の気持ちでは、この山小屋こそ我が家であり、都内のマンションは職場のようなものなのだ。

きれい好きな性分なので、掃除したくてたまらなくなる。手際がいいから、一時間もあれば、山小屋の中はきれいになるはずだ。

いや、今日は、そんなことをしている場合じゃないんだ……そう自分に言い聞かせ、太郎はボストンバッグと紙袋を手にして、また外に出る。

山小屋の裏手に回る。そこは、テニスコートくらいの広さの踏み固められた平地になっている。小屋がいくつか並んでいる。自家発電機を置いてある小屋、チェーンソーや小型トラクター、スコップなどの土木作業や伐採作業に必要な道具をしまってある小屋、食糧を貯蔵してある小屋などである。

その小屋のひとつからスコップを取り出すと、太郎は森に入っていく。山小屋の背後には背の高い樹木が密集しているが、よく見ると、その間に人が通り抜けられる小道がある。自然にできた小道ではなく、人為的に作られたものだ。その小道を五〇メートルほど進むと、丸く開けた土地に出る。

そこに四《し》角錐《かくすい》の形に煉瓦《れんが》を積み上げたものがある。小さなピラミッドのように見える。かなり古いもののようだ。四角錐の一辺は一メートルほどで、高さも同じくらいだ。

紙袋とボストンバッグを地面に置くと、太郎はピラミッドの横にスコップで穴を掘り始める。三〇分ほど、黙々と穴を掘り続ける。これくらいでよさそうだと判断すると、スコップを放り出す。

ボストンバッグを開けて、次郎を外に出す。体から嫌な腐敗臭が出ているが、太郎は気にする様子もなく、次郎の全身を優しく撫《な》で、頬ずりする。

「次郎、今までありがとうな。一緒にいてくれて嬉《うれ》しかったよ」

次郎を穴の底に横たえる。次郎が好きだったドッグフードを体の周りに置く。

太郎の胸に悲しみと淋《さび》しさがこみ上げてくる。

しかし、涙は出ない。

スコップを手に取り、次郎の体に土をかける。穴を掘るには三〇分かかったが、穴を埋めるのは五分で済んだ。

墓碑も墓石も何もない。ただ土が盛り上がっているだけだ。そこに供花を置く。線香の束に火をつけ、地面に刺す。

それから、同じように線香の束に火をつけ、ピラミッドの前にも置く。ピラミッドの下には太郎の父親が眠っている。父親の墓なのである。

太郎は膝《ひざ》を抱えて地面に坐《すわ》り込み、線香の匂いを嗅《か》ぐ。やがて、線香が燃え尽きると、残っていた線香すべてに火をつけて地面に刺す。

その夜遅く、新宿にある「金星連合」の事務所前にボストンバッグが置かれた。

それに目を留めたのは事務所に新聞を配達に来た中年男で、何だろうと首を捻《ひね》りながら、ボストンバッグを開けた。中には生首が入っていた。末長友彦の首である。愛里沙と次郎を轢《ひ》き逃げした外車を運転していた男だ。

中年男の悲鳴を、たまたま付近を巡回していたパトロール警官が聞きつけた。

それで事件が表沙汰《おもてざた》になった。

第二部　新宿

一

五月八日（土曜日）

　地下鉄の銀座《ぎんざ》駅からほど近い和食店の個室にSM班の六人が集まっている。班長の薬《くす》寺《でら》松夫《まつお》、田淵《たぶち》ゆたか、白峰《しらみね》栄太《えいた》、佐藤《さとう》美知太郎《みちたろう》、糸居《いとい》秀秋《ひであき》、柴山《しばやま》あおいの六人だ。静かなクラシックの流れる落ち着いた雰囲気の店である。

「いい店じゃないですか。班長、好みが渋いなあ。てっきりお好み焼き屋にでも連れて行かれるのかと思ってましたよ」

　あははっ、と糸居が笑う。

「すぐ近くにお好み焼きを出す店もある。おまえ、そっちに行けよ。一人でな」

　薬寺が冷たく言う。冗談という口振りではない。

「いやいや、せっかく招待されたのに、そんなことをしたら申し訳ないですから」

「遠慮するなよ。そもそも、おまえを招待するつもりはなかったんだよ。ブチさんが呼びましょうと言うから仕方なく声をかけたんだ。できれば欠席してほしかったよ」

「マジ顔でそんなことを言っちゃって……。本気にしそうですよ」

「本気だからさ」

薬寺がじっと糸居を見る。

「……」

糸居がぽかんとする。

「二人の掛け合いを聞いていると、みんなが無事でよかったなあって、しみじみ感じるわ。ねえ、栄太君、あおいちゃん？」

田淵が言うと、

「そ、そうですね」

栄太が顔を強《こわ》ばらせてうなずく。

「最初から雰囲気を壊しては申し訳ないから、もう黙るわ。目障りだけどさ」

薬寺が糸居を睨《にら》む。

テーブルに前菜が並べられ、酒も運ばれてくる。ウーロン茶もあるが、それは佐藤が頼んだものだ。下戸というわけではなく、特にワインは好きで、かなりの蘊蓄《うんちく》の持ち主だが、自宅以外で酒を口にすることはほとんどない。人前で酔うのが嫌なのだ。

佐藤の前にはウーロン茶、それ以外の五人の前には生ビールのジョッキが置かれる。

薬寺がジョッキを手に取り、

「せっかくの休みなのに、わざわざ集まってくれてありがとう。わたしが、こうして無事な姿でここにいられるのは、みんなのおかげだと感謝しているわ。みんなの助けがなければ、今頃は那須《なす》の山奥で朽ち果てていたでしょうからね。ささやかな宴《うたげ》で申し訳ないけど、わたしからの感謝の気持ちよ。たくさん食べて、たくさん飲んで下さい。あ……一応、糸居の復帰祝いも兼ねているらしいのね。それは、わたしの発案ではなく、ブチさんの考えよ。ということで、これからも、よろしくね～。乾杯」

乾杯、と皆が飲み物を持ち上げる。

糸居は、ごくごくとビールを飲み、口の周りに白い泡をつけながら、

「いやあ、うまい。それにしてもよかったですよね、班長。危うく、ギロチンにかけられるところだったんですから。確かに、それを思えば、こうして感謝されるのは当然という気もしますねえ」

はははっ、と糸居が笑う。

「あ……。何だか、その言い方、癇《かん》に障る」

あおいが、ドンと音を立ててジョッキをテーブルに置く。

「何がだよ？」

糸居が嫌な顔をする。

「だってさ、あんた、何もしてないじゃん。わたしと白峰さんの邪魔をしただけだよ。

はっきり言うけど、あんたがいなければ、もっと早く班長を救出できた気がする」

「てめえ、ふざけるなよ」

「全然ふざけてない。あんたって、いつも足手まといなんだよね。笑い事じゃないんだよ。あんたみたいな人間がいると、仲間が危険にさらされるということなんだから」

「特殊部隊出身だからって、偉そうなことばかり言いやがって……。おい、栄太、黙ってないで何とか言えよ。おれは足手まといだったか？」

「いや、その……ぼくの口からは何とも……」

栄太が慌てる。

「どっちなんだよ？」

「今回の事件に対する貢献度を五段階評価で表すと……」

突然、佐藤が口を開く。

「おお、ぜひ、知りたいですね。ホームズ先生なら間違いなく客観的に正しく評価してくれそうだからな。で、どうなんですか？」

「柴山さんは4、白峰君は3、田淵さんは4、班長は被害者だから評価できない」

「で、ご自分は？」

糸居が訊《き》く。

「わたしは5だ」

「ふうむ、ホームズ先生も自分には甘いんだな。さて、最後に残った、このおれは……」

「糸居君は1だ。限りなく0に近い1だ」

「1かよ……」

糸居が呆然《ぼうぜん》とする。

「ほとんど何もしてないってことじゃないか。いてもいなくても同じってことすか？」

「むしろ、いない方が捜査はスムーズだったかもしれないから、さっき柴山さんが言ったことは正しい」

「ちょっと待って下さいよ」

糸居が肩を怒らせる。

「まあまあ、糸居君。これは佐藤さんなりの冗談なのよ。わからない？」

田淵が糸居を宥《なだ》める。

「何だ、冗談だったのか。ホームズ先生も人が悪いなあ」

「わたしは冗談を言わない主義だ」

「え」

「いいじゃないの。班長を無事に救出できたんだし、糸居君も復帰できたんだし、チームとしては言うことなしでしょう？　細かいことは気にしないのよ」

「ブチさんに言われると、すごく嬉《うれ》しい。心が洗われる気がする」

糸居がうっとりした顔で溜息《ためいき》をつく。

「冷静に考えると、班長が無事だったというのは、すごいことですよね。あの屋敷、ものすごい修羅場でしたから。血の海という言葉がどういう状況を表すのか、初めて知った気がしました」

栄太が言う。

「凄絶《せいぜつ》な現場だったよな。いったい、何人死んだんだったかな……」

糸居が指を折って数え始める。徳山《とくやま》千春《ちはる》、山室《やまむろ》武夫《たけお》、島田《しまだ》房江《ふさえ》、河村《かわむら》以蔵《いぞう》、氏家《うじいえ》星一《せいいち》郎《ろう》……死んだのは五人か、とつぶやく。

「そこに班長が加われば六人だったか。危ないところでしたね」

糸居が薬寺を見て、にやりと笑う。

「黙ってろ」

「二人助かったよな。フリーライターと高校生だっけ？」

「はい。本郷《ほんごう》さんと結城《ゆうき》さんです」

栄太がうなずく。

「二人とも入院してるんだよな？」

「結城さんは退院して自宅療養中だと聞きました。本郷さんは入院中ですね。ただ、そんなひどい怪我ではないので、もうすぐ退院できるみたいですよ」

「あの女、牛島典子《うしじまのりこ》だっけ、やっぱり、死刑になるんだろうな？」

「それは、どうでしょう。ここまでアブノーマルな事件だと、精神状態が普通だったとは思えませんし、腕のいい弁護士なら……」

「心神喪失で、普通の状態ではなかったという理由で無罪を主張するかもしれないわね」

田淵がうなずきながら言う。

「あれだけ殺して無罪ですか？　あり得ないでしょう」

糸居が目をむく。

「それが法律というものだよ、糸居君」

佐藤が冷静な口調で言う。

「そんな理屈が通るなら、できるだけ多くの人間を殺す方がいいってことになりませんか？　今の司法制度だと、一人殺せば無期懲役、二人だと死刑か無期懲役、三人以上だと死刑、五人以上殺せば心神喪失で無罪ということになりませんかね」

「おい、糸居、自分が警察官だということを忘れるな。この場限りにしろ。外では絶対に口にするな。言っていいことと悪いことがあるんだ」

薬寺が嫌な顔をする。

「おれの考え、間違ってますか？」

「正しいとか間違ってるとか、それ以前の問題なんだよ。現職の警察官が口にしていいことじゃないってことなんだよ」

「釈然としないなあ」

「まず警察を辞めろ。その後でなら好きなことを言えばいい」

「班長って、意外と保守的なんですね」

「何とでも言え」

食事会は、さして盛り上がることもなく、はっきり言えば、どことなく間の抜けた感じのまま、お開きとなった。

その最も大きな原因は、やはり、糸居の鈍感すぎる無神経さだったであろう。実際、これほどウザい男は滅多にいない。

とは言え、糸居がそういう人間だということは、もうメンバーたちもわかっているわけで、ある程度の免疫はできているはずだった。すなわち、糸居の言うことなど端《はな》から相手にせず、右から左に聞き流せばいいのである。

しかし、今夜の薬寺は、それができなかった。思いがけず事件の被害者という立場になり、肉体的なダメージこそ負っていないものの、いくらか精神的なダメージを負ってしまい、普段に比べると、気持ちに余裕がないせいでもあったし、自分の不在中に糸居に部屋に入られて、最も知られたくない相手に私生活を覗《のぞ》かれてしまったという不快感のせいでもある。

(あいつ、嫌いよ。マジでむかつくわ)

解散して一人になった後も、薬寺のムカつきは消えず、どうにもすっきりしないので、すぐに帰宅するのはやめて、どこかで気分転換することにした。もっとも、それほど多くの選択肢があるわけではない。

薬寺は自宅で過ごしているときが何よりも幸せで、その次に充実しているのは仕事をしているときなのである。それ以外にやりたいことなど、ほとんどないから外出先で気分転換するというのは容易ではない。

（まあ、「バルモン」で一杯やれば、少しは気が晴れるかもしれないわね）

それは五反田《ごたんだ》にある、フクロウを愛する者たちが集う会員制のバーである。

薬寺は銀座線で新橋《しんばし》まで行き、新橋で山手《やまのて》線に乗り換えて五反田まで行く。二〇分そこそこで着く。

その店は五反田駅から徒歩で五分、古びたビルの地下一階にある。

ドアには鍵《かぎ》がかかっていて勝手に入ることはできない。ドアの横にあるボタンを押すと、ドアの向こうからスコープで訪問者を確認する。会員であることがわかると、ようやくドアを開けてもらうことができる。手間がかかるが、会員のプライバシーをしっかり守っているのだ。

「薬寺さま、いらっしゃいませ」

オーナーの綾小路《あやのこうじ》尊仁《たかひと》が丁寧に頭を下げる。オールバックの髪がポマードで光っている。仕立てのいい、渋い色合いのスーツに地味なネクタイを締めている。派手ではないが、身に着けているものは高級品ばかりだ。

綾小路が薬寺をカウンター席に案内してくれる。

カウンターには三人、店内のあちこちに置かれた脚の長い丸テーブルにも何人かの客がいる。そのうちの何人かが薬寺に無言で会釈する。顔見知りなのだ。

「いらっしゃいませ」

バーテンのジョニー笹岡《ささおか》が挨拶《あいさつ》する。

「マティーニになさいますか？」

「うん、お願い」

「……」

ジョニーがシェイカーを振り始める。薬寺の最初の一杯はマティーニだと心得ているのだ。

「ご迷惑でなければ、一杯だけ付き合わせていただけませんか？」

綾小路が遠慮がちに申し出る。

「ええ、喜んで」

うなずきながら、内心、薬寺が驚いたのは、綾小路が客と同席することは滅多にないと知っていたからだ。

「ありがとうございます」

綾小路が薬寺の隣の椅子に腰を下ろす。

薬寺の前にマティーニが置かれる。

綾小路にはコニャックが出される。

「薬寺さんが無事に戻られて、わたしもジョニーもとても喜んでいるのです」

事件については大きく報道され、薬寺の名前もニュースで流れた。綾小路もジョニーも、それを見たのであろう。薬寺がどんな目に遭ったか知っているのだ。実際、生死に関わるほどのひどい目に遭ったのである。

ジョニーが薬寺の前に小皿を二枚置く。ひとつには、ミックスナッツが載っている。アルコールを注文すると一緒に出てくるつまみだ。もうひとつは、クラッカーとサワークリーム、それにキャビアとスモークサーモンが載っている。店の一品料理で、かなりの高級品だ。

「これ、頼んでないわよ」

「わたしたちからです」

「まあ」

薬寺が驚く。

「じゃあ、遠慮なく……。ありがとう、マスター、それに、ジョニー」

無口なジョニーは軽く会釈するだけだ。

薬寺と綾小路が乾杯して飲み始める。

てっきり事件について詳しい話を聞きたいのだろうと薬寺は思ったが、綾小路は事件のことには触れず、最近、手に入れたというフクロウの赤ちゃんの話を始める。

「小さな子を育てるのは大変ですね。いろいろなことを一から教えなければなりませんし、そう物覚えがいいわけでもありませんから。こちらの根気が試される気がします」

「そうよね、怒るわけにはいかないものねえ」

薬寺がうなずく。

「はい」

フクロウを飼育するときは、絶対に怒ってはならないという戒めがある。一度でも怒ってしまうと、フクロウの信頼を失い、二度と信じてもらえなくなってしまう。やり直しは利かないのである。

そんな話を三〇分くらいした。

コニャックを飲み干すと、綾小路はお代わりをせず、椅子から腰を上げる。

「お邪魔したのでなければいいのですが」

「いいえ、楽しかったわ。フクロウの赤ちゃん、どんな風に育っているか、また教えて下さいね」

「承知しました」

と、うなずいてから、ふと思い出したかのように、ゆうべ、仲間《なかま》さんがいらっしゃいましたよ、と言う。薬寺と仲間亜紀《あき》が親しいことを知っているのだ。

「亜紀ちゃんが？」

「相変わらず忙しくて大変だとおっしゃってました。来週か再来週には、また海外出張らしいですよ」

「わたしのこと、何か言ってた？」

「いいえ、特に」

綾小路が首を振り、カウンターから離れていく。

「お代わりを作りますか？」

マティーニが空になったのを見て、ジョニーが訊《き》く。

「そうね。もう一杯もらおうかしら。それを飲んだら帰るわ」

「承知しました」

ジョニーがマティーニを作り始める。

（そうだった。亜紀ちゃんに連絡しないとね。わたし、亜紀ちゃんのおかげで助かったようなものなんだから。出張があるのなら、ミルクちゃんにごはんもあげないといけないだろうしね。事件の後だから、遠慮してるのかもしれないわね。メールだけでも打っておこうかしら）

携帯を取り出して、亜紀にメールを打ち始める。

夢中になって文字を連ねているせいで、ジョニーが新しいマティーニを置いたことにも気が付かなかった。

二

薬寺が主催した食事会が終わった後、薬寺と田淵、それに佐藤の三人は、糸居がトイレに入っている間に、さっさと帰ってしまった。

律儀に糸居を待っていたのは栄太だけである。

あおいも残っていたが、別に糸居を待っていたわけではない。メールを打っていて帰りそびれただけである。

「あれ、班長たちは？」

糸居が怪訝《けげん》な顔になる。

「もう帰りました」

「は？　どうして、そんなに慌てて帰る必要があるんだよ。まるで何かから逃げるみたいに」

「あんたから逃げたかったんでしょうよ」

「何で、おれから逃げるんだよ？」

「そりゃあ、あんたのことが嫌いだからじゃないの？」

「面白いことを言うな。そんなはずないだろうが」

あはははっ、と糸居が笑う。

「ある意味、羨《うらや》ましい奴」

あおいは溜息《ためいき》をつくと、じゃあ、わたしも帰るから、と腰を上げる。

「それはないだろう。今日は、おれの快気祝いなんだぞ。主賓を置き去りか？」

「だって、もうお開きだよ。みんな、帰ったし」

「みんなじゃない。おれたちが残ってる。当然、二次会だろ」

「気が進まない。時間の無駄っていう感じ」

「そう言うな。もう一軒付き合え。栄太、行くよな？」

「え？　いや、あの、ぼくは……」

「てめえ……」

糸居が舌打ちして栄太を睨《にら》む。

「あ、行きます」

「ほら、栄太も行くと言ってるぜ。男二人で二次会に行かせる気か？」

「面倒臭い男だなあ。奥さんがあんたを捨てた気持ちがよくわかる」

「女房のことは言うな」

「わかったよ。一軒だけね。すぐに帰るから。それでもいい？」

「ああ、いいさ」

糸居が大きくうなずく。

三人は丸《まる》ノ内《うち》線で新宿に移動する。

あおいは、この近くの居酒屋でいいじゃないの、と言ったが、糸居は、おれの行きつけのいい店があるんだ、そこにおまえたちを招待したい、と言い張って、二人を新宿まで連れて行った。いい店というのが「シグナル」である。

「まだ、潰《つぶ》れてねえのか、このボロい店は！」

　ドアを押し開けながら、糸居が大声を出す。

「わ～っ、糸居ちゃんだ～っ」

　カウンターの中にいる三人が黄色い声を揃える。

　ブルー、レッド、イエローの三兄弟だ。女装し、ばっちり化粧も決めているが、この三人は、中年のおっさんたちである。そのおっさんたちがカウンターから走り出てきて、糸居に飛びつく。

「おい、やめろって、鬱陶《うっとう》しいぜ。おっさんに抱きつかれても全然嬉《うれ》しくないっての」

「何よ～っ。わたしたち、おっさんなんかじゃないわよ～っ、お姉さんって呼んでほしいわ」

「せめて、おばさんにしてよ」

「おれ、帰るから」

　糸居が踵《きびす》を返す。

「嘘よ、嘘よ～っ、おっさんでも、じいさんでも、じじいでも、何でも好きなように呼んでちょうだい。だから、帰らないで……あら、連れがいるの？」

　ブルーがドアの外にいる栄太とあおいに気が付く。

「ああ、おれの部下だ」

「すご～い、向こうに行って出世したのね」

「こいつ、東大出のキャリアなんだぜ。栄太っていうんだ」

糸居が栄太の肩に腕を回す。

「そんな頭のいい奴がおれから仕事のイロハを教わってるわけだよ」

「すご～い、すご～い」

三兄弟が感嘆の声を上げる。

「こちらのかわいい人は？」

「この若いのも、おれが鍛えてやってるのさ。なあ、あおい」

糸居があおいを見て、にやりと笑う。糸居の嘘をいちいち訂正するのも面倒臭いのか、あおいは、げんなりした顔で、そっぽを向いている。

「さあ、飲み直すぜ～っ。酒だ、酒を出せ～っ」

糸居が、うおお～っと獣のような雄叫《おたけ》びを上げる。

「嫌だ、もう、糸居ちゃん、そんな大声を出さないでよ。他のお客さんが怖がるじゃないのよ」

ブルーが身をよじる。

「こんなキモイ店に来る客なんか、みんな肝っ玉が据わってるんだよ」

糸居がカウンター席に坐《すわ》る。

「ほら、おまえらも坐れよ」

「はい」

栄太が糸居の横に坐る。

「やっぱり、来たのは失敗だったなあ」

ぼやきながら、あおいは栄太の隣、カウンターの端の席に坐る。

「何を飲む？」

ブルーが訊く。

「おれは、バーボンのソーダ割り、ダブルでな」

「いつものやつね。栄太ちゃんとあおいちゃんは？」

「ビールをお願いします」

「わたしも」

酒が出されて乾杯すると、糸居は三兄弟と大騒ぎを始め、栄太とあおいがいることなど、すっかり忘れてしまったかのようである。

「わたし、これを飲んだら帰ります」

グラスを持ち上げて、あおいが栄太に言う。グラスにはビールが半分くらい入っている。

「白峰さんも一緒に帰りませんか？　あいつ、きっと朝までいる気ですよ」

「そうしようかな。朝まで付き合うのは辛《つら》いから」

栄太がうなずく。

そんな話をあおいと栄太がしていると、入り口のドアが開いて、新たな客が店に入ってきた。何気なく顔を向けて、栄太が、

「え」

と声を発する。

「何だよ、どうした？」

つられて糸居も顔を向ける。その途端、

「うお〜っ、これは奇遇だ。バイオレンス・ユーミンじゃねえか」

と大きな声を発する。

栄太の姉・優美子《ゆみこ》である。新宿警察署刑事課の警部補だ。

驚いたのは優美子の方も同様である。

糸居の顔を見るなり、うわ〜っ、いやだ〜っ、と顔を顰《しか》め、

「何で、あんたがここにいるのよ？　異動したんだから、有楽町《ゆうらくちょう》とか新橋で飲めばいいじゃないの」

「ふんっ、今日は土曜日だぜ。どこで飲んでもいいだろうが。銀座で飯を食って、こいつらを連れて新宿で二次会ってわけだ」

「こいつら……？」

優美子がハッとする。

「何よ、もう、栄太じゃないの」

「こっちも、びっくりだよ」

栄太が軽く手を挙げて挨拶《あいさつ》する。

「こちら、柴山あおいさん、おれや糸居さんの同僚」

「あ、どうも」

あおいが会釈する。

「気の滅入《めい》る一日だったから、ちょっとばかり気分を盛り上げてから帰ろうとしたのが間違いだったわ。違う店にしましょうか？」

優美子が肩越しに振り返る。

「お」

糸居がスツールから飛び降りて、優美子の方に駆け寄る。

「何するのよ？」

優美子が身を引く。

しかし、糸居は優美子を無視して、優美子の後ろにいる男の腕をつかむ。

「佐《さ》竹《たけ》さんじゃないですか。いやあ、懐かしいなあ、さあ、こっちにどうぞ」

「はあ……」

糸居に腕を引っ張られ、生真面目な表情で苦笑いしながら、小太りの佐竹安雄《やすお》が店に入ってくる。優美子と同じく新宿警察署の刑事課に所属する三六歳の巡査部長である。

「おい、おっさんたち、仲間が増えたからボックス席に移動だ。ボトルも二本追加な。いい酒を出せよ」

糸居がブルーたち三人に声をかける。

「はい、は～い」

　三人が大慌てで席の用意を始める。

「よし、ユーミンと佐竹さんを加えて、五人で飲み直しだ。栄太、あおい、自分のグラスを持って移動するぞ。栄太は、おれのグラスも頼む」

　糸居が佐竹を引きずって、さっさとボックス席に向かう。

「ああいう仕切り屋って、うざいよなあ」

　あおいが舌打ちしながら自分のグラスを手に取る。

「せっかくですから、もう少しだけ付き合いましょうか」

　栄太は自分と糸居のふたつのグラスを手にしてスツールを降りる。

「いいですけど」

　あおいが渋い顔でうなずく。

「あんたは二次会なの？　それとも、三次会？　今日は職場の飲み会と言ってたよね」

　優美子が栄太に訊《き》く。

「一応、二次会なんだけどね」

「糸居にこの店に連れて来られたということは、帰りは明日《あした》の始発ってことになるんでしょうね。お母さんに伝えておくから」

「そんなつもりはないよ。姉さんと一緒に帰る」

　栄太が首を振る。

「お〜い、早くこっちに来いよ」

ボックス席から糸居が呼ぶ。

五人が席に着くと、イエローとレッドが水や氷、ソーダ水、突き出しのおつまみ類を運んでくる。

「糸居ちゃん、これでいい？　ターキーと白州《はくしゅう》」

ブルーがボトルを二本持ってくる。

「ああ、それでいいよ。おれ、ターキーのハイボール。みんな、何にする？　遠慮なく飲んでくれ」

「糸居にしては気前がいいじゃないの」

優美子が感心する。

「まあ、最後には割り勘にするけどな」

わははは、と大笑いする。

「さすが、セコい」

あおいが溜息《ためいき》をつく。

それぞれの飲み物ができると、

「じゃあ、乾杯といきましょうや」

五人が乾杯する。

しばらく当たり障りのない世間話をした後、糸居が、

「二人揃って、土曜日に休日出勤して、こんな時間まで仕事なんて、よほどの大事件発生ということなのかね？」

　と水を向ける。

「いや、そう大したことでもないのよ」

　優美子がさりげなくかわす。

「そんなことはないだろう。今週、歌舞伎町で台湾系の男が殺されたっていう記事を読んだぜ。歌舞伎町で台湾系とくれば、おれは『金星連合』を想像するけど……。対立する組織との抗争開始ってところじゃないのか？」

　糸居がじっと優美子を見つめる。

「さあ」

　優美子が肩をすくめる。

　佐竹が栄太を見つめ、

「本庁にいらっしゃるんですか？」

　と訊く。露骨に話題を変えようとしているのが見え見えだ。

「はい」

「大部屋ですか？」

「所属は一課ですが、大部屋ではありません。新設部署で、周りからは、ＳＭ班と呼ばれてまして……」

と、栄太は恥ずかしそうに頭をかく。

「SM班？」

佐竹の目が光る。

「いやあ、うちの班長、サドなのかマゾなのか、どっちか知らないけど、まあ、変態には違いないんですよ。それで、おれたちもSM班ってわけです」

わはははっ、と糸居が大笑いする。

「何がおかしいのかね。そんなでたらめを言ってさ」

ふんっ、とあおいが顔を顰める。

「どういう事件を担当するんですか？　やはり、殺人ですか」

佐竹が訊く。

「特に決まっているわけではないんです。遊撃部隊というような位置付けで、必要とされるところに応援に出向くと言いますか……。正直なところ、新たに立ち上げられたばかりの部署なので、何をすればいいのか、自分たちもよくわかっていないというのが本当です」

栄太が答える。

「糸居君は、以前、うちにいたから面が割れているでしょうが、弟さんや柴山さんは、そうではない。協力してもらえるんじゃないですかね？」

佐竹が優美子に顔を向ける。

「それは無理だと思いますよ」

優美子が首を振る。

「何だ、何だ、気になる言い方だなあ。どういうことなのよ、おれだけ仲間外れにしなくてもいいだろうが」

糸居が話に割り込んでくる。

「糸居君もよく知っているはずだよ、スリーパーが……」

「駄目っ！」

優美子がどんっとグラスをテーブルに置く。

「佐竹さん、酔っ払ったの？　勤務時間外に酒の席で話題にするようなことですか」

「申し訳ない」

「ちょっと待って下さいよ。もう聞いちまったからね。どういうことなのか、きっちり説明してもらおうかね？　奴と、おれの因縁、知らないわけじゃないんだから」

糸居がじっと優美子を見つめる。目が据わり、目の奥に怒りの炎が燃えている。

三

五月九日（日曜日）

田淵は朝から墓参りに出かけた。

四年前に交通事故で亡くなった一人息子・翔太《しょうた》の墓が千葉にある。月命日は一七日で、その日が土日や祝日ならば必ず墓参りに行くし、平日であっても、捜査に追われて忙しいときでなければ、有休を取って行く。どうしても行けないときは、その前後の休みの日に行くように心懸けている。

義務というわけではないし、誰かに頼まれているわけでもない。田淵自身がそうしたいだけのことである。性転換手術をして肉体的にも戸籍の上でも女になった田淵が、今後、血を分けた子供を持つ可能性はない。過去も現在も未来も、田淵にとっては翔太だけが血肉を分けた子供なのである。

今は付き合っている相手もいないし、特に親しくしている友達もいないから、仕事を離れると、田淵は一人で過ごすことが多い。淋《さび》しいとは思わないし、暇を持て余しているわけでもないが、ふと、翔太に会いたくてたまらなくなることがある。なぜか、事件が解決した後に、そう感じることが多い。張り詰めていた緊張が一度に緩んでしまうからかもしれない。

今日も、そうだ。

来週、また来るとわかっているが、それでも足が翔太の墓に向くのである。翔太の墓前で物思いに耽《ふけ》ることが、今の田淵にとって、最も心の安らぐ時間だということなのであろう。

管理事務所で受付を済ませ、墓掃除に必要なものを借りて、墓地に入る。翔太の墓までは、五〇メートル以上ある。

墓まで、あと三〇メートルというところで、田淵が足を止める。墓前に人がいる。女だ。墓の前にしゃがみ、頭《こうべ》を垂れて胸の前で両手を合わせている。

ハッとして息を止めるものの、すぐに、ふーっと大きく息を吐いて、また歩き始める。砂利を踏む音が聞こえたのか、その女が顔を上げて振り返る。

「あなた……」

女が両目を大きく見開いて驚く。

「……」

田淵は黙って会釈する。別れた妻・聡子《さとこ》だ。すなわち、翔太の母親である。

墓参を済ませると、田淵と聡子は、バスで駅前に戻り、近くにある喫茶店に入る。昭和の頃から外装にも内装にもろくに手を入れていないような、よく言えば、レトロな、悪く言えば、みすぼらしい寂れた店である。一〇人も入れば、いっぱいになってしまいそうな小さな店だ。カウンターのそばの壁に液晶テレビが設置されており、競馬中継を流している。客たちは競馬新聞を片手にカウンターのそばに陣取っており、テレビから遠い窓際の席には客がいない。

二人は、その窓際の席に坐《すわ》る。

注文したコーヒーが運ばれてくると、

「すっかりご無沙汰《ぶさた》してしまって」

田淵が言う。

「こちらこそ」

聡子が頭を下げる。

しばらく口を利かず、黙ったまま、コーヒーを飲む。

「あの」

「あの」

二人が同時に口を開く。

「ごめんなさい、どうぞ」

田淵が話を促す。

「いいえ、ここには、よく来るのかなと思って」

「月命日には来るようにしているの。今日は、たまたま」

「そうですか。わたしも月命日くらい来なければと思ってるんですけど、なかなか時間が取れなくて……」

聡子が小さな溜息《ためいき》をつく。

「仕事が忙しいの？」

「仕事といっても、ただのパートですけど、そう簡単に休めなくて……。こっちの都合を口にすると、もう来なくていいと言われてしまうし」

「そう、大変なのね。何か、わたしにできることがあれば……」

「大丈夫ですよ。何とかやってますから。すみません。変なことを言って心配させてしまって」

聡子がちらりと腕時計を見遣《みや》る。

「わたし、もう行かないと。今日も休みというわけではなく、夕方から仕事なんですよ」

「ごめんなさいね。引き留めてしまって」

「とんでもない。久し振りに会えてよかったです」

じゃあ、これで、と伝票に手を伸ばそうとするのを田淵が押しとどめ、

「わたしは、もう少しいるから。任せて」

「じゃあ、ごちそうになります」

聡子は頭を下げると、そそくさと喫茶店を出て行く。

道路を渡って駅に向かっていく聡子の後ろ姿を窓から眺めながら、田淵は胸が痛む。化粧で隠そうとはしていたが、聡子の顔には痣《あざ》があった。誰かに殴られた痕《あと》に違いない。ブラウスから覗《のぞ》いていた二の腕にも青い痣があるのが見えた。強い力で誰かにつかまれたのではないか、と田淵は思った。

離婚してから、聡子とは、あまり連絡を取り合っていない。翔太の法事で顔を合わせる程度だ。普段は音信不通なのである。

翔太の三回忌で会ったとき、誰かと付き合っているようだなと察し、それを田淵は喜

んだ。翔太の死で絶望の淵《ふち》にいるときに、田淵の方から聡子に離婚を切り出した。聡子と離婚して性転換手術を受け、女として生きていくという、田淵にとっても人生を左右するほどの決断をしたから切り出したのだが、今にして思えば、聡子に対してまったく思いやりがなく、自分勝手な振る舞いだったという恥ずかしさを感じる。聡子にとっては最悪のタイミングだったに違いない。一人息子を亡くした喪失感に打ちのめされているときに、その悲しみを分かち合うことのできる、ただ一人の相手から捨てられたのだ。

それ故、聡子が立ち直り、新たなパートナーと共に自分の道を歩んでいくとすれば、それは田淵にとっても心から祝福できることなのだ。

しかし、現実は、そう甘くはなさそうだ。聡子の表情に明るさはなく、顔や腕には青痣がある。それがＤＶによるものだとすれば、そうなった原因は自分にもある、いや、すべて自分の責任なのだ、と田淵は自分を責める。眉間《みけん》に皺《しわ》を寄せて、冷めたコーヒーを口に含む。ひどく苦い味がする。

四

佐藤美知太郎は午前六時に起床する。昔からの習慣である。仕事の日も休みの日も変わらない。夜は午後一〇時に寝るようにしているが、これは仕事の都合で変わる場合がある。残業などで帰宅が遅くなり、ベッドに入るのが一二時近くになることもあるのだ。

それでも朝は同じ時間に目が覚める。体に染みついている習慣なのである。

今日も六時に起きた。

洗面を済ませ、軽い体操をすると六時半になる。

体操というのは、いわゆる、ラジオ体操である。子供の頃、夏休みになると町内会主催で、小学校の校庭で毎朝行われた。子供たちの健康促進という目的で行われていたが、実際には参加者の半分くらいは年寄りだった。

佐藤は幼い頃から人見知りで、外に出るのを好まず、知らない人間に会ったり話をしたりするのが苦手だったが、なぜか、ラジオ体操だけは大好きで、天候不良で中止になったとき以外は欠かさず参加した。一緒に体操する老人たちとも顔見知りになり、佐藤にしては非常に珍しいことだが、相手から声をかけられると、きちんと対応したし、おはようございます、さようなら、という挨拶《あいさつ》も忘れなかった。

佐藤にとって何より残念なのは、町内会主催のラジオ体操が、学校が休みのとき以外は行われないことで、そういうときは、仕方がないので自宅で一人で体操をするようになった。町内のラジオ体操は六時半から始まるので、いつも佐藤は六時に起きて出かける支度をした。六時起床というのは、その頃からの習慣なのである。その習慣を四半世紀も守り続けていることになる。

体操が終わると、コーヒーを淹《い》れる。仕事の日は、出勤途中にクラシックの流れる喫茶店でモーニングセットを食べるが、休日は自宅で簡単に済ませる。淹れ立てのコーヒーと果物だけだ。果物といっても、リンゴを一切れか二切れ、あるいは、みかんひとつ、あるいは、巨峰五粒、あるいは、グレープフルーツ四分の一……せいぜい、その程度である。仕事に行く日と自宅で過ごす日では、活動するために必要なエネルギー量が違うから、タンパク質を摂取する必要はないし、エネルギー量も少なくて当然だ、というのが理由だ。

今日は珍しく、リンゴの他にサラダも用意した。小ぶりのボウルにレタス、キュウリ、プチトマト、ホワイトアスパラがきれいに並べられている。ドレッシングは使わない。塩をほんの少し振るだけである。

なぜ、サラダも食べるかというと、今日は出かける用事があるからだ。外出に必要なエネルギーを摂取するために朝食にサラダを追加したのである。

テーブルにコーヒー、サラダ、果物を並べると、佐藤は、ラフマニノフのプレリュードを流し、本棚から、プルーストの全集を適当に選び出す。椅子に腰掛けると、ページを適当にめくって、そこから読み始める。物語の筋を追っているのではなく、文章のリズムを味わっているだけだから、どこから読んでも平気なのだ。読みながら、コーヒーを飲んだり、食べ物を口に運んだりする。

どんなときにも無表情で自分の感情をほとんど表に出さない男だが、今日は、いつもに比べて、どことなく気が重そうな、憂鬱《ゆううつ》そうな顔をしている。

一時間ほどかけて、ゆっくり食事を済ませると、佐藤は外出の支度を始める。

東京駅から、名古屋《なごや》行きのこだまに乗り、熱海《あたみ》で降りる。熱海で、伊豆急《いずきゅう》下田行きの踊り子号に乗り換え、伊豆《いず》稲取《いなとり》で降りる。駅を出ると、「迎車」という表示を出したハイヤーが待っている。事前に予約しておいたのだ。ここに来るときは、いつも利用するハイヤーである。運転手もいつも同じで、田中《たなか》という歯並びの悪い小太りの中年男だ。運転席で新聞を読んでいた田中は、車に近寄ってくる佐藤に気が付くと、車から降り、

「佐藤さん、おはようございます」

と大きな声で挨拶する。

「あ、どうも」

「天気がよくてよかったですね。昨日、雨が降ったんですよ。雨だと山道を走るのが大変ですからね」

田中が後部座席のドアを開ける。

佐藤が黙って乗り込む。

いつも頼んでいるので、いちいち目的地を指示しなくても田中は勝手に走り出す。段取りが同じだというのは、佐藤にとってはありがたい。極力、他人との会話を避けたいというのが佐藤の本音なのである。

田中は話し好きで、ほんのわずかの間でも黙っていることができない。ずっとしゃべり続けている。もっとも、自分が話すのは好きだが、相手の話を聞くのは大して好きで

はないらしく、佐藤に問いかけたりすることはあるものの、それは、一応、礼儀として問いかけているに過ぎず、佐藤の返答を期待しているわけではないから、佐藤から何の反応もなくても気を悪くすることはない。田中の話を右から左に聞き流し、窓から外を眺めていればいいだけなので、慣れてしまえば、佐藤としても居心地が悪いということはない。

　駅を出て、一〇分くらいで、整備された市道から山道に入り、そこから先は、ずっと山道である。走るほどに道は細く険しくなっていき、右を見ても左を見ても山と森だけの単調な風景になってしまう。

　舗装された道路ではあるものの、あまり修繕は為《な》されていないらしく、かなりでこぼこになっているところもあり、ぼんやりしていると、シートの上で尻《しり》が跳ね上がってしまう。前方にも後方にも他に車は見当たらず、山道に入ってから、すれ違った車は、ほんの一台か二台に過ぎない。歩いている人の姿はまったく見かけないし、民家もないようだ。三〇分ほど走り続け、その山道を逸《そ》れて、更に細い道に入る。その道を数分走り続けると、突如として眼前にモダンで豪華な建物が現れる。こんな山奥には、およそ似つかわしくない真新しい建物で、あたかも人里離れた保養地にある高級ホテルという風情である。

　エントランスの前に、田中が車を着ける。

「いつもと同じくらいですか？」

「それでいい」

佐藤が車から降りると、田中は車を駐車場に移動させる。この建物の中に佐藤がいるのは一時間ほどで、その間、田中は駐車場で待つのである。佐藤が出てくると、大抵、田中は居眠りしており、佐藤が運転席のウィンドーをコツコツ叩《たた》いて起こすことになる。

正面入り口から佐藤が中に入る。広い玄関がある。床は大理石だ。そこで施設のスリッパに履き替える。

正面に受付カウンターがあり、制服姿の女性がにこやかに迎えてくれる。ポケットから入館証を出して、その女性に渡す。チタン製のカードで、表面には七桁《けた》の数字が刻印されているだけで、施設名も電話番号も何も記されていない。それが何のカードなのか、見ただけではわからない。これが入館証なのである。

受付の女性はカードを端末に差し込んで、パソコンを操作する。画面に表示された情報を確認すると、

「佐藤さま、いらっしゃいませ。お母さまは食事を終えて、ラウンジで休憩していらっしゃいます。ラウンジにおいでになりますか、それとも、お部屋の方がよろしいですか？」

「ラウンジでいい」

「ご案内いたします」

「大丈夫。わかる」

「承知しました。では、これを」

女性が名札を差し出す。首からぶら下げるための紐《ひも》がついている。

「カードは名札と引き換えに、帰りにお返しします。ごゆっくりお過ごし下さいませ」

女性が丁寧に頭を下げる。

佐藤が長い廊下を歩いて行く。たまに職員がすれ違う。こんにちは、と小声で挨拶し、軽く会釈して通り過ぎていく。どこからも物音が聞こえない。建物全体がしんと静まり返っている。

ラウンジは、高級ホテルのロビーといった感じである。広々とした空間に、テーブルやソファがゆとりを持って配置されている。壁に大きな抽象画が飾られ、部屋の隅にはギリシア風の彫刻が置かれている。庭に面している方は床から高い天井まで全面がガラス張りになっており、手入れの行き届いた庭を眺められるようになっている。

入り口に女性スタッフが立っており、

「こんにちは」

にこやかに挨拶しながら、素早く佐藤の名札に視線を走らせる。

「佐藤さま、お母さまは、あちらにいらっしゃいますよ」

どうぞ、とスタッフが先導する。

窓際の奥のテーブル席に上品な顔立ちの女性が一人で坐《すわ》っている。

佐藤の母・登水子《とみこ》だ。六二歳。

「今日は、ご機嫌がいいんですよ。食欲もあって、お食事はすべて召し上がりました。デザートの栗羊羹《くりようかん》がおいしいとおっしゃいました」

「そう言ったのか？」

「え？」

「おいしいと母が言ったのか？」

「はっきりとおっしゃったわけでは……。でも、お顔を見れば、わかりました」

　スタッフが慌てて弁解する。

（入所者一人一人について細やかにお世話をし、いつも目を配っております、と言いたいわけだな。きっと誰にでも同じことを言うんだろうな。体調がよさそうだ、機嫌がよさそうだ、食欲もあって楽しく過ごしているようだ……。つまり、高額の入居費用に見合うだけのサービスを提供しているとアピールしたいわけか）

　佐藤は、頭の中でそんなことを考えたが、施設側のそういう対応に腹を立てたり、不満を感じたりすることはなかった。この施設に入ることを決めたのは登水子自身だし、入居費用も、亡くなった父親が残した遺産で賄われている。佐藤の負担は皆無と言っていいほどだから、ここがどれほど偽善に満ちた施設であろうと、佐藤は口を出すつもりはない。

　月に一度の面会は佐藤の意思ではなく、入所するときに登水子に命じられたことである。物心ついてから、佐藤は登水子に逆らったことがない。佐藤の生活のすべてを登水子が律していたのである。

　だから、

「月に一度は面会にいらっしゃい。いいわね？」

　と、登水子に言われたとき、

「はい、お母さま」

　と、佐藤はうなずき、もう二年以上、その約束を律儀に守り続けている。

　介護施設に入所することを登水子が決めたのは、若年性の認知症が進行していることがわかったからだ。

　その診断を受け、年齢と共に認知症が重篤化していくことがわかると、登水子は自分で何もかも手配した。目黒にあった持ち家を処分して、佐藤のためにマンションを購入し、登水子自身は、この施設に入居することを決めた。九〇歳になるまで施設で生活できる入居費用を前払いしたが、それでもかなりの財産が残り、残った財産は信託銀行に預けられた。緻《ち》密《みつ》な契約書が作成され、運用方法が決められた。登水子が生きている間、後見人である佐藤には月々一定額が支払われ、登水子が亡くなれば、その信託財産は佐藤の名義に書き換えられる。

　入居して二五年が過ぎると、たとえ九〇歳になる前に登水子が亡くなっても前払い金は戻らない取り決めで、逆に九〇歳を過ぎても施設にいる場合には追加の費用が発生する。その費用は後見人である佐藤が負担しなければならない。

「息子さんがいらっしゃいましたよ」

スタッフが登水子に声をかける。

「……」

登水子は口許《くちもと》に微《かす》かに笑みを浮かべて、じっと庭に目を向けている。まるでスタッフの言葉が耳に入っていないかのように無反応だ。スタッフにも佐藤にも顔を向けない。

「何か、お飲みになりますか？」

「いや、結構だ」

佐藤が言うと、スタッフが、ごゆっくりどうぞ、失礼します、と会釈して去って行く。

佐藤が登水子と向かい合う席に腰を下ろす。

「美知太郎です」

「……」

「きれいな庭ですね」

「……」

「今日は天気がいい」

「……」

窓の向こうには美しい庭園が広がっている。色とりどりの花々が咲き乱れ、小鳥たちがさえずっている。庭の中央には噴水があり、小川が流れ、そこに橋がかかっている。庭を散策している人の姿も見える。

「……」

もう何を話していいかわからなくなってしまったらしく、佐藤はうつむいて自分の指をじっと見つめる。登水子も黙っているし、佐藤も黙っている。会話は成立せず、時間だけが過ぎていく。

やがて、佐藤はちらりと時計で時刻を確認すると、

「帰ります」

と立ち上がる。

「……」

登水子は視線を外に向けたままだ。

佐藤はラウンジを出る。受付で名札を渡し、代わりに入館証を返してもらう。

「ありがとうございました。またおいで下さいませ」

受付の女性がにこやかに佐藤を見送る。

佐藤は駐車場に行く。

やはり、田中はシートを倒して居眠りしている。

運転席のウィンドーをコツコツと指で叩くと、

「あ……」

田中が目を開け、シートを戻すと、手の甲で涎《よだれ》を拭《ぬぐ》う。

「もう一時間経ちましたか」

「……」

佐藤が後部座席に乗り込むと、田中が車を出す。

「ひと月ぶりですよね。楽しかったですか？」

地元の人間なので、田中は、ここが介護施設だと知っているし、佐藤が身内の面会にやって来ているのだと推察している。

「ああ、楽しかった」

佐藤が窓の外に目を向けながらうなずく。

五

柴山あおいは六時に起きた。仕事の日は七時に起きるから、休日の方が起きるのが早い。トレーニングがあるからだ。

（ちょっと体が重いなあ）

あおいが顔を顰《しか》める。ゆうべ、薬寺が主催する食事会に参加した。それはいい。まずかったのは、その後、糸居に誘われて新宿に行ってしまったことだ。

糸居は大はしゃぎで、徹夜で飲み明かそうという鼻息だった。幸い、栄太の姉・優美子が現れたおかげで、糸居のしつこい誘いを振り切って帰宅することができた。それでもマンションに戻ったのは、かなり遅かった。酒食が理由で夜更かしすると、翌朝、その影響が顕著に表れる。体が重いだけでなく、洗面所の鏡に映る顔を見ると、肌が荒れて色艶《いろつや》が悪くなっている。

（たっぷり汗を流して体内の毒素を抜かなくては）

顔を洗うと、ランニングに出かける。ジョギングではなく、ランニングである。早朝のジョギングを楽しむ人は少なくないが、あおいは、彼らとは走る速さがまるで違っている。

あおいが住んでいるのは江東《こうとう》区住吉《すみよし》のマンションだ。半蔵門《はんぞうもん》線住吉駅の近くにある。マンションを出ると、猿江《さるえ》恩賜公園に入り、ここで念入りに柔軟体操をする。十分に体をほぐすと、公園内を軽く二周ほど走る。体が温まってきたら、公園を出て、北に向かって走り出す。この段階で、すでにかなりの速さが出ている。錦糸町《きんしちょう》駅を左手に見ながら通り過ぎ、錦糸公園に入る。公園を出て、蔵前橋《くらまえばし》通りにぶつかると、そこで右折する。道なりに走り続けると、やがて、亀戸《かめいど》中央公園に行き当たる。公園に入り、旧中川《きゅうなかがわ》沿いに走る。旧中川ではボートの練習が盛んで、朝早くから学生たちが練習に励んでいる。旧中川沿いに走り続けると、荒川《あらかわ》に出る。葛飾あらかわ水辺公園、荒川・砂町《すなまち》水辺公園と通り過ぎ、清砂《きよすな》大橋の手前で右折する。道なりに走り、東陽町《とうようちょう》の交差点を右折する。そこから自宅までは一直線だ。再び猿江恩賜公園に入り、ゆっくり柔軟体操してクールダウンする。

タオルで汗を拭いながらマンションに戻り、シャワーを浴びる。朝食は、果物と野菜を少し食べるだけだ。朝は炭水化物をまったく摂取しない。タンパク質はサラダに混ぜた大豆を摂取する程度である。朝刊を読みながら、ゆっくり食事を済ませると、外出の支度を始める。錦糸町駅の近くにあるスポーツクラブに行くのだ。もちろん、電車やバスには乗らず、歩いて行く。普段はジャージやトレーニングウェアで出かけるが、今日は、そうではない。クラブで汗を流した後、結城つばさの自宅を訪ねる予定になっているからだ。

　結城つばさが那須にある氏家星一郎の屋敷から救出されたのは、先々週の火曜日である。三日ほど入院した。軽い栄養失調と脱水症状を起こしていたものの、大きな外傷は負っていなかった。せいぜい、かすり傷程度である。

　しかし、精神的なショックが大きかった。

　医者は精神科への入院を勧めたが、つばさが嫌がったので、両親はつばさを自宅に連れ帰って療養させることにした。専門的な知識のある看護師を住み込みで雇って、つばさの世話をさせている。

　あおいは、休みのたびにつばさを見舞っている。あおいが来るとつばさは喜び、落ち着きを取り戻すので、両親もあおいを大歓迎する。

　今日も昼食に招待されている。

　父の泰史《やすふみ》が接待ゴルフで不在なので、昼食は、母の静香《しずか》、つばさ、あおい、看護師の後藤《ごとう》さんの四人で食べた。料理は静香と、お手伝いの幸子《さちこ》さんが二人で作り、幸子さんが給仕をした。

あおいは、普段は外食が多く、自宅で食事するときは野菜や果物をそのまま食べることが多い。手の込んだものを作るだけの根気も気力も技術もないので、結局、余計な手を加えず、生のままで食べてしまうのだ。そういう食事に味気なさを感じることがあるのも事実である。

あおいにとって、結城家の食事は、まるで次元が違っている。そもそも、ナイフやフォーク、スプーンを何種類も使い分けるというのが理解不能である。

最初は、どう使い分ければいいのかわからず、まごついてしまった。そんなあおいを笑うこともなく、静香とつばさは、丁寧に食事の作法をあおいにレクチャーしてくれた。おかげで、人並みの食事のマナーを身に付けることができた。

「すみません。わたし、育ちが悪いもので。子供の頃から、何を食べるときでも箸《はし》だけしか使わなかったんです。ナイフやフォークは滅多に使いませんでした。スパゲティも箸で食べてましたから」

「気になさることはないんですよ。その食材をいただくのに、最も適した道具を使うのが食べやすいというだけで、食べる人が使いやすいものであれば何でもいいんですから」

そう静香に言われたとき、

（何て優しいお母さんなんだろう）

と、あおいは感動した。

「わたし、あのことがあってから、食べることって大事だなあと思うようになったの。今までは当たり前のようにお母さんや幸子さんの作るものを食べていたけど、それって、全然当たり前じゃないんだよね。生きているからこそ、おいしいものをおいしいと感じることができるわけだから」

つばさがスープを飲みながら、しみじみとつぶやく。

「そうね。もし……もし……つばさに何かあったら、わたしは何を食べてもきっと味を感じなくなっていたでしょうね。生きているのも嫌になっただろうと思うの。お父さんも同じことをおっしゃっていたわよ」

静香が涙ぐむ。

「あおいお姉さんは、わたしだけでなく、わたしたち一家全員の命の恩人ということね」

「ええ、そうよ」

「そんな……大袈裟《おおげさ》すぎます」

あおいが恐縮する。

「いいえ、柴山さんは、わたしたちの大恩人なんですよ」

静香がじっとあおいを見つめる。

「お父さんやお母さんは知らないだろうけど、お姉さん、本当に強いんだよ。あのとき、あそこにいたのがお姉さんでなかったら、犯人が勝っていたかもしれない。それって、つまり、わたしが生きていないということだし、わたしは今頃ここにはいなくて……」

うっ、とつばさが両手で顔を押さえて席を立つ。嗚咽《おえつ》が堪《こら》えきれなくなったらしい。

そのままダイニングから出て行く。

「事件のことを思い出すと、恐ろしくなってしまうようで……」

静香が目を伏せる。

「よくあるんですか？」

「たまにあります。しばらくすると落ち着くので放っておくようにしています。最初は宥《なだ》めようとしたんですが、そうすると、かえって興奮して、手に負えなくなってしまうんですよ」

「話してきましょうか？」

あおいが席を立とうとする。

「わたしが参ります。興奮が収まらないようでしたら、薬を飲ませますから」

後藤さんが立ち上がる。

「お願いします」

静香が後藤さんにうなずく。

食堂には静香とあおいの二人が残される。

「ちょうどよかった、と言うのも変ですが……わたし、柴山さんに相談したいことがあるんです。二人だけのときで、と思っていましたので……」

「何でしょうか？」

「荒木《あらき》という弁護士をご存じですか？」

「荒木？　いいえ、知りませんが」

あおいが首を振る。

「一昨日《おととい》の夜、電話があったのです。宍戸《ししど》浩介《こうすけ》の弁護士だそうです」

「え」

あおいが驚く。

樺沢《かばさわ》不二夫《ふじお》と宍戸浩介は二人で手を組み、人体パーツの販売を目的として若い女性たちを拉致《らち》殺害していた。販売を担当したのが樺沢で、女性を拉致し、必要なパーツを奪い取った後で殺害したのが宍戸浩介である。

「どういう用件で電話がかかってきたんですか？」

「宍戸がつばさにお礼の気持ちを伝えたいというのです。本人は連絡できないので弁護士に伝言を頼んだそうなんです」

「お礼？　いったい、何のお礼ですか？」

「つばさがマリアを引き取ったことを知ったらしくて……」

「ああ、そういうことですか」

フレンチブルドッグのマリアは、元々、宍戸浩介の飼い犬だった。様々な芸を仕込まれ、女性を拉致する手伝いをさせられていた。

宍戸浩介が逮捕された後、マリアは世話する者もいなくなり、野良犬となって自宅付近を徘徊《はいかい》していたのである。それを氏家星一郎が探し出した。宍戸浩介と同じように、女性を拉致するための小道具として利用するつもりだった。

あおいがつばさを助け出したとき、たまたま、マリアがあおいを助太刀する格好になった。つばさはそれに感謝して、引き取り手のいないマリアを自宅で飼うことにしたのである。

氏家星一郎の屋敷で起こった惨劇についてはテレビや週刊誌、新聞など様々なメディアで詳しく報じられ、中には、マリアについて触れた記事もあったから、宍戸浩介がマリアの行方を知ったとしても不思議はない。

「気持ち悪いことを言われたんです」

「どんなことですか？」

「このご恩は忘れない、いずれ恩返ししたいと思っている……そう宍戸が感謝していたと弁護士が言うんです」

「どうやって恩返しするっていうんですか。これから長い裁判が始まって、厳しい刑が言い渡されるのは確実なのに」

宍戸浩介がやってきたことを考えれば、死刑は免れないだろうと誰もが考えている。

あおいも、その一人だ。もっとも、判決が確定するまでには長い時間がかかるであろう。

「感謝すると言われても、相手は恐ろしいことをして捕まった殺人鬼なわけですし、そんな電話があったことをつばさに話した方がいいのだろうか、それとも黙っていた方がいいのだろうか、と夫と二人で悩んでしまいまして……」

「とりあえず、黙っているのがいいと思います。もし、また弁護士から電話があったら、すぐにわたしに教えて下さい。場合によっては、わたしがその弁護士に会いに行きますから」

「面倒ばかりかけてしまって」

「とんでもないです。少しも面倒だなんて思ってません。いつでも、お力になります」

あおいが力強く言う。それは本心である。つばさのためになることであれば、どんなことでもしたいというのが、あおいの偽らざる気持ちなのだ。それが、あおいなりのつばさに対する愛情表現と言ってよかった。そんなあおいを、静香は信頼と感謝の気持ちに満ちた目で見つめる。

六

（ああ、やっぱり、住み慣れた自分の家はいいぜ。どんなボロでも、病院よりはましってもんだ）

本郷和正《かずまさ》が住んでいるのは練馬《ねりま》区石神井《しゃくじい》町《まち》にある都営住宅である。狭いし、建物全体が古ぼけている。壁も床もがたがきている。家賃の安さだけが取り柄だ。大手の出版社を退職し、本が売れたらすぐにでも引っ越すつもりで、それまで少しでも節約しようという軽い気持ちで、つまり、仮住まいのつもりで住み始めたが、気が付けば、もう一〇年近く住み続けている。本郷も、すでに四三歳である。妻子もなく、傍《はた》から見れば、うだつの上がらない、冴《さ》えない中年男に過ぎない。

まあ、仕方ねえよ……と半ば自嘲《じちょう》気味に己の人生を眺めていた本郷のもとに思いがけず幸運が舞い込んだ。

いや、幸運といっていいものかどうか自分でもわからない。危うく死ぬところだったのだ。致命傷こそ負わなかったものの、体のあちこちを刃物で切られ、何針も縫うことになった。そのせいで、一〇〇日以上も入院する羽目になったのである。

生き長らえたことで本郷の人生は一変した。

今までは、出版社に企画書を持ち込んでも門前払いを食わされたり、居留守を使われたりした。本郷をゴミのように冷たい目で見ていた編集者たちが果物や大きな花束を抱えて見舞いに来て、仕事の依頼をした。雑誌、テレビ、新聞など、あらゆるメディアが殺到した。

「うちの独占ということにしてくれれば、まず週刊誌で短期集中連載という形を取って掲載する。その後、できるだけ間をあけずに単行本を出そうじゃないか。原稿料は一枚一万円出すよ。単行本は初版一〇万部を約束する。もちろん、印税は一〇%ってことで」

かつて本郷が勤めていた出版社は破格の条件を提示してきた。日本を代表する大手出版社である。

「……」

呆然《ぼうぜん》として、本郷は返事ができなかった。

それまでは、埋め草記事を頼まれたときの原稿料が三〇〇〇〜四〇〇〇円程度、何冊か出した単行本は初版が三〇〇〇部で、印税は七％だった。

そんな本郷に提示されたのは、売れっ子作家と遜色《そんしょく》のない条件である。本郷が言葉を失うのも無理はない。似たようない話がいくつも持ち込まれた。すぐにでも飛びつきたくなるような話ばかりだ。

だが、本郷は、どれにも飛びつかず、返事を保留した。

（焦るな、焦るな）

そう自分に言い聞かせた。駆け出しのライターではない。自分の置かれている状況を客観的に眺められるだけの冷静さは保っている。

それらの好条件は本郷の才能に対して提示されているわけではない。あくまでも、ひとつのショッキングな事件の当事者だったという事実に対する提示なのである。今は世間も大騒ぎしているから、本郷がノンフィクションを書いて刊行すれば、大きな話題をさらうことは間違いない。

しかし、あくまでも一過性の話題に過ぎない。次は、ないのだ。そのあたりをよくよく熟慮しなければならない、と本郷は考えている。好条件を提示する出版社ばかりだが、二作目、三作目についての話をする編集者はいないのだ。

（ちくしょう、使い捨てにされてたまるか）

入院中も思案を重ねたが、まだ結論は出ていない。

もっとよく考えなければならない、決して安売りはするまい、と本郷は己を戒める。

七

本郷のインタヴューを受けたことを、松岡《まつおか》花梨《かりん》は今では深く後悔している。

新宿のホテルでインタヴューを受けたのが先月の二〇日だから、もう三週間近く前になる。宍戸浩介に拉致されたことは、二度と思い出したくない記憶だったが、お金のためにやむを得ず引き受けた。

父の洋次《ようじ》は家電量販店をリストラされて失業中で、母の麻子《あさこ》がパートをかけ持ちして家計を支えている。洋次が勤めているときでも生活は楽ではなかったから、家計に負担をかけないように、花梨はバイトをして学費を自分で払っていた。

事件の後、花梨は精神的なダメージが大きく、バイトどころか学校にも行けなくなり、自宅に引き籠《こ》もった。バイト代を学費に充てるだけでなく、いくらか麻子にも渡し、家計の足しにしてもらっていたから、麻子のやりくりは、ますます大変になった。

そんな状況にもかかわらず、洋次は奮起して熱心に仕事を探すどころか、半ば自暴自棄になってパチンコで憂さ晴らししている。そのパチンコ代にしても、麻子が隠している生活費から盗み取ったものなのである。

生活は破《は》綻《たん》寸前だったから、インタヴューに応じてくれれば、二〇〇万出す、と言われて洋次の心が動いたのは当然であろう。それだけの金があれば、花梨の学費も払えるし、マンションのローンを払うこともできる。麻子がパートに出る日数を減らすこともできる。働き過ぎで麻子はいつ倒れてもおかしくない状態なのだ。

だから、花梨はインタヴューを承知した。

前金として一〇〇万、インタヴュー後に一〇〇万、約束通りに謝礼が支払われた。

自分が苦痛に耐えたおかげで父も母も一息つくことができる、少しは暮らし向きも楽になるはずだ……そう花梨は信じていた。

しかし、現実は、そう甘くはなかった。

札束を目にして洋次は目の色が変わり、翌日から、今まで以上に熱心にパチンコ屋通いを始めた。開店前から並び、閉店まで居残る。勝っても負けても、パチンコ仲間と酒を飲みに行く。気前よく酒を奢《おご》る。帰宅するのは日付が変わってからだ。

二〇〇万は大金だが、使い始めれば減るのは早い。何しろ、毎日、洋次が金をわしづかみにして出かけるのだ。一〇日もすると、一〇〇万が消えた。残った金を麻子は隠した。それを探す洋次との間で激しい諍《いさか》いが起こる。時には洋次が麻子に暴力を振るい、麻子が泣き叫んで流血沙《ざ》汰《た》になることすらある。夫婦喧嘩《げんか》が絶えなくなる。

（やめて、やめて、やめて！）

花梨は両手で耳を塞《ふさ》いで自室に引き籠もる。それでも諍いの声や物音を完全に遮断することはできない。花梨の心はかき乱され、気持ちは落ち込んでいく。いつになったら事件のトラウマから解放されるのかまったくわからない。底なしの暗い深淵《しんえん》に落ち込んでいくような気になる。

八

太郎が廊下に出て、ドアに鍵《かぎ》をかけると、

「ようやく会えたわね」

背後から声をかけられる。

太郎が振り返る。

「ああ、樹里亜さんか」

「話がしたいの。部屋に入れてくれない？」

「出かけるところだよ」

「何日も知らん顔をしておいて、そんな冷たいことを言うの？　愛里沙が生きている姿を最後に見たのは太郎君でしょう？　愛里沙が事故に遭ったとき、わたしは何も知らずに、うちで寝てたのよ。警察からの電話に起こされて、慌てて病院に駆けつけたときには、もう愛里沙は死んでいた。本当なら太郎君がそばにいてくれてもよかったはずなのに……」

樹里亜が涙ぐむ。

「話してもいいけど、おれの部屋は駄目だよ」

「じゃあ、わたしの部屋に来て」

「うん」

太郎は樹里亜に案内されて、樹里亜の部屋に行く。

玄関に足を踏み入れると、強い線香の匂いが、ぷーんと鼻をつく。

リビングの片隅にテーブルがあり、その上に、小さな祭壇が設《しつら》えてある。愛里沙の遺影と骨壺《こつつぼ》が置いてある。

「焼香してくれる？」

「……」

太郎は仏壇の前に坐《すわ》り、線香を立てる。遺影に向かって、目を瞑《つぶ》って両手を合わせる。

かなり長く頭《こうべ》を垂れている。

「太郎君、もういいわよ」

リビングの中央に大きなソファセットが置いてあり、テーブルにコーヒーが用意してある。太郎は樹里亜と向かい合う席に腰を下ろす。

「砂糖とミルクは？」

「いらない」

太郎が首を振る。

「なぜ、葬式に来てくれなかったの？」

「行ったよ。外から見てた」

「どうして？」

「そういうところに行ったことがないんだ。着ていくものもないし、中に入って何をすればいいのかもわからない」

「次郎は、どうしたの？」

「お墓を作って埋めたよ」

「一人で？」

「うん、一人で」

「ショックだったのはわかるわ。愛里沙と次郎が車に轢《ひ》き逃げされて、それを目の前で見てしまったんだから。でも、もう犯人は捕まったわけだし……」

「違う。まだ捕まってない」

「だけど、犯人が自首したって……」

「あいつらは本当の犯人じゃない。身代わりだよ」

「身代わり？　どうして、そんなことがわかるの？」

「車に乗っていた奴らの顔を見たからさ」

「警察に言った？」

「言わない」

「どうして言わないの？」

「警察は何もしないからだよ。警察には頼らない。自分で仇《かたき》を取る」

「仇を取るって……。何をするつもりなの？」

「人の命を奪った者は、自分の命で罪を償うしかない」

「本当の犯人を殺すとでも言うの？」

「うん、殺すつもりだよ」

「ちょっと待って。すごく頭が混乱してきた」

樹里亜がコーヒーを飲む。喉《のど》が渇いていたというのではなく、一息入れて自分を落ち着かせたいのであろう。

「ねえ、気持ちはわかる。当然よね。わたしは大切な一人娘を亡くしたんだし、太郎君は大切な愛犬を亡くした。とても悲しいことだし、辛《つら》いことだし、そんなことをした犯人が憎くてたまらない。でも、だからって、その人たちを殺すなんて、どうかしてる。車は二台だったから、その二台を運転していた二人のドライバーを殺したいということなのよね？」

「そうだよ。二台の車が轢き逃げした。その二台の車には七人乗ってた。運転していた奴らだけでなく、その七人に轢き逃げの責任がある。だから、七人全員に死んでもらうつもりだ」

「どこまで本気なのかわからないけど、太郎君が言ってることは、おかしいよ。気持ちはわかるにしても、とにかく、おかしい。轢き逃げは許されないことだけど、その復《ふく》讐《しゅう》のために犯人たちを殺すなんて……」

「その七人は、これまでも多くの罪を犯してきた悪い奴らなんだよ。死んだ方がいいんだよ」

「ねえ、落ち着いて考えようよ。それは、よくないことだよ。事故が起こったのは偶然なんだし、不運だったのよ」

「それは違うよ」

太郎がきっぱりと言う。

「四〇キロや五〇キロくらいで走っていて、前方不注意で事故が起きたのなら、不運だったと言えるかもしれない。だけど、あれは、そうじゃない。普通の事故じゃない。あいつらは、ガードレールもないような一般道で一〇〇キロ以上のスピードを出して、カーチェイスをしていた。酒も飲んでたんだよ。愛里沙ちゃんと次郎を轢いたときだって、ブレーキを踏んでないんだからね。運が悪かったとか、そういう話じゃない。愛里沙ちゃんと次郎は轢き殺されたんだ」

「どうして、そんなことを知ってるの？」

「八代俊夫に聞いた」

「それは、誰？」

「前の車には三人乗ってた。『金星連合』という組織の総長の息子・甘粕龍一、ボディガードの町村正次、運転手の末長友彦だ。その車を『ルシファー』という組織の四人が乗った車が追っていた。四人のうち、一人は会長の弟・石原紫苑だ。あとは、運転手の古田裕司、ボディガードの八代俊夫と駒形啓太。

　元々、対立している組織だけど、そのときは、女を巡るいざこざが絡んで揉《も》めていたらしい。八代たちは甘粕龍一の乗った車を追いかけていたんだ。その二台の車に誰が乗っていたか、八代から聞き出した」

「そんなこと、どうやって聞き出すことができたの？　素直に教えてくれるとは思えないんだけど……」

「それは知らない方がいいね」

　太郎が肩をすくめる。

「その人を殺したの？」

「木曜日に八代を殺して、金曜日に末長友彦を殺した。昨日、駒形啓太を殺した」

「もしかして、さっき出かけようとしていたのは……」

「四人目を殺すためだ。町村正次だ」

「……」

　樹里亜は呆然《ぼうぜん》としている。

「だけど、今夜は、もうやめる。樹里亜さんに会ってしまった。予定外のことが起こったときは、無理をしないように心懸けている。町村は今までの奴らより手強《てごわ》いし、末長が殺されたことで警戒もしているだろうからね」

「なぜ、そんなことを、わたしに話すの？　太郎君が言ったことが本当なら……わたしも殺すの？」

「え」

驚いたように、太郎が両目を大きく見開く。

「なぜ、そんなことを考えるの？」

「だって、わたしが警察に話しに行ったら、太郎君、捕まるじゃないの」

「おれは、愛里沙ちゃんと次郎の復讐をしてるんだよ。樹里亜さんは、愛里沙ちゃんのママなんだから警察に行くはずがないよ。『金星連合』と『ルシファー』は、これから殺し合いを始める。おれがやったとは知らないからね。お互いに相手の仕業だと思い込んでるんだ。七人のうち、甘粕龍一と石原紫苑を殺すのは簡単じゃない。いつもボディガードが一緒だから。奴らが殺し合いをしてくれれば、その混乱に乗じることができるから、こっちはやりやすい」

「そんなに悪い奴らだったら、太郎君が危ないことになるよ」

「おれが？　何で？」

太郎が不思議そうな顔で樹里亜を見る。

「返り討ちにされちゃうじゃないの。しかも、七人もいるだなんて」

「もう三人殺したから残りは四人だよ。さっき言ったじゃないか」

「だって、信じられないわよ。三人も殺しただなんて……本当なの？」

「うん」

「でも、どうやって？」

「いつものやり方で」

「いつも？　太郎君、そんなことをしてるの？」

「だって、仕事だから」

「どこまで本当なのかわからないけど、無茶なことばかりしてると、本当に警察に捕まるよ」

「大丈夫。危なくなったら違う人間になるから。警察から逃げるなんて簡単だよ」

「違う人間？　あなたは山田太郎でしょう？　それ以外のどういう人間になれるのよ」

「このマンションで暮らすようになってからは、ずっと山田太郎だよ。いつまで山田太郎でいるかわからないけど、現にこうして自由の身でいるし、今まで一度も警察に捕まったことはないよ」

「わたし……わたし、どうすればいいかわからない」

左右の指先でこめかみを押して、樹里亜が目を瞑《つぶ》る。頭が痛くなってきたらしい。

「何もしなくていいよ。全部、おれがやるから、七人を殺したら、ちゃんと教えるよ」

九

五月一〇日（月曜日）

朝礼が終わって間もなく、刑事部長から薬寺に呼び出しの電話がかかってくる。

「すぐに来いですって、何かしら？　ちょっと行ってくるわ」

薬寺が首を捻《ひね》りながら席を立つ。

三〇分ほどで薬寺が戻ってくる。

一人ではない。後から二人ついてくる。

何気なく顔を上げた栄太が、

「姉さん」

と声を発する。

その声に反応して、糸居、あおい、田淵の三人がドアの方に顔を向ける。無反応なのは佐藤だけだ。

「お、ユーミンかよ。それに佐竹さん」

糸居が驚いて椅子から落ちそうになる。

「あんたたち、知り合いなの？　ああ、そうか。糸居は新宿署にいたんだったわね」

薬寺がうなずく。

「おれと栄太とあおいは、一昨日《おととい》の夜、お二人と一緒に飲んだんですよ」

糸居が言う。

「一昨日の夜？　銀座でみんなで食事をした夜のこと？」

薬寺が訊く。

「ええ、班長たちが冷たくおれを置き去りにした夜ですよ」

「ふんっ、自業自得なのよ」

薬寺が顔を顰《しか》める。

「でも、三人が知り合いなら話は早いわね。あとは、ブチさんと佐藤さんに紹介すればいいだけだもの」

薬寺が優美子と佐竹を田淵と佐藤に紹介する。

田淵は丁寧に挨拶《あいさつ》するが、佐藤は身じろぎもしない。

「あの人のことは気にしないでいいよ。すごく使える人だけど、いつもってわけじゃない。今は、お地蔵さんになってる」

糸居が肩をすくめる。

「余計なことを言わなくていい。糸居、倉庫からパイプ椅子をふたつ持って来い」

薬寺が命ずる。

「え、何で、おれが？」

「おまえがいると、うるさいからだよ」

「また、そんなふざけて」

「糸居、おまえなあ……」

薬寺の目《め》尻《じり》が吊《つ》り上がる。

「自分が持ってきます」

栄太がそそくさと部屋から出て行く。

「弟さんは気が利きますよ。糸居にも見習ってほしい」

薬寺が優美子を見て溜息《ためいき》をつく。

「栄太は頭でっかちで、まだ現場経験が不足してますから、雑用でも何でもさせて、こき使って下さい。キャリアだから、いずれ出世するでしょうけど、今のうちに苦労しておかないと、ろくな幹部になりませんから」

優美子が笑う。

「うん、そうだ、その通りだな」

糸居がうなずく。

「ちなみに糸居が役立たずで、気の利かない奴だというのは新宿署にいた頃から、よく知ってます。糸居がこちらに異動になって、新宿署では仕事がスムーズに進むようになったと、みんなが喜んでいます」

「あらあ、やっぱり、そうだったのね。でも、うちでも持て余してるのよ。できることなら、熨斗《のし》をつけてお返ししたいんですけど」

「それだけは、ご容赦下さい」

「おいおい、二人で冗談ばかり言って、何をふざけてるんだ？」

「白峰さん、ふざけてる？」

「いいえ、全然。大真面目ですけど」

薬寺と優美子が真顔で糸居を見る。

「……」

糸居が絶句する。

「あんた、今日は、おとなしくしてた方がいいよ」

珍しく、あおいが慰めるように糸居の肩をぽんぽんと叩《たた》く。

栄太が両脇にパイプ椅子を抱えて戻ってくる。

「どうぞ坐《すわ》って下さいな」

薬寺が優美子と佐竹にパイプ椅子を勧め、あんたたちも席に着いてちょうだい、とメンバーたちに声をかける。

皆が腰を下ろすと、

「部長に呼ばれて行ったら、このお二人の他にもう一人、新宿署の副署長さんがいらしたのよ」

薬寺が話し始める。

「副署長……」

糸居が驚く。優美子と佐竹に顔を向け、

「マジか？　いったい、どんな大事件なんだよ。まさか、この前の件か」

と訊《き》く。

「おまえ、何か知ってるのか？」

薬寺がじろりと糸居を睨《にら》む。

「いや、別に」

糸居が慌てて首を振る。

「ふんっ、白々しい嘘をつきやがって。まあ、いい。何か知っていても知らない振りをしろ。頭の中を空っぽにして、ここで初めて聞いたつもりになれ。余計な知識はいらないんだよ。わかったか？」

「はい、わかりました」

「本当だな？」

「本当っす」

「今回は指示に逆らうようなことをしたら、すぐに外すからな。冗談じゃないんだぞ」

「了解っす」

糸居が敬礼する。

「……」

薬寺の眉間《みけん》に青筋が浮く。糸居のこういうおちゃらけた反応がむかつくらしい。

「腕利きの刑事さんお二人に副署長さん……これは、ただ事ではなさそうですね？」

田淵が言う。

「新宿で、犯罪組織の抗争が起きているそうなのよ。わかっているだけで、もう三人死んでいるらしいの」

薬寺が言う。

「ふたつの組織ってのは……」

糸居が口を開くが、薬寺に睨まれて口を閉ざす。

「それは『金星連合』と『ルシファー』というふたつの組織なんですよ」

優美子が話す。

「あ……念のために言うけど、これから話すことは、一〇〇%、オフレコだからね。万が一、外部に洩《も》れたら、厳しい処分を受けることを覚悟しておいてちょうだい。いいわね？」

「了解っす」

また糸居が敬礼する。

他のメンバーたちは黙って、うなずく。

佐藤だけが無反応なので、

「ちゃんと聞いてる？　わかってる？」

と、薬寺が念押しする。

「うむ、承知した」

佐藤が答える。

「三人も死んでいるのに、それほどの大ニュースになっていない気がするんですが？」

田淵が首を捻《ひね》る。

「うん、そうなのよ。普通なら大事件のはずだけど、報道機関がそれほど熱心ではないのよね」

薬寺が優美子と佐竹の方に顔を向ける。説明してくれ、というのであろう。

「三人の被害者ですが……」

佐竹が手帳を開いて説明を始める。

「八代俊夫と駒形啓太は『ルシファー』の構成員で、もう一人の被害者・末長友彦は『金星連合』の構成員です」

「ああ、そういうことですか」

田淵が納得したようにうなずく。

「え、どういうことなんですか？」

栄太が訊く。

「あんたは青いねえ」

優美子が呆《あき》れたように首を振る。

「班長、よければ、おれが」

糸居が身を乗り出す。

「許す」

「つまりだな、栄太、犯罪組織の対立抗争なんかに警察は介入する気はないってことなんだよ。報道機関も、警察の考えを忖度《そんたく》して、あまり大きく報道しないってわけさ。何だかんだと言っても、警察と報道機関には持ちつ持たれつってところがあるからな」

「でも、三人も死者が……」

「普通なら捜査本部が設置されて、大がかりな捜査態勢が取られそうなもんだが、そうはならない。なぜか？　その三人が犯罪組織のメンバーだからさ」

「対立抗争を放置するのなら、なぜ、佐竹さんと姉がここにいるんですか？」

「キャリア君は頭が固いぜ。視野が狭いと言うべきか、経験不足と言うべきか……」

糸居が大袈裟《おおげさ》に溜息をつく。

「犯罪者同士が殺し合っても警察は関与しない。しかし、一般市民が巻き添えになると困る。だから、完全に放置することもできない……そういうことなのよ」

田淵が噛《か》み砕いて説明する。

「それで、佐竹さんと姉さんは土曜日も仕事をしてたのか。一般市民に被害が出ないように警戒していたわけですね？」

栄太が佐竹に訊く。

「まあ、そんなところですかね」

佐竹がうなずく。

「では、なぜ、二人は、ここにいるわけですか？」

「一般市民に被害が出なくても、対立抗争が激化して被害者が増えることになれば、さすがに警察も知らん顔はできないってことじゃないですか？　新宿署だけでは対処できないような深刻な事態に発展する可能性もあるので、今から本庁と連携しておく必要がある。その打ち合わせにやって来た。わたしの想像ですけど」

あおいが発言する。

「それなら、うちなんかじゃなくて、大部屋と連携するべきじゃないんですかね？」

「だから、できれば一課を動かしたくないってことなんだよ。話が大袈裟になっちまうからよ」

糸居が言う。

「うちだって、一課じゃないですか。新設部署ですけど」

「うん、特殊捜査班な。すでに、巷《ちまた》ではＳＭ班と呼ばれているらしいが……。まあ、うちは大部屋の別働隊っていう位置付けだから、こういう微妙な状況で使うには、ちょうどいいんだろうよ」

「何か付け足すことはありますか？」

薬寺が優美子に訊く。

「いいえ、大体、そんなところです。今のところ、うちも積極的に抗争を止めようとはしていません。遠巻きに監視しているという感じです。つまり、先ほど、田淵さんがおっしゃったように、一般市民に被害が及ばないように、ということです。皆さんに手を貸していただければ、何かあったとき、新宿署と本庁の連携がスムーズに行くだろうというのが、うちの上層部の判断です」

「ご覧の通りの小さな部署ですから、あまり大したこともできませんけどね。全部で六人しかいないし、わたしと佐藤は現場に出ませんから、応援に出せるのは四人だけですよ。しかも……」

薬寺が糸居をじろりと睨む。

「一人は役立たずだし。それでも、いいんですか？」

薬寺が訊く。

「結構です。感謝します」

優美子が頭を下げる。

「どうしても訊いておきたいことがあるんですがね」

糸居が口を開く。

「黙ってろと言ったぞ」

薬寺が顔を顰《しか》める。

「事件に関係していることです。とても重要なことですよ」

「言ってみろ」

「スリーパーのことです」

「は？　何だ、それ？　スリーパー……」

薬寺が首を捻る。

「おまえ、まさか、ふざけてないよな？」

「マジですよ。ほら、二人の顔を見て下さい」

糸居が顎《あご》をしゃくる。

薬寺が優美子と佐竹に顔を向ける。二人は険しい表情をしている。その顔を見れば、糸居がふざけているのではないことがわかる。

「……」

優美子と佐竹が、どうしようか、というように顔を見合わせる。

「仕方ないわね」

優美子がふーっと溜息《ためいき》をつく。

「スリーパーというのは、新宿署に伝わる一種の都市伝説みたいなものなんですよ」

「違うだろう。何が都市伝説だよ。スリーパーは実在するんだ」

糸居が怒鳴る。

「つまり、それは何なの？」

栄太が優美子に訊《き》く。

「殺し屋。凄腕《すごうで》の殺し屋なのよ……」

優美子がスリーパーについて話し始める。

スリーパーという殺し屋がいるという噂が流れたのは、かれこれ二〇年以上も前のことだという。

スリーパーが他の殺し屋と違うのは、そのやり方である。銃や刃物など、一般的な武器を使うことはない。手ぶらでターゲットに近付き、その場で見付けたものを使って、ターゲットを殺害する。これまで殺害に使用されたと言われるのは、マグカップ、鉛筆、電話帳、ボールペン、眼鏡、写真立て、水筒、などという、とても殺人に使われそうにない、ごくありふれたものばかりである。

報酬が高額なので、そう頻繁に依頼があるわけではないが、依頼された仕事は確実にこなし、今まで依頼をしくじったことは一度もないという。

スリーパーの正体は謎で、誰も顔を知らないし、年齢もわからない。そもそも男なのか女なのか、どこの国の人間なのかということすらわからない。わからないことが多すぎるので、実在することを疑う者も多く、それ故、一種の都市伝説として噂されるのである。

「二〇年以上前から殺し屋として活動しているのに何もわからないのかい？」

栄太が優美子に訊く。

「ええ、そうよ」

「糸居君は、その殺し屋の存在を確信しているみたいね？　なぜなのかしら？」

田淵が訊く。

「新宿署の組織犯罪対策課にいたとき、ある暴力団の首根っ子を押さえることができそうな証人を見付けたんですよ。覚醒剤《かくせいざい》の密売で稼いだ金の流れを知ってる男で、証拠になる帳簿も持ってたんです。その証人と帳簿があれば、その暴力団の幹部を根こそぎ刑務所にぶち込むことができたはずなんです。それが……」

糸居の表情が怒りで歪《ゆが》む。

「まさか、その殺し屋に？」

「ええ、スリーパーに消されてしまいました。帳簿も奪われました」

「何か証拠はあったの、その証人を消したのがその殺し屋だっていう？」

あおいが訊く。

「証拠はない。証拠があれば、今頃、スリーパーは刑務所の中だ」

「じゃあ……」

「おれの勘だ。証人は厳重に保護してたんだ。警備網をかいくぐって証人に近付き、爪切りで証人を殺した。あんなことができるのは、スリーパーだけだ」

「何だ、あんたの勘か。根拠薄弱だなあ」

あおいが肩をすくめる。

「そうでもないのです」

佐竹が口を開く。

「その当時、その暴力団の幹部を別件で逮捕したのですが、その男が、『会長が凄腕の殺し屋を雇ったから、もう何の心配もないんだ』と口を滑らせたんですよ。その線から辿《たど》っていくと、スリーパーという名前にぶつかりました」

「だからといって、ただの噂だったし、とても証拠とは言えないわけだけど」

優美子が言う。

「いや、間違いない。あれは、スリーパーの仕業だ。おれは確信してるんだ」

「落ち着きなさいよ」

薬寺が糸居を宥《なだ》める。

「ちょっと本筋から外れるようですが、爪切りで殺害したというのは、どういうことですか？」

栄太が訊く。

「知りたいのか？」

「いや、別にいいんですが……」

「遠慮するな」

糸居が引き出しを開けて、爪切りを取り出す。

「爪切りの形なんて、大体、どれでも同じだよな。こういう風に、厚めの鉄の板を二枚重ねてある。で。上の歯をくるってひっくり返して、てこの原理を利用して爪を切るわけだ。だろ？」

「はい」

栄太がうなずく。

「上の歯をひっくり返さないで、横にスライドさせると、真っ直ぐになるじゃないか。モノによっては鉄の板というより、鉄の棒みたいになるわけだ。スリーパーは、これを証人の目から突っ込んで、脳味噌《のうみそ》にまで押し込んだ。で、証人は死んだ。わかったか？」

「は、はい」

栄太がごくりと生唾《なまつば》を飲み込む。頭の中で、具体的に想像して気持ちが悪くなったような顔をしている。

「口で言うのは簡単だけど、誰にでもできることじゃないぜ。咄嗟《とっさ》に、そんな殺し方を思いつくか？ たぶん、テーブルの上に爪切りがあったから、スリーパーは、それを使った。机の上にあるのが耳かきなら、それを使っただろうよ。生憎《あいにく》、目につくところには爪切りしかなかったから、爪切りを使った」

糸居が言う。

「すみませんが、わたしも本筋から外れた質問をしてもいいでしょうか？」

あおいが右手を挙げる。

「いいわよ、何？」

薬寺がうながす。

「その殺し屋ですが、どうしてスリーパーと呼ばれているのでしょうか？」

「ふうむ、確かに本筋からは外れているわね。だけど、わたしも興味があるわ。変わった呼び名だもの。はい、糸居、答えろ」

「ああ……スリーパーねえ……そう言われると、どう答えていいのか……」

急に糸居の歯切れが悪くなる。

「知らないわけ？」

あおいが目を細めて糸居を見る。

「おれが警察に入ったときには、もうスリーパーと呼ばれてたんだよ」

「あ、そうか。二〇年以上前から活動してる殺し屋なんだもんね。二〇年前なら、あんた、まだ小学生か」

「名詞でスリーパーと言えば、赤ちゃんのパジャマのことですよね。動詞から転じた名詞として考えれば、眠っている人、という意味でしょうけど」

栄太が言う。

「正確なことはわかりませんが、ターゲットを簡単に眠らせる、それも永遠に眠らせるということから『スリーパー』と呼ばれるようになった、と聞いたことがあります」

佐竹が言う。

「わたしは違う話を聞いたわ」

優美子も言う。

「滅多に活動しないから、普段は眠っていて、依頼があると目を覚まして仕事をする。だから、『スリーパー』だって」

「なるほど。お二人の説明、何となく納得できます」

あおいがうなずく。

「わたしからも質問があります」

手帳から顔を上げて、田淵が口を開く。さっきからこまめにメモを取っているのだ。

「あら、ブチさんもトリビア的な質問かしら？」

薬寺が意外そうな顔をする。

「そうじゃないんですけど……」

田淵が優美子と佐竹の方に顔を向ける。

「すでに三人が犠牲になったんですよね？　『金星連合』の構成員が一人、『ルシファー』の構成員が二人」

「はい」

佐竹と優美子がうなずく。

「その三人ですが、組織の幹部だったんですか？」

「いいえ、幹部ではありません。『金星連合』の末長友彦は運転がうまく、幹部たちの運転手をよくやらされていたようです。『ルシファー』の二人、駒形啓太と八代俊夫は腕っ節の強い兵隊です。まあ、下っ端だと思います」

佐竹も自分の手帳を見ながら答える。

「すると、そこで疑問が湧くんですけど、高額の報酬で殺しを引き受けるスリーパーが、なぜ、下っ端の構成員を殺したのでしょうか？　しかも、三人ですよね。ということは、報酬は三倍なのかしら。その報酬を誰が払ったのかということも謎ですよね。そもそも、異なる組織に属する人間を続けざまに殺すことに、どんな意味があるのでしょうか？」

田淵が首を捻《ひね》る。

「つまり、『ルシファー』と『金星連合』を潰《つぶ》そうとする第三の組織があるということですか？」

あおいが訊《き》く。

「ご存じのように、新宿には大小様々な犯罪組織が、それこそ無数に存在していますから、『ルシファー』や『金星連合』を目障りだと考える組織があっても不思議はありません。ただ、相手を攻撃すれば、当然、反撃も覚悟しなければなりません。『ルシファー』と『金星連合』を同時に敵に回して、しかも、このふたつの組織と利害関係が交錯するような組織は思い当たりません」

佐竹が説明する。

「ああ、そうさ。そんな無鉄砲な組織なんかないぜ。普通に考えれば、『ルシファー』と『金星連合』が潰し合ってるってことなんじゃないかな」

糸居が言う。

「でも、それは、おかしいわけでしょう？　どちらか一方の構成員だけが殺されたわけじゃない。どちらの組織の構成員も殺されている。スリーパーっていう殺し屋が両方の組織に雇われたのでない限り、そんなことはあり得ないでしょう？」

　あおいが言う。

「素直に考えれば、犯人は、スリーパーではないということじゃないかしら？　手口が似ているというだけで別人の仕業かもしれないわよ」

　薬寺が言う。

「その通りです」

　優美子がうなずく。

「いろいろな可能性が想定できますから、犯人がスリーパーだと決めつけるのは危険ですよね」

「おいおい、スリーパーかもしれないと言い出したのは、そっちなんだぜ」

　糸居が舌打ちする。

「だから、可能性のひとつなのよ。だけど、よく考えれば、田淵さんがおっしゃったように、スリーパーにしては、いろいろ不自然な点もある」

　優美子が首を捻る。

「スリーパーみたいな凄腕《すごうで》の殺し屋が何人もいると考える方がよっぽど不自然だぜ。誰もスリーパーの真似なんかできない」

糸居が首を振る。

「どうも、糸居は、その殺し屋に拘《こだわ》りすぎてるようだわね。だけど、今回の依頼は、その殺し屋を捕まえることじゃないのよ。ふたつの組織の監視業務なのよ。そこをはき違えてる気がするわね」

薬寺が溜息《ためいき》をつく。

「心得てますって。ちゃんとやりますよ」

糸居が胸を張る。

「ああっ……」

優美子が困った顔になる。

「何か？」

「わたしも佐竹さんも向こうに顔を知られているから、極力、表には出ないようにするつもりなの。だから、こちらに協力をお願いしたわけだし」

「それで？」

「最近まで新宿署にいたんだから、当然、あなたの顔も知られているわけでしょう、わたしたちと同じように？」

「は？」

「それなら、糸居は留守番ね。仕方ないわね」

薬寺がにやりと笑う。

「いや、いや……」

糸居が慌てる。

そのとき、

「わたしが行こう」

それまで黙りこくっていた佐藤が、突然、口を開く。

「何を言ってるんですか、二人とも。おれが行くに決まってるでしょうが！」

糸居が立ち上がって叫ぶ。

「うるさい、黙れ、馬鹿者！」

薬寺が一喝する。

「表に出るのがまずいのなら、せめて新宿署に行かせて下さいよ。おとなしくしますから。約束しますって」

「全然信用できない。ここにいろ」

「何を言ってるんですか。男に二言はありません。決して嘘はつきません。おれは班長の信頼に応《こた》える男です。みんなにも聞いて下さいよ。なあ？」

糸居が皆の顔を見回す。

「……」

みんな、そっぽを向いており、返事をする者がいない。それ自体が返答になっている。

「孤立無援だな。おまえに味方はいない」

薬寺が冷たく言い放つ。

「ホームズ先生、外回りしたことあるんですか？」

糸居が佐藤に訊く。

「警察大学を出た後、所轄に行かされた。そのとき、交番勤務も経験している」

「キャリアの義務としてやらされただけじゃないですか。どうせ、お客さん扱いだったんでしょう。最後に現場に出たのは、いつですか？」

「七年くらい前だ」

「相手は普通の連中じゃないんですよ。犯罪組織なんですよ。ギャングですよ。平気で人を殺す奴らなんですよ。怖くありませんか？」

「別に」

佐藤は顔色も変えずに答える。

「……」

何を言っても無駄だ、と糸居も気が付く。取り付く島がないのだ。

「ふんっ、まあ、いいさ。たぶん、一日で嫌になりますって。そうなったら交代すればいい。今日のところは班長と二人で我慢だな」

肩をすくめ、糸居がふてくされた態度で椅子にどっかり坐《すわ》る。

「具体的に、おれたちは何をすればいいのかな？」

栄太が優美子に訊く。

「事務所の張り込みが中心になるかな……」

ふたつの組織の事務所は、それほど離れてはいない。せいぜい、数百メートルである。それぞれの事務所をＳＭ班のペアが監視する。優美子と佐竹は、中間地点に停めた車に待機して報告を受ける……そう優美子が説明する。

「二組のペアでそれぞれの事務所を監視するということは……」

あおいがつぶやく。

「わたしと佐藤さんということですか？」

普段、あおいは糸居とペアを組んでいるから、糸居の代わりに佐藤が出るのであれば、当然、佐藤とペアを組むことになる。

「何か問題がある？」

薬寺が訊く。

「問題というか……わたし、大丈夫かな。ちょっと自信ないです」

「それなら、わたしが佐藤さんと組むわ。あおいちゃんは白峰君と組めばいいでしょう」

田淵が申し出る。

「すみません」

あおいがぺこりと頭を下げる。

薬寺が栄太に顔を向け、

「装備課に連絡して車を借り出す手続きをしてちょうだい。六人だから、ワゴン車がいいでしょう」

「わかりました」

栄太が固定電話に手を伸ばす。

「……」

装備課の担当者と話をする栄太を、優美子が怪訝《けげん》な顔で見つめている。この部署には、栄太より階級も年齢も下の者が他にいるのに、なぜ、キャリアの警部がこんな雑用を命じられるのだろう、という顔である。

薬寺が優美子の視線に気付いて、

「白峰君は気が利くんですよ。仕事も早くて正確だから、つい頼ってしまうんですよね。うちには気の利かない、使えない人間がいるから……」

じろりと糸居を睨《にら》む。

「おれ、階級は下だけど、栄太の先輩だしね」

糸居は、まったく動じる様子がない。

「あと三〇分くらいで出発できますよ」

栄太が明るく言う。

「適材適所か……」

こういう細々とした雑用をてきぱきとこなすのが栄太には向いているよなあ、と優美子は溜息をつく。それは決して褒め言葉ではない。

一〇

みんなが出かけてしまい、後には薬寺と糸居の二人だけが残された。

じっとしていられないのか、糸居が苛々《いらいら》した様子で部屋の中を歩き回っている。

「坐りなさいよ」

薬寺が尖《とが》った声を出す。

「落ち着かないんですよ」

「おまえがうろうろしてると、こっちも落ち着かないんだよ」

「だって、班長、どう考えても、これって、おかしいでしょう？ ホームズ先生が現場に出るなんて……。ここで情報分析してる方が役に立つのに」

「本人の希望なんだよ。それに、おまえが新宿でうろうろすると目立ちすぎると言われただろう。どっちの組織にも顔を知られてるんだから」

「まあ、そうですね。仕方ない。諦《あきら》めますよ。売店で何か買ってこようかな」

さりげなく部屋から出て行こうとする。

「念のために言っておくが、勤務時間中にこの建物から外に出たら、今度こそ、この部署から追い出すからな。脅しじゃないぞ」

「何で、おれがそんなことをすると思うんですか？」

「そういう奴だとわかってるからね。気になって仕方ないんだろう？　ここから飛び出して、今すぐに新宿に行きたくてたまらない……違うか？」

「それがわかってるのなら……」

「命令だからな。今日は、ここにいろ」

「……」

糸居は諦め顔で自分の席に戻る。

第三部　スリーパー

一

ソファに坐って、太郎は考え事をしている。

どうやって町村正次を殺すか、そのやり方を思案しているのだ。

本当なら、昨日、殺しているはずだった。

しかし、樹里亜に引き留められたせいで計画に狂いが生じ、一日無駄にしてしまった。それで一気に難しくなった。時間が経てば経つほど相手を警戒させてしまうし、その分、相手の防備も固くなるから、そう簡単に標的に近付くことができなくなってしまう。

もちろん、有利な点もある。

すでに三人殺したが、まだ太郎の仕業だとは気付かれていないということだ。ふたつの組織の対立抗争の結果だと考えているはずである。だから、彼らが警戒しているのは、対立する組織からの攻撃であり、太郎からの攻撃ではない。

恐らく、下っ端の兵隊は事務所に集められ、事務所や幹部を守る仕事を与えられるであろう。町村正次も駆り出され、事務所に泊まり込むかもしれない。そうなると面倒だ。標的が一人でいるところを襲うのが太郎のやり方だが、そのやり方が通用しなくなってしまう。わずか一日無駄にしただけで、町村正次の襲撃は格段に難しくなったと言えるであろう。

とは言え、決して悲観しているわけではない。難しくなったのは事実だが、不可能になったとは思っていない。その自信には裏付けがある。今まで一度も仕事をしくじったことがないということである。己の力を過信しているわけではないが、これまで積み上げてきた実績が自信の裏付けになっている。

太郎の思案は、まとまらない。

標的に接近するのが容易でないときは、時間をかけ、腰を据えてじっくり取り組むべきだとわかっているからだ。多くの情報を集めて標的の動きを予想して、標的に隙ができるのを待つのだ。

だが、今回は、そうするつもりはない。できるだけ短期間に終わらせるつもりでいる。残りの四人を速やかに殺すのだ。

となれば、事細かに計画を立てることには意味がない。情報が乏しすぎて計画の立てようがないのである。自然の流れに身を任せてやるしかない。

「……」

太郎が立ち上がり、ゆっくり部屋を見回す。それから窓に近付き、外の景色を眺める。この部屋も、この部屋からの眺めも気に入っているが、そろそろ引き払う頃合いかもしれないという気がする。

太郎にとって、住む場所を変えるというのは、名前も変えることを意味する。別人になるのだ。残った四人を殺したら、そうしようと決める。

短期間に七人も殺せば、さすがに警察に追われることになるだろうし、七人の中には「金星連合」の総長の息子と「ルシファー」の会長の弟が含まれる。どちらの組織も血眼になって太郎を捜すはずだ。

仕事の依頼がなくなるかもしれないが、それは別に構わない。お金はたくさんある。一人で生きていくには十分すぎるほどの金である。そこまで覚悟を決めてしまえば、何も怖れるものなどない。

つまり、おれは何もかも捨てようとしているってことになるのかな、そう考えて、太郎の口許《くちもと》に笑みが浮かぶ。同じマンションに住むというだけで、何の血縁関係もない赤の他人の少女・愛里沙と、一年前にたまたま拾ったパグ犬・次郎、一人の命と一匹の命、そのふたつの命が奪われたことに対する復讐《ふくしゅう》として太郎は七人を殺し、場合によっては仕事を失い、これからの人生を逃亡者として生きようとしている。

そこまでする必要があるのか、それほどの代償を払ってまでやらなければならないことなのか……そう己に問う。

答えは、すぐに出る。

言うまでもない。やらなければならない。たとえ何を失うことになろうと、七人の命を奪う必要がある。愛里沙と次郎の命を奪った者たちには責めを負わせなければならない。それが太郎の結論だ。

二

警視庁を出たワゴン車が新宿に向かって走っている。運転しているのは佐竹だ。

助手席に優美子、二列目に田淵と栄太、三列目にあおいと佐藤が坐《すわ》っている。

「まず、どっちを見張りますか？」

佐竹が優美子に訊《き》く。

「そうね、『ルシファー』の事務所かしら。二人も殺されてるから、すぐにでも仕返ししそうじゃない？　『金星連合』は一人しかやられてないから」

「奴ら、そういう数合わせを重んじますからね」

佐竹がうなずく。

「ひとつ質問したいんだけど」

栄太が口を開く。

「何？」

優美子が肩越しに振り返る。

「もし『ルシファー』が『金星連合』の事務所を襲う気配が見えたら、どうするんだい？」

栄太が訊く。

「放置でいいのよ」

「何もしないってこと？」

「ええ、そうよ」

優美子がうなずく。

「これから殺し合いをしますっていう奴らがいても見て見ぬ振りをするってことなのかな？」

「そう言ってるじゃない。くどいわよ。わたしたちが動くのは一般人に被害が及びそうになったときだけ。連中が勝手にやり合う分には何もしない。わかった？」

「本当に、それでいいのかな？」

「青臭いことを言わないでよ」

優美子がカッとする。

「お姉さんの言う通りですよ。毒を以《もっ》て毒を制するということでいいんじゃないんですか？」

あおいが言う。

「そうなのかなあ……」

栄太は、まだ納得できないようだ。

「この世には絶対的な正義というものは存在しないのよ。栄太君の言うことも、あおいちゃんの言うことも間違っていない。もちろん、お姉さんの言ったこともね。だから、自分の中で正義の指針を持たなければいけないのよ。それがあれば、自分のやり方にブレがなくなる。もっとも、その指針を持つには時間がかかる。多くの経験も必要よ」

田淵が諭すように言う。

「その指針、ぼくも持てるのでしょうか？」

「ええ、もちろんよ。栄太君は優秀だもの」

田淵がにこりと微笑む。

三

ワゴン車が歌舞伎町に入る。新宿バッティングセンターの横を通り過ぎて、しばらくすると小路《こうじ》に入り、佐竹はワゴン車を停める。

「このあたりが、ふたつの事務所のちょうど中間付近になりますかね」

「あまり人目に付かない場所だから、ちょうどいいわね」

佐竹の言葉に優美子がうなずく。

「ここで待機して下さい」

「了解です」

「行きましょうか」

優美子が後ろの四人に声をかけ、助手席から外に出る。田淵、栄太、佐藤、あおいの四人も続いてワゴン車から降りる。

「どこに行くんだい？」

栄太が訊く。

「事務所の正面にファストフード店があるの。そこの二階からだと、事務所の入り口がよく見えるわ。五人まとまって歩くと目立つから、できるだけバラバラになって離れていきましょう」

五人はファストフード店の二階、窓際の席に陣取る。優美子が言ったように、そこからだと、「ルシファー」の事務所の入り口がよく見える。

「人の出入りが激しいね」

栄太が言う。

「当たり前ですけど、顔つきの悪い奴らばかりですよね。みんな、気が立ってるみたいだし」

あおいが言う。

人の出入りを眺めながら、ああだこうだと話していると、突然、佐藤が立ち上がる。

「これは時間の無駄である」

席を離れ、階段を下りていく。

「どうしたんでしょう。トイレですかね？」

栄太が首を捻《ひね》る。

「トイレは、そこよ」

田淵が奥を指差す。トイレは二階にもあるのだ。わざわざ階下に行く必要はない。

「あ」

優美子が慌てる。

佐藤が道路を渡って、「ルシファー」の事務所に向かっていくのだ。

「事務所に行くつもりだわ」

田淵も驚く。

「まずいですよね、これ？」

あおいが腰を浮かせる。

「止めないと」

栄太も立ち上がる。

「ええ、止めましょう」

田淵、栄太、あおいの三人が席を離れる。

優美子一人は席に残り、どうしたものかと迷うが、

「こうなったら仕方ない」

腹を括《くく》って、佐藤を追うことにする。

田淵たちが店を出て、道路を渡ろうとしたときには、もう佐藤は事務所のインターホンを押している。

ドアが開き、凶悪な顔つきの男たちが姿を現す。

「何だ、おまえは？」

「わたしは佐藤だ。石原道寸に会いたい」

「は？ 会長に会いたいだと」

「どこの佐藤だ、この野郎。何を言ってやがる」

「事務所に入れろ」

佐藤が事務所に引きずり込まれそうになる。

そこに、ようやく三人が追いつく。

「おい、その手を放せ」

あおいが佐藤を守ろうとして、男たちと揉《も》み合いになる。誰もが殺気立っており、今にも乱闘でも起こりそうな険悪な雰囲気だ。

「やめなさい。その手を放すのよ」

優美子が現れ、あおいの腕をつかんでいた男を睨《にら》む。

「げ、白峰じゃねえか」

優美子の顔は「ルシファー」の構成員にも知られている。

「その人から離れて」

佐藤の襟首をつかんでいた男に命ずる。優美子に怖れをなして、その男が佐藤から離れる。

「何の騒ぎだ？」

事務所から、四〇代半ばくらいの、目付きの鋭い男が出てくる。「ルシファー」のナンバーツー、鯖江《さばえ》慎介《しんすけ》だ。

鯖江は優美子に気が付くと、何だ、サツか、とぼそりとつぶやく。

佐藤が鯖江の脇を通って、さっさと事務所に入っていく。

「あ、待て」

男たちがつられて事務所に入る。自然、優美子たちも中に入る。

「ここにサバイバルナイフがある。そっちにもあるな。どう見ても、刃の部分だけで一五センチ以上ありそうだ。銃刀法に抵触する」

「とんでもない。外を持ち歩いてるわけじゃないんですよ。ここに置いてあるだけです」

鯖江が慌てて言い訳する。

「一時保管でも、はっきりした使用目的がないと罪に問われるのよ。知ってるでしょう、鯖江さん？」

優美子が冷たい目を向ける。

「ちゃんとした使用目的があります」

「どんな使用目的よ？」

「あ……、魚を捌《さば》くのに使おうと思いましてね。仲間が釣りに行ってまして、たくさん釣れたというから、魚を捌く支度をしていたところです」

「白々しい」

優美子が顔を顰《しか》める。

「応援を呼びますか？」

あおいが小声で優美子に訊《き》く。

その声は鯖江の耳にも届き、

「令状もないのに勝手に事務所に入り込んで、おかしなことばかり言わないで下さい。出て行ってもらいたいんですがね」

「刃物があるじゃないか」

栄太が言う。

「ふんっ、刺身包丁の代わりですよ」

鯖江も開き直っている。

「おい、何の騒ぎなんだよ？」

二階から石原紫苑が下りてくる。

「石原紫苑よ」

優美子がつぶやくと、

「おまえは石原道寸の弟だな？」

佐藤が紫苑に言う。

「あんたは？」

「質問がある。答えろ」

「は？」

「八代俊夫が殺されて、おまえたちは仕返しに末長友彦を殺した。それで今度は駒形啓太が殺された。おまえたちは二人殺されて、向こうはまだ一人しか死んでないから、次は、おまえたちが仕返しをする番だ。誰を殺すつもりだ？」

「……」

鯖江と紫苑が顔を見合わせる。

一呼吸置いて、

「何の話か、さっぱりわかりませんね」

鯖江が肩をすくめる。

「犯罪者は平気で嘘をつく。何でも嘘でごまかせると思い込んでいる。知能指数が低すぎるな。馬鹿すぎる」

佐藤が言い放つ。

「白峰さん、もう帰ってもらえませんかね？　わたしら、いつまでこんな無礼な奴の言い草に耐えられるかわかりませんよ」

「石原道寸に会いたいと言っている」

　佐藤が言う。

「ここにはいないよ。いたとしても会わせるつもりもないけどな」

　紫苑が言う。

「この男、嘘はついていないようだ。顔を見ればわかる。ここに道寸がいないのなら、用はない。時間の無駄だ」

　佐藤が踵《きびす》を返し、事務所から出て行く。

「わたしたちも行きましょう」

　優美子が皆を促して、佐藤の後を追って事務所から出て行く。

四

「おい、そんなものを出しっ放しにするんじゃねえ。どこかに片付けておけ」

　鯖江がサバイバルナイフを指差して怒鳴る。

「だけど、すぐに使うんじゃ……」

　若い構成員が言う。

「ボケ、まだサツがそのあたりをうろうろしてるだろうが。そんなものを手にして外に出たら、向こうの事務所に着く前にパクられるぞ」

「じゃあ、延期ですか？」

「しばらくサツの動きを様子見するっていうだけだ。焦るな」

鯖江と紫苑は、視線を交わし、奥の部屋に入ってドアを閉める。他の者たちに聞かれたくない話をするのであろう。

ソファに腰を下ろすと、

「あのおかしな刑事、妙なことを言ってたよな。おれたちが『金星連合』の人間を殺したって。やらせたのか？」

紫苑が訊く。

「いいえ、わたしは何も命じてませんよ」

紫苑の向かい側に坐《すわ》りながら、鯖江が答える。

「こっちは八代と駒形をやられた。やったのは『金星連合』で間違いないんだよな？」

紫苑が尚《なお》も訊く。

「間違いないかと言われても、何か証拠があるわけじゃありませんよ。紫苑さんが『金星連合』と揉めたばかりだし、生首を事務所に持ってくるというやり方は、いかにも奴らがやりそうなことだと考えただけです」

「会長が直《じか》に命令したってことはないか？」

「あり得ませんよ」

鯖江が首を振る。

「必ず、わたしか紫苑さんを通すはずです」

「それもそうだよな。会長は用心深いからな」

ソファにもたれて、紫苑が思案する。

道寸が何かを命ずるとき、実行犯が警察に捕まって口を割ったときの用心に、必ず、ワンクッション置いて実行犯に命令を伝えるという形を取る。そのワンクッションが鯖江であり、紫苑なのだ。それ故、鯖江や紫苑が警察に捕まることはあっても、道寸が捕まることはない。

「おれたちが手を出してないとすれば、他の組織がやったってことになるよな」

「そうですね。しかも、うちが濡《ぬ》れ衣《ぎぬ》を着せられている」

鯖江がうなずく。

「うちの二人も、他の組織にやられたってことはないか？」

「他の組織と言われても、すぐには思いつきませんが……」

鯖江も首を捻《ひね》る。

「何だか嫌な感じがするなあ」

「自分もです。会長に話した方がいいんじゃないですかね？　『金星連合』に殴り込みをかけてから、あれは間違いでしたでは済みませんから」

「そうだな。会長に相談しよう。行こうぜ」

紫苑が立ち上がる。

五

「おかしい」

突然、佐藤が立ち止まる。

「何がおかしいんですか？」

栄太が訊く。

「あの二人だが、本当に驚いていた」

「あの二人って……」

「鯖江と紫苑のことですね？」

優美子が訊く。

「そうだ」

佐藤がうなずく。

「あいつらは、仕返しに末長友彦を殺しただろう、と言われて、本当に驚いていた」

「驚いた振りをしただけかもしれませんよ」

あおいが言う。

「人は言葉では、いくらでも嘘をつける。しかし、言葉以外の部分では嘘をつけないものだ」

「言葉以外のものって、何ですか？」

栄太が訊く。

「例えば、目や口の動き、顔の筋肉の反応、手や足の動き、その動き方や方向といったものだ。肉体の動きには心の反応が明確に表れる。特に意思の力で制御できない反射的な動きは、その人間の心の動きを正確に物語ってくれる」

「なるほど、読顔力ね。読顔力プラス仕草の読み取り」

田淵がうなずく。

「ああ、それなら聞いたことがあります。確か、ＦＢＩも容疑者を尋問するときは、その分野の専門家を同席させることがあるんですよね。容疑者が嘘をついていないかどうかを見極めるために」

栄太が言う。

「そういう海外ドラマ、ありませんでしたっけ？」

「あるわよ。すごく面白いドラマ」

田淵があおいに微笑みかける。

それから佐藤に顔を向け、

「つまり、『ルシファー』は、末長を殺してないってことになるのかしら？」

「断言はできない。あの二人が知らないだけで、他の誰かがやったということも考えられる」

「鯖江と紫苑に知らせずに他の組織の構成員を殺すなんてことができるとは思えない。そんな勝手なことをしたら、その人間が消されるでしょうからね」

優美子が言う。

「次は『金星連合』の事務所に行く。案内しろ」

佐藤が優美子に命ずる。

一瞬、優美子が顔を顰《しか》めたのは、佐藤の物言いを高圧的に感じたからであろう。あたかも横柄な上司が部下を顎《あご》で使っているような感じである。優美子の不快感を敏感に察した栄太が、

「悪気はないんだ。こういう言い方しかできない人なんだよ」

優美子の耳許《みみもと》で囁《ささや》く。

「わかった。心配しないで……」

優美子が思案する。

そもそも、ＳＭ班に期待したのは、ふたつの組織の監視業務である。新宿署の捜査員は面が割れているから、監視業務には向いていない。

だから、以前、新宿署に在籍していた糸居も連れて来なかったのだ。

しかし、その目論見《もくろみ》は、あっさり崩れた。佐藤が「ルシファー」の事務所に乗り込ん

でしまったせいで、ＳＭ班の面も割れてしまったからである。

となれば、選択肢は、ふたつしかない。ＳＭ班との協力を打ち切り、ここでお引き取り願うか、あるいは、成り行きに任せ、このまま佐藤のやり方を続けてみるか、ということである。

それほど長く迷ったわけではない。

「いいわ。行ってみましょう」

もうしばらくは佐藤のやり方に任せてみよう、と優美子は決めた。

「案内するわ。こっちよ」

優美子が先になって歩き出す。歩きながら携帯を取り出して、佐竹に連絡する。優美子の後ろを、佐藤、田淵、栄太、あおいの四人がぞろぞろついていく。

六

新宿駅構内を、人混みに揉《も》まれながら、太郎が歩いている。駅を出ると、真っ直ぐ歌舞伎町に向かう。

七

佐藤たちが「金星連合」の事務所に着くと、すぐに若い構成員たちに取り囲まれる。「ルシファー」の構成員たちと同じように、「金星連合」の構成員たちも殺気立っている。

「下っ端に用はないのよ。どきなさい」

優美子が構成員たちを押し退けて強引に事務所に入っていく。素早く事務所内に目を走らせたのは、「ルシファー」の事務所のように何か武器があるのではないか、と疑ったからだ。しかし、うまく隠してあるのか、武器らしきものは見当たらない。

（きっと「ルシファー」の事務所を見張ってるんだわ。だから、わたしたちが来ると予想していたに違いない……）

と、優美子は気が付く。

相手の動きを知るために、どこかから「ルシファー」の事務所を見張っているのであろう。優美子たちが事務所に入ったことを、見張っている者が連絡し、自分たちのところにも来るかもしれないと警戒して急いで武器を隠したのだ、と優美子は想像する。

「何の用ですかね？」

椅子にふんぞりかえって、机の上に足を投げ出した男が訊《き》く。ダークブルーのスーツを着て、髪をオールバックにしている。「金星連合」の副総長・高桑剛《たかくわつよし》である。四三歳。

「おまえは、誰だ？」

佐藤が訊く。

「それは、こっちの台詞《せりふ》だよ。あんたこそ、誰だ？」

「わたしは佐藤だ。甘粕龍之介に会いたい」

「……」

高桑がちらりと優美子に視線を向ける。もちろん、高桑と優美子は面識がある。

「本庁の捜査員よ。その足を下ろしたら？」

「ああ、本庁の人でしたか」

高桑が机から足を下ろしながら言う。

「で、ご用件は？」

「甘粕龍之介に会いたいと言っている。何度も同じことを言わせるな。おまえは、馬鹿か？」

佐藤が顔色も変えずに言う。

「本庁の刑事さんは口が悪い。態度もデカい。生憎《あいにく》ですが、総長に会わせるわけにはいきませんよ。どうしても会いたいのであれば、令状を持ってきたらどうですか？」

「令状はない」

「だったら、お引き取り願いたいですな」

「おまえは、誰だ？」

「高桑ですよ。副総長」

横から優美子が言う。

「質問をする。正直に答えろ。おまえたちが最初に八代俊夫を殺したのか？」

「何のことかわかりませんね」

　高桑が首を振る。

「八代俊夫を殺して、生首を『ルシファー』の事務所に持って行かなかったか？　おまえらの世界では、それは宣戦布告の意味を持つはずだ」

「……」

「やられたらやり返すというのが、おまえらの世界のルールだから、『ルシファー』は末長友彦を殺した。そう、おまえたちは考えたな。それでまた復讐《ふくしゅう》だ。今度は駒形啓太を殺した。これで二対一だから、順番で行くと、次は、おまえたちの組織の誰かが殺されることになる」

「……」

「おまえたちが二人を殺したのか？」

「何のことかわからない、と答えましたよ」

「鯖江も同じことを言っていた。自分たちは何もしていない、とな」

「そう言うのなら、そうなんじゃないんですか？」

「自分たちは何もしていないが、仲間を二人殺された。黙っているわけにはいかない。面子《メンツ》を守るために復讐する。事務所に殴り込みをかける」

「鯖江が、そう言ったんですか？」

「言わない。わたしの想像だ。しかし、実際に彼らは事務所に武器を用意していた。ここにも武器があるだろう。どこかに隠しているはずだ。どっちが先に殴り込みをかけるかわからないが、大人数での乱闘になれば、怪我をする者が出る。死ぬ者もいるかもしれない。殺し合いをするのなら、一般市民に迷惑がかからないように、自分たちだけでやるがいい。富士《ふじ》の裾野《すその》にでも行って、好きなように戦えばいい。歌舞伎町で騒ぎを起こすのはやめろ」

「連中を止めたら、どうですか？ うちは何もするつもりはありませんからね」

高桑が肩をすくめる。

「もう一度だけ訊く。おまえたちが八代俊夫と駒形啓太を殺したのか？」

佐藤がじっと高桑を見つめる。

「殺してませんよ。物騒なことを言わないでほしいですね」

「帰る」

佐藤が踵《きびす》を返し、さっさと事務所から出て行く。

八

佐藤たちがいなくなると、高桑は事務所の奥に駆け込む。そこに総長の甘粕龍之介と息子の龍一がいる。龍之介は高桑と同じ四三歳である。

二人はソファに坐《すわ》り、壁に設置された大きなモニター画面を眺めている。画面の切り替え操作をすれば、地上波やBS放送、CS放送も観られるし、事務所の内部や外に設置してある防犯カメラ映像を観ることもできる。今は事務所内部の映像が映っている。龍之介と龍一は、高桑と佐藤たちのやり取りをこの部屋で眺めていたわけである。

「うちが最初に『ルシファー』を攻撃したって話になってるみたいです。どういうことなんですかね」

ソファに坐りながら、高桑が言う。

「本当に違うんだろうな？」

龍之介が高桑と龍一の顔を順繰りに見る。

「おれは知らないよ」

龍一が首を振る。

「もちろん、わたしもやらせてません。たとえ下っ端でも、『ルシファー』の人間を殺せば、しかも、生首を届けるようなことをすれば戦争になります。総長に相談もせず、そんなことをしませんよ」

「それもそうだな」

龍之介がうなずく。

「末長を殺したのは『ルシファー』で間違いないのか？　向こうは、やってないと言い張っているようだが」

「サッに訊かれれば、自分たちはやってないと言うでしょうけどね」

「そうだとしても、何かおかしいな。向こうが殴り込みの準備をしてるのは、下っ端を二人殺されたからだという。しかし、うちはやってない。うちは末長を殺されたから殴り込みをかけるつもりだったが、向こうはやってないという……」

龍之介が考え込む。

元々、ふたつの組織は不仲で対立関係にある。

龍一と紫苑が女絡みの一件で揉《も》め、その関係は更に悪化した。轢《ひ》き逃げの死亡事故まで起こしてしまい、身代わりを出頭させざるを得なくなった。警察の捜査が長引くと、収益の柱である裏稼業に悪影響を及ぼすので、さっさと決着させる必要があったのだ。当然、手間も金もかかった。どちらの組織も腹を立て、その怒りは相手側に向けられた。そういう流れがあるから、末長友彦を殺したのは「ルシファー」だと断定した。龍一が紫苑と揉めたとき、末長もその場にいたし、車を運転して轢き逃げ事故を起こした張本人でもある。

「調べろ。誰かがうちに濡《ぬ》れ衣《ぎぬ》を着せて、『ルシファー』と戦争させようとしているのかもしれない」

「わかりました」

高桑がうなずく。

「それから……」

龍之介が龍一に顔を向ける。視線が厳しい。

「事が収まるまで外出禁止だ」

「え」

龍一が不満そうな顔になる。

「気に入らないのか？　そもそも誰のせいで厄介なことになったと思ってるんだ」

「わかったよ。言う通りにするさ」

「馬鹿者が」

龍之介が舌打ちする。

九

（警察か……）

太郎が「金星連合」の事務所の近くを通りかかると、ちょうど佐藤たちが事務所から出てきた。直感的に、刑事たちだな、と太郎にはわかった。

家宅捜索という大袈裟《おおげさ》な感じではないが、ただの聞き込みだとすれば、刑事が五人というのは中途半端な数だな、と太郎は考える。

それとなく事務所の様子を探り、町村正次を殺害する機会を窺《うかが》うつもりだったが、刑事たちがやって来た直後なら、事務所内はピリピリしているであろうし、町村正次が事務所からふらふら出てくるとも思えない。

刑事たちのあとをつけたのは、ほんの好奇心である。事務所の近くに車が停めてあるのだろうと思ったが、そんな様子はなく、ぞろぞろと歩いて行く。車に乗り込んだら黙って見送るつもりだったが、歩き始めたので、つける気になった。しばらく歩き続けると、やがて、五人が路上駐車しているワンボックスカーに乗り込む。車を用意してあるのなら、なぜ、事務所の前に横付けしなかったのだろうと疑問を抱くが、

（なるほど、ふたつの事務所の中間地点に車を停めて、ここからふたつの事務所の動きを見張るつもりなのだな）

と思い至る。

警察はふたつの組織の対立抗争に積極的に関与するつもりはないらしい、ということも察する。本気で対立抗争を止めるつもりなら、家宅捜索したはずだし、そうすれば武器を発見できたはずだ。武器が出てくれば、多くの構成員を逮捕できる。そうなれば、否応《いやおう》なしに対立抗争は下火になる。

（まあ、警察が手出ししない方が、こっちはありがたいけどな……）

太郎がワンボックスカーから遠ざかっていく。

五人の刑事たちの顔は、しっかり脳裏に焼き付けた。いずれ何かの役に立つかもしれない、と思う。

一〇

「おかしい……」

ワンボックスカーのシートに腰を下ろすと、佐藤がつぶやく。

「何がですか？」

あおいが訊《き》く。

「『金星連合』は、八代俊夫と駒形啓太を殺していないようだ」

「何で、わかるんですか？」

「あの高桑剛という副総長が、そう言ったからだ」

「そう言えば、帰り際に高桑に訊いてましたよね、おまえたちが八代俊夫と駒形啓太を殺したのかって。で、高桑は殺してない、と答えた。だけど、誰だって、そう答えるんじゃないですか？　そうです、自分たちがやりました、あいつらを殺しましたなんて言うはずがない」

栄太が言う。

「あれは嘘ではない。高桑は、本当のことを言っていた。二人を殺したのは『金星連合』ではない」

「高桑の仕草や表情から、本当のことを言っていると判断したのね」

田淵がうなずく。

「そうだ」

「でも、それだとおかしいですよね。『ルシファー』もやってないというし、『金星連合』もやってないという。それが本当なら、誰がやったんですかね？　実際に三人が死んでるわけだし、誰かが殺したわけじゃないですか」

あおいが首を捻《ひね》る。

「どうなんだい、姉さん？　何か思い当たることはないのか」

栄太が優美子に訊く。

「『ルシファー』と『金星連合』を同時に敵に回すような組織は歌舞伎町にはないわ。ねえ、佐竹さん？」

「ええ、思い当たりませんね」

佐竹がうなずく。

「敵に回すのではなく、ふたつの組織を衝突させて漁夫の利を得ようとしているのかもしれませんよ。そういう組織もありませんか？」

田淵が訊く。

「もちろん、あいつらが共倒れになれば、あいつらの商売を横取りして、うまい汁を吸うことができるでしょうが、万が一、事が露見したら、当然、報復されますからね。『ルシファー』と『金星連合』を敵に回して生き残ることのできる組織はないでしょう」

優美子が首を振る。

「旨味《うまみ》はあるにしても、とてつもなく大きなリスクもあるということですね」

「リスクの方が大きいでしょうね」

「どういうことなんだろう……」

栄太は佐藤に顔を向けて、どう思いますか、と訊く。

「あれこれ推理するには材料が不足している。ひとつだけはっきりしているのは、あいつらは相手の組織の人間を殺してはいないということだけだ。あいつらではない誰かが三人を殺した。ただ……」

「何ですか？」

「これで終わりではないだろう。むしろ、何かの始まりなのかもしれない」

「まだ誰かが死ぬということですか？」

「そうだ。これが始まりだとすれば、もっと多くの人間が死ぬことになるだろう」

佐藤がうなずく。

「今のところ、誰がやらせたのかは、わからないわけですよね。じゃあ、誰がやったのか、つまり、誰が直接手を下したのかという点は、どうなんですかね？　スリーパーという殺し屋の仕業じゃないかという話もありましたけど」

あおいが訊く。

「それもわからなくなったわね。何の証拠も残さずに腕っ節の強い大男を殺し、姿を見られることなく相手方の事務所に生首を持って行く……そんなことができるのは、スリーパーくらいじゃないかって、こっちに勝手な思い込みがあったかもしれないわね。一度忘れた方がいいかもしれない」

　優美子が言う。

「わからないことが多すぎるということですね」

　田淵がうなずく。

二

　道寸の家に鯖江と紫苑がやって来る。

　道寸はまだ三七歳だが、実際の年齢以上に貫禄《かんろく》がある。色黒で彫りの深い顔立ちは、フィリピン人の母親譲りだ。六つ年下の紫苑とあまり似ていないのは、紫苑が日本人の父親似だからであろう。見た目はあまり似ていない兄弟だが、血の気の多いところは、そっくりだ。

　もっとも、さすがに「ルシファー」という組織を束ねているだけあって、道寸には、どんなときにでも己を自制できる狡猾《こうかつ》さが備わっている。感情に引きずられて怒りを爆発させることの多い紫苑とは、そこが違う。

　広いリビングで三人が話し合いをする。

まず鯖江が現在の状況を説明する。それを聞くうちに、道寸の表情が険しくなる。

鯖江が話し終えると、

「八代がやられて、てっきり『金星連合』の仕業だと決めつけた。紫苑が向こうと揉《も》めたばかりだったしな。しかし、はっきりした証拠があったわけではなかった」

道寸が舌打ちする。

「俊夫の首が届けられたんだぜ。宣戦布告じゃないか。あいつら以外に、そんなことをするはずがないさ。だって……」

紫苑が身を乗り出して話し続けようとするが、道寸が右手を挙げて発言を制する。黙っていろ、というのだ。

「こっちが戦争の準備をしているうちに、今度は駒形がやられた。ところが、警察の話だと、『金星連合』の方も末長という奴がやられて、うちに仕返しをするつもりだという。そこがわからない。なあ、うちはやってないわけだろう？　戦争の準備はしてたが、まだ攻撃命令は出していなかった。違うか？」

「いいえ、違いません。その通りです」

鯖江がうなずく。

「先走って、向こうに手を出した奴がいるのか？」

「いないはずです」

「おまえじゃないだろうな？」

道寸がじろりと紫苑を睨《にら》む。

「おれは何も命令してないよ」

「当たり前だ。おまえにそんな権限はない」

「……」

「いったい、どういうことなんだ？」

「『金星連合』が本当のことを言ってるとは限りません」

「だが、少なくとも、うちは末長という奴を殺してないわけだろう？」

「はい」

「しかし、誰かがやったわけだよな？」

「そうなります」

「八代と駒形を殺したのが『金星連合』でないとすれば……。三人を殺したのは同じ奴かもしれないな。どこかの組織がうちと『金星連合』を戦わせようとしている。しかも、これは、プロの仕事だ」

「ええ、プロの殺し屋でしょう」

「末長という奴のことはわからないが、八代と駒形は、そう簡単にやられるような男たちじゃない」

「腕が立つから紫苑さんのボディガードにつけていたわけですから」

「その二人があっさりやられたということは、凄腕《すごうで》の殺し屋ということだな」

「おれの考えを言ってもいいかな」

　紫苑が口を開く。

「言ってみろ」

「あれこれ難しく考えすぎじゃないかな。俊夫と啓太をやったのは『金星連合』だと思う。サツに本当のことを言うはずがないさ」

「向こうも一人やられてるんだぞ。うちはやってない。それとも、やはり、おまえが誰かにやらせたのか？」

「いや、それは絶対にないよ」

「じゃあ、誰がやった？」

「わからないけど、俊夫がやられたことに腹を立てて、誰かがカッとなってやったのかもしれない」

「誰かって、誰だ？　思い当たる人間がいるのか？」

「いないけどさ……」

「それなら余計なことを言うな」

「……」

「きちんと調べろ。金は使っていいから、サツのコネも使え。八代と駒形の復讐《ふくしゅう》はする。二人も殺されて何もしなかったら、他の組織から甘く見られるからな。だが、正しい相手に復讐する。間違った相手に復讐するのは馬鹿のやることだ」

「わかりました。すぐに調べてみます」

鯖江がうなずく。

「いいか、勝手なことをするなよ。おまえは、甘粕の馬鹿息子と、たかが女一人のことで揉めて、轢《ひ》き逃げ事故まで起こした。おかげで無駄な金を使った。実の弟だから、おれは許した。だが、二度も続けて愚かなことをしたら、今度は許さない。おれの言いたいことがわかるか？」

「あ、ああ、もちろん、ちゃんとわかってるよ」

額の汗を拭《ぬぐ》いながら、紫苑が答える。

「二人を殺したのが『金星連合』なら『金星連合』を叩《たた》き潰《つぶ》す。それ以外の他の組織の仕業なら、その組織を叩き潰す」

道寸が表情も変えずに言い放つ。

一二

「すみません、急なことだったので、こんなところしか用意できなくて……」

佐竹が申し訳なさそうに言う。

新宿署内に用意された部屋である。がらんとして何もない。パイプ椅子が置いてあるだけだ。荷物置き場として使っていた部屋から荷物を運び出しただけなので、パイプ椅子以外には、日常業務に必要な備品がまだ何も用意されていないのだ。

「明日《あした》までには何とかしますので」

「いいんですよ、気にしないで下さいな」

田淵が言う。

佐竹、優美子、田淵、あおい、栄太、佐藤の六人が椅子に坐《すわ》る。

「おれたちが引き上げてしまってよかったのかな？」

栄太が優美子に訊《き》く。

「ふたつの事務所を密《ひそ》かに監視するという目論見《もくろみ》は崩れてしまったわけだから、あそこに残っても仕方ないでしょう」

「監視もやめるってことかい？」

「そうじゃないわ。監視は続けるけど、それは新宿署でやるということよ。今もふたつの事務所を、捜査員が車から見張ってるわ。だけど、こっそりやっているわけではなく、事務所のすぐ近くで見張ってるのよ。警察が見張っていると相手にわからせるためにね」

「佐藤さん、暴走してしまったから……」

あおいがちらりと佐藤を見遣《みや》る。

佐藤は、うつむいたまま黙りこくっている。別に反省しているわけではなく、他の者たちの会話に無関心なだけである。自分の世界に閉じこもっているのだ。

「いいえ、かえってよかったんじゃないかと思いますよ。佐藤さんのおかげでいろいろなことがわかったし。ねえ、佐竹さん？」

優美子が佐竹に顔を向ける。

「そう思います。単純な対立抗争だと決めつけてましたが、そうではないらしいとわかりましたし」

佐竹がうなずく。

「じゃあ、まだ、おれたち、お役御免ではないんだね」

栄太が言う。

「ええ、もちろんよ。そのために、この部屋も用意したんだから」

「糸居君にも来てもらったら、どうでしょうか？　もう面が割れていることを気にする必要もないわけですし、彼は新宿に根を張っている犯罪組織にも詳しいですから」

佐竹が提案する。

「どうかなあ。あいつ、勝手なことばかりするから」

優美子は、あまり気が進まないようだ。

「やめた方がいいですよ。どうせ捜査を掻《か》き回すだけで、大して役に立ちません」

あおいも反対する。

突然、佐藤が立ち上がる。

「どうしたんですか？」

栄太が訊く。

「定時になった。退庁時間だ。帰る。明日、またここに来る」

佐藤がさっさと部屋から出て行く。

「変わった人ねえ」

優美子がつぶやく。

「すごく優秀な人なんだけど、誤解されやすいんですよ。気に障ることがあったでしょうけど、わたしから謝らせて下さいな」

田淵が優美子に詫《わ》びる。

「とんでもない。謝っていただく必要なんかありませんよ。『金星連合』や『ルシファー』の事務所でもまったく動じる様子がなかったし、ある意味、すごいと思います」

優美子が感心する。

「皆さんも今日はあがって下さい。お疲れになったでしょう」

佐竹が気を遣う。

「姉さんも帰るかい？」

栄太が訊く。

「わたしと佐竹さんは今日のことを上に報告しないといけないから」

優美子が首を振る。

「待ってようか？」

「栄太君、帰りましょう」

田淵が言う。優美子と佐竹は、今日の出来事を報告するだけでなく、今後の新宿署の捜査方針を、部外者を交えずに上司と相談したいのだろうと察したのだ。

「そうですね。じゃあ、先に帰るよ」

「ええ、お疲れさま」

佐竹と優美子に見送られて、田淵、栄太、あおいの三人が部屋を出る。

「少し早いけど、三人でごはんでも食べない？」

廊下を歩きながら、田淵が言う。

「はい、喜んで」

「あおいちゃんは？」

「大丈夫です。何だか、すごくお腹が空《す》きました」

「じゃあ、決まりね。何でも好きなものをごちそうしてあげる」

「え、マジですか」

あおいが驚きの声を発する。

「栄太君は自宅暮らしだから、いつもおいしいものを食べてるでしょうけど、あおいちゃんは一人暮らしだものね。普段は、どんなものを食べてるの？」

「ろくなものを食べてません。ほとんど自炊しないから、大抵、外食か、コンビニの弁当ですね。外食といっても、近所のファミレスです。いつも同じようなものばかりで、つまらないですよ」

「何が食べたい？」

「ううん、そうですね……」

「遠慮しなくていいのよ。わたしは、あおいちゃんより高給取りなんだから」

「焼き肉かなあ」

遠慮がちに言う。

「栄太君、どう？」

「焼き肉、大好きです」

「じゃあ、決まりね」

一三

歌舞伎町の焼き肉店で、田淵、栄太、あおいの三人が鉄板を囲んで焼き肉を頬張っている。二階の窓際席なので、窓から人の流れがよく見える。

「何だか、平和ですよね。普段と何も変わらない。このすぐ近くで殺し合いが始まるかもしれないなんて……」

何気なく栄太がつぶやく。

「駄目よ」

田淵がぴしゃりとたしなめる。

混み合っているほどではないが、六分から七分くらいは席が埋まっている。耳を澄ませば、互いの会話が聞こえるところに他の客たちがいる。そういう場所で仕事の話をしないのは、捜査員としての暗黙の鉄則である。

「お姉さん、仕事ができる人ですね」

気を利かせて、あおいが話題を変える。

「糸居じゃなくて、お姉さんがうちに来てくれればよかったのになあ」

「そんなことを言うと、糸居君ががっかりするわよ」

「大丈夫ですよ。めげない奴ですから」

「わたしには、糸居君とあおいちゃん、すごく息の合ったコンビに見えるけどなあ。そう思わない、栄太君？」

「確かに」

「やめて下さいよ」

あおいが嫌な顔をする。

「本当に嫌そうだね」

「ええ、本当に嫌です。一番苦手なタイプですよ。そばにいるのも嫌ですね。新宿署にいる間、あいつの顔を見ないで済むと思うと嬉《うれ》しいです」

「糸居君、今頃、くしゃみしてるわね」

田淵が笑う。

一四

ファストフード店の二階、窓際席に太郎がいる。そこからは「ルシファー」の事務所が見える。

かなり長い時間、その席にいるが、特に目立つということはない。周りには、携帯のゲームに夢中になったり、メールしたり、ラインしたり、自分のことだけに没頭している若者ばかりだから、少しくらい長《なが》っ尻《ちり》してもまったく人目を引かないのである。

いつもの太郎であれば、こんなにしつこく見張ったりはしない。

（今日は駄目そうだ）

と見切りを付ければ、さっさと引き上げるのだ。

ふたつの組織の不仲を利用して、互いに潰《つぶ》し合いをさせ、その混乱の隙をついて標的を始末する……それが太郎の目論見《もくろみ》だった。警察も積極的には介入しないだろうという読みもあった。

ところが、警察が介入してきた。

なぜ、そうなったのかはわからないが、現に事務所の近くには、見るからに刑事という感じの二人組が乗り込んだ車が停まっている。たった二人とはいえ、刑事が見張っているのでは、組織の人間たちも動きづらいであろう。

今後、警察が本腰を入れて介入する事態になれば、太郎が手出しすることもできなくなってしまう。

つまり、時間との勝負である。

今のうちに、さっさとケリをつけてしまうのだ。

(ん？)

事務所の前で動きがある。

四人の男たちが出てきて、警察車両の前に行く。

これ見よがしに、シャツをめくり上げたり、両手をぶらぶらさせたり、ジーンズを下ろしてパンツを見せたりする。どうだ、武器なんか持ってないぜ、とアピールしているらしい。太郎が注目したのは、四人の中に町村正次の姿を見付けたからである。

車に乗っている刑事たちに何か話しかけている。素振りで、これから飯を食いに行くんだが、あんたたちも一緒にどうだい、とでも言っていることが察せられる。刑事たちをからかっているのだ。運転席と助手席にいる二人の刑事は何の反応もしない。黙って苦笑いしているだけだ。彼らに与えられた役目は、「ルシファー」の事務所を見張ることであって、構成員たちを尾行することではないのであろう。その対応を見れば、まだ警察が本腰を入れているわけではない、と太郎にはわかる。だからこそ、今がチャンスだ。事務所を見張る警察の人間が増員されれば、事務所から出て行く構成員たちにも尾行がつくことになる。そうなってしまえば、太郎としても動きようがない。

太郎が席を立つ。町村正次を追うのだ。

一五

ファストフード店を出た太郎は、足早に町村正次たち四人を追う。四人は笑い声を上げ、何か大きな声でしゃべりながら歩いている。ゆっくり歩いているのが太郎にはありがたい。周囲を警戒している様子もなく、まったく無防備な感じである。

警察が介入する姿勢を見せたことで、すぐに「金星連合」との抗争が始まる怖れがなくなり、緊張が緩んでいるのかもしれない、と太郎は考える。

四人は雑居ビルに入る。多くの飲食店が入居しているビルである。太郎も四人のすぐ背後に迫っている。ビルに入る前にフードを被《かぶ》り、革製のグローブを両手にはめる。

エレベーターの前に四人が立っている。エレベーターが下りてくるのを待ちながら、女の話題で盛り上がっている。周囲には他に人はいない。

エレベーターが到着し、ドアが開く。四人が乗り込む。ドアが閉まる寸前、すみません、と声をかけながら、太郎も乗り込む。手には消火器がある。エレベーターの脇に置いてあったものだ。

ドアが閉まり、エレベーターが上昇を始めると、太郎は非常停止ボタンを押す。消火器のストッパーを外し、天井の監視カメラに向かって噴射する。次に四人の顔を目がけて噴射する。

うわっ、と叫んで、四人は両手で顔を押さえる。

太郎は腰を沈め、四人の膝《ひざ》を消火器の底の部分で思い切り殴りつける。膝骨が潰れる鈍い音がする。立っていることができず、四人が床に倒れる。

町村正次以外の三人の喉《のど》を、太郎が足でがつんと踏みつける。これで声を出すことができなくなる。続けざまに、鳩尾《みぞおち》を踏み、三人が海老《えび》のように体を丸めると、側頭部を蹴《け》る。三人が動かなくなる。死んではいない。失神したのだ。殺さないように、いくらか加減した。

「何だ、てめえ、何なんだよ！」

町村正次が顔についた消火剤を手で拭《ぬぐ》いながら、悲鳴のような声を発する。

「おまえを殺す」

「ちくしょう」

やけくそになって、町村正次が太郎に飛びかかろうとするが、膝骨が潰れているので動きが鈍い。

太郎は、ひらりと身をかわすと、町村正次の足を自分の足で引っ掛ける。無様に床に転がる。床といっても、そこには三人が倒れているから、その三人の体の上である。

「な、なぜ、おれは……？」

町村正次が怯《おび》えた顔で太郎を見る。

「おまえは死ぬんだ。命乞《いのちご》いでもするか？」

「た、たすけて……」

「駄目だね」

太郎が冷たい目で町村正次を睨《にら》む。

「愛里沙ちゃんも次郎も命乞いする時間すら与えられなかった。何もわからないまま、間抜けなおまえたちのせいで死んだ。その罪を償ってもらう。おまえの命でな」

「やめろ……」

「死ね」

太郎が町村正次の顎《あご》を蹴り上げる。町村正次が仰《の》け反ったところに、両手で振り上げた消火器を顔に叩《たた》きつける。容赦せず、何度も叩きつける。そのたびに、ぐしゃっ、ぐしゃっと骨が潰れて砕ける音がする。ついには顔が完全に潰れてしまい、ただの血と骨と肉の塊に成り果てる。

「完了」

何の感情も籠《こ》もっていない冷たい目で町村正次の死体を見下ろす。その傍らに消火器を放り出すと、非常停止ボタンを解除する。

エレベーターが動き出す。

次の階で停止する。誰かが呼んでいるのだ。

ドアが開く。

中年のおっさんが立っている。クリーム色の制服を着て、同じ色の帽子を被っている。ビルの管理人である。

管理人は、エレベーターの中を見て驚愕《きょうがく》する。

人が倒れ、壁に消火剤と血が飛び散っている。

まさに修羅場である。

管理人が声を発しようとしたとき、太郎がエレベーターから飛び出し、無言で管理人を突き飛ばす。管理人が尻餅《しりもち》をつく。

太郎は非常階段を駆け下りていく。一階の踊り場に出たとき、上の方から管理人の絶叫が聞こえた。

一六

五月一一日（火曜日）

警視庁の一階ロビーを、薬寺がよたよた歩いている。両手に重い荷物を持っているから大変なのだ。

「ああ、嫌だわ。何で、わたしがこんな雑用係みたいなことをしないといけないのかしら……」

汗をかきながらぼやいたとき、バランスを崩して転びそうになる。

そのとき、

「大丈夫ですか？」

誰かが薬寺を横から支えてくれた。おかげで転ばずに済んだ。

「どなたか存じませんが、ありがとうございます。助かりましたわ」

「いえいえ、どういたしまして」

「げ」

相手の顔を見て、薬寺が仰け反る。

「おはようございま～す。小早川《こばやかわ》で～す」

特命捜査対策室の小早川冬彦《ふゆひこ》だ。薬寺とは科警研で一緒に仕事をしたことがある。まだ二〇代だが、キャリアなので、階級は薬寺と同じ警部だ。

「どうしたんですか、そんな大荷物を抱えて」

「ええ、まあ……」

薬寺は冬彦が苦手なので、さっさとこの場から逃れようとする。

「ちょっと急いでいるので」

「持ちましょう」

薬寺の手から奪い取るように、冬彦が荷物をひとつ持つ。

「あら、いいのよ」

「遠慮しなくて結構です。地下鉄ですか？」

「ええ」

仕方なく、冬彦と並んで歩き出す。

「どちらまで？」

「ええっと……」

「これは管理職が日常業務で必要とするものばかりですね」

冬彦が荷物を覗《のぞ》き込む。

「あら、嫌ね。勝手に見ないでよ」

「ということは、どこか他の場所で出張業務ということですね？　遠くなら、薬寺さんが一人で持って行くはずがない。そう遠くではなく、地下鉄で移動するわけですから、都内の警察署ですね。しかも、割と近い」

「勝手にプロファイリングしないでちょうだい」

「渋谷、池袋《いけぶくろ》、中野《なかの》、新宿……」

「……」

「なるほど、新宿ですか。顔の筋肉が反応しましたよ。薬寺さん、正直ですね」

「わたしの顔も見ないで」

「新宿ということは、例の抗争事件ですね？　凶悪なふたつの組織が殺し合いをしているとか」

「ノーコメントよ」

「よかったら新宿署まで持って行きますよ。一人で運ぶのは大変でしょうから」

「冗談じゃない……いや、とんでもないわ。特命捜査対策室でお忙しいでしょうから」

「今は暇なんですよ。ちょうど関わっていた事件にケリがついたところなので」

「お気持ちはありがたいけど、人手は足りてるのよ」

　薬寺が冬彦の手から荷物を奪い返す。

「そうですか。残念です。でも、いつか一緒に仕事をしたいですね」

「そんなことが起こらないように願っているわ。じゃあ、失礼」

　薬寺が足早に立ち去る。

一七

　新宿署に用意されたＳＭ班の待機部屋には、机や椅子、ホワイトボード、電話やパソコンが用意された。昨日のうちに佐竹が手配したのだ。

　すでに田淵、佐藤、栄太、あおいの四人は出勤している。そこに、

「お～っ、ここかよ。何だ、物置だった部屋じゃねえか。おれたちもなめられたもんだぜ。最初から、おれがいれば、こんな惨めな扱いをされることもなかったのにな。うちの連中はお上品すぎて、押しが弱すぎるからなあ……」

　ぶつくさ言いながら、糸居が現れる。

「おっす、みんな元気か」

「は？ 何で、あんたがここにいるわけ。留守番でしょう？」

あおいが目を丸くする。

「聞いて驚くな。招集されたんだ」

ふふふっ、と糸居が笑う。

「誰に？」

「ユーミンさ」

「え、姉さんが？」

栄太も驚き、うちではそんなこと何も言ってなかったのに、とつぶやく。

「ふんっ、家には仕事を持ち込まない主義なんだろうよ」

「皆さん、おはようございます」

優美子と佐竹がやって来る。

「どういうことなんだよ？」

栄太が優美子に訊《き》く。

「薬寺さんが来てから説明するわ」

優美子は素っ気ない。

「え、班長も来るのかよ？」

今度は糸居が驚く。

「そっちのメンバーが丸ごと新宿署に来るのに、責任者だけが来ないなんてあり得ないじゃない」

「そんな気を回さなくてよかったのによう。面倒臭えなあ。また、ねちねち嫌味を連発されるぜ」

ちっ、と糸居が舌打ちする。

「それは済まなかったな」

両手に荷物を持った薬寺が重い足取りで部屋に入ってくる。かなり汗をかいており、息遣いが荒い。

「あ、班長、おはようございます。今日も爽《さわ》やかな、いい天気ですね」

糸居が明るく挨拶《あいさつ》する。

「おまえがいるだけで場の空気が重くなるんだよな」

机の上に荷物を置きながら、薬寺が言う。真顔である。

「皆さん、お揃いになったようですから、わたしの方から少し説明させていただきます……」

なぜ、糸居と薬寺までが招集されることになったのか、優美子が説明を始める。

昨夜、「金星連合」の四人の構成員が、食事をするために事務所を出て、雑居ビルのエレベーターに乗り込んだところを襲われた。四人のうち、一人が死亡、三人が重傷を負った。抗争が激化する怖れがあるので、糸居と薬寺までが招集されることになったのである。

「襲撃したのは『ルシファー』なんですか？」

田淵が訊く。

「犯人はわかっていません」

優美子が首を振る。

「だけど、エレベーターで襲われたのなら、防犯カメラに映ってるんじゃないのかい？」

栄太が訊く。

「観て下さい」

佐竹がパソコンを操作し、皆が画面を観られるように机の上に置く。

映像が流れる。エレベーターのドアが閉まりかけたとき、フードで顔を隠した者が乗り込んでくる。消火器を持っている。エレベーターの停止ボタンが押され、消火剤が噴射される。画面が真っ白になる。

佐竹が映像を停止する。

「これっぽっち？」

「ええ、この犯人は防犯カメラに何も映らないようにしてから四人を襲ったのね」

優美子がうなずく。

「フードで顔を隠してたから、男か女かもわかりませんよね」

あおいが言う。

「負傷した三人は顔を見てるんじゃないですか？」

田淵が訊く。

「駄目ですね。役に立つことは何も覚えていないようです。あっという間の出来事で、抵抗らしい抵抗もしないうちに気を失ったようです」

「もう聴取したんだ。さすがに早いんだね」

栄太が感心する。

「ほんの短い時間よ。かなりの重傷らしくて、長く話をするのは無理みたいだから」

優美子が答える。

「ビルの管理人が犯人と鉢合わせしてます。停止ボタンが押されたので、様子を見に行きました。エレベーターは一階と二階の間で停止したので、二階に行き、どうしたものかと思案していると、エレベーターが動き出し、ドアが開いて、中から人が飛び出してきたそうです」

佐竹が言う。

「じゃあ、顔を見たのね？」

薬寺が訊く。

「見たはずですが、覚えていないらしいんです」

「どういうこと？」

「エレベーターの中が凄《すさ》まじい状況で、つまり、消火剤と血が飛び散っていたことに仰天して、腰を抜かしたらしいんです」

「やっぱり『ルシファー』じゃないのかなあ」

栄太がつぶやく。

「うちの捜査員が『ルシファー』の事務所を見張っていたけど、それらしい動きは何もなかったと報告してきたわ。ただ、襲ったのは一人だし、こっそり事務所から抜け出すのは難しくないと思うけど」

優美子が言う。

「これは、プロの殺し屋の仕業だ」

それまで黙りこくっていた佐藤が口を開く。

「なぜ、そう思うんですか？」

糸居が訊く。

「動きに無駄がない。すべて計算され尽くしている。その上で、暴力に関して、決して素人とは言えない四人の男たちをわずかの時間で倒している。プロに違いない」

「そう言われれば、そうかなあ」

「殺された男だが、どういう殺され方をした？」

「それが、ひどいんです。消火器で顔を叩《たた》き潰《つぶ》されています。殴りつけたという程度ではなく、頭蓋骨《ずがいこつ》まで砕けてしまうくらいに……」

佐竹が顔を引き攣《つ》らせながら説明する。

「他の三人は？」

「消火器で膝《ひざ》の骨を砕かれています。顔を蹴《け》られて気を失ったようです」

優美子が答える。

「なるほど、標的は一人だな。やろうと思えば、四人とも殺すことができたはずだ。しかし、一人しか殺していない。その男を殺すことだけが目的だったからだ」

「やられたのは『金星連合』の幹部なのかしら？」

田淵が訊く。

「被害者は町村正次、二四歳です。下っ端ではありませんが、幹部とは言えません」

優美子が言う。

「しかし、その男が標的で間違いない。ふうむ、なるほど、そういうことか……」

佐藤が、そうか、そうだったのか、とうなずく。

「何ですか、何かわかったのなら、おれたちにも教えて下さいよ」

糸居が言う。

「これでふたつの組織の構成員が四人殺されたことになるが、その四人は偶然襲われたわけではなく、何らかの理由があって殺されたのではないか、と気がついた」

「その理由は何ですか？」

「わからない。そう思うだけだ」

「何だ拍子抜けだなあ。期待して損したぜ。なあ、栄太？」

糸居が栄太を見る。

栄太は真剣な表情だ。栄太だけでなく、糸居以外の誰もが真摯《しんし》に佐藤の言葉に耳を傾けている。

「みんな、どうしちゃったんだ？」

「あんた、何もわかってないんだね。佐藤さんの言うこと、筋道が通ってるじゃん。四人はふたつの組織の対立抗争で殺されたのではなく、ふたつの組織とは関係ない第三者が、何らかの理由で殺したんだよ。あんたは知らないだろうけど、昨日、ふたつの組織の事務所に行ったとき、どちらも相手の組織を攻撃していないと主張した。その言葉に嘘はないって、昨日の段階で佐藤さんは見抜いてたの。つまり、抗争事件に見せかけて、誰かが四人を殺したっていうこと。わたしの言ってること、わかる？」

あおいが厳しい目で糸居を見る。

「ま、まあな……」

ははは、と糸居が笑うが、目が泳いでいる。どうやら、あおいの言うことが理解できていないらしい。

一八

「金星連合」の事務所では、若い構成員たちが激昂《げきこう》している。仲間が四人も襲われ、そのうち一人が死んだ。あとの三人も重傷だ。構成員たちは「ルシファー」の仕業に違いないと決めつけ、口々に、戦争だ、仕返しだ、復讐《ふくしゅう》だ、あいつらもぶっ殺してやる、と叫んでいる。

「何もしないつもりなんですか！」

中には副総長の高桑剛に詰め寄る者までいる。高桑が下手に宥《なだ》めようとすれば、高桑に殴りかかりそうなほど興奮している。普段なら考えられないことである。それほどまでに頭に血が上っているということであろう。

「おまえたちの気持ちはわかっている。これからどうするか、ちゃんと総長も考えている。やるときは徹底的にやる。だから、早まるな。中途半端なことをすると警察が介入して、こっちは何もできなくなるからな。道具の手入れだけは、きちんとやっておけよ。いつでも出かけられるようにな」

高桑が言うと、若い者たちが、おーっと声を上げる。

（これで少しは時間稼ぎができるだろう）

何かに集中させておかないと、血の気の多い若者たちは、すぐにでも暴発してしまいそうである。殴り込みに必要な武器の手入れをしておくように言えば、おとなしく指示に従うだろうと高桑は考えたのだ。とは言え、そう長くは持たないだろうということもわかっている。そのうちに、

「いつまでこんなことをやっていればいいんだ」

と騒ぎ出す者が出てくるに違いない。そうなると厄介である。それ故、今のうちに今後の対策を決めておく必要がある。

高桑は総長室のドアをノックする。

「入れ」

中から甘粕龍之介の声が聞こえる。

「失礼します」

ドアを開けて、高桑が部屋に入る。

ソファに龍之介と龍一が坐《すわ》っている。

（怒ってるな、総長）

長い付き合いなので、顔を見ただけで、龍之介の感情を高桑は察することができる。

かなり腹を立てていることがわかる。

龍一は、ソファに深く坐り込んで携帯をいじっている。龍之介から外出禁止を言い渡されているから退屈で仕方ないのであろう。

「どうだ？」

龍之介が訊《き》く。

「まだ何とも……」

ソファに坐りながら、高桑が首を振る。

「わからないか？」

「警察も何もわかっていないようなので」

「これが『ルシファー』の仕業なら、こっちも黙っているわけにはいかない。報復する」

「もちろんです。しかし……」

「おまえの言いたいことはわかる。確証がいる。あいつらがやったという証拠が必要だ。いくら金を使ってもいいから、サツのコネを使え」

「はい」

「若い奴らが暴発しないように抑えておけよ」

「急がないと、いつまで抑えられるか……」

「あ」

龍一が声を発する。

「何だ？」

龍之介がじろりと睨《にら》む。

「い、いや、何でもないよ」

「ふんっ」

舌打ちすると、龍之介はまた高桑と今後の対応策について話し合う。

その横で、龍一が熱心にメールを打っている。

ナオミからメールが来たのだ。石原紫苑と揉《も》める原因になったキャバ嬢である。

最近、会いに来てくれないね。
龍ちゃんに会いたいなあ。
体がむずむずしちゃう。

甘ったるい内容のメールである。龍一に会えなくて淋《さび》しいと訴えつつ、さりげなく、今夜、同伴してもらえないかな、と頼んでいる。ありふれた営業メールだ。

しかし、外出を許されず、ストレスが溜《た》まっている龍一は、ナオミとメールをやりとりしているうちに、ムラムラしてきて、どうにも自分を抑えられなくなってきた。

同伴は無理だけど、二時間くらい時間を作ってくれ。何でも好きなものを買ってやる。

手早くメールを打って送信する。
じりじりしながら返信を待つ。

同伴なしで二時間も会うなんて大変だなあ。
よっぽどいいものを買ってもらわないとね。
前からほしかったバッグがあるんだけど、買ってくれる？
一〇〇万円で、いくらかお釣りがくるよ。

文章の最後のにっこりスタンプを見て、龍一の顔が充血する。

（ふざけやがって、一〇〇万だと？　たった二時間会うだけだってのに……）

よほど無視しようかと思うが、ナオミの体を思い出すだけで、股間《こかん》がむずむずしてくる。ベッドに押し倒して下着をむしり取り、あの体を抱きしめたら、さぞ気持ちがいいだろうな、と考える。

（くそっ）

またメールを打つ。一〇〇万持って行くから、好きなバッグを買えばいい、その代わり、一時間以内に待ち合わせ場所に来い、その場所は……どこにしようかと龍一が思案する。事務所の近くにもいくつかラブホテルはあるものの、龍一が外出禁止を命じられていることは皆が知っているから、誰かに目撃されたらまずいことになる。「金星連合」の人間は味方だから、まだいいが、万が一、「ルシファー」の連中に見付かったら大変だ、やはり、一般のきちんとしたホテルの方が安全だろうなと考え、西新宿にあるホテルのロビーで待ち合わせることにする。

メールを送信し終えると、さりげなく立ち上がり、

「何か飲むかい？　それとも軽食でも……」

と、龍之介と高桑に声をかける。

「いらん」

龍之介がうるさそうに手を振る。高桑との打ち合わせに集中しているのだ。

「何か食うかな」

つぶやきながら、龍一が部屋を出る。三階の自分の部屋に行き、手提げ金庫から帯封付きの札束を取り出し、無造作にポケットに突っ込む。

一階では若い構成員たちが何やら騒いでいる。

彼らの中を通り抜けて外に出るのは無理だ。龍一が外出禁止を言い渡されていることは皆が知っているから、必ずや足止めされるであろう。他の出口を探す必要がある。

一階と二階は、どの窓にも、それがトイレや浴室の小さな窓であっても、例外なく頑丈な鉄格子がはめられている。窓を割られて侵入されるのを防ぐためだ。事務所は、ちょっとした要塞《ようさい》のように堅固な造りになっており、正面玄関と裏口以外からは、そう簡単に事務所に入ることはできない。裏口は常に施錠されているから、実際には正面玄関が唯一の出入り口になっている。

龍一は、また三階に戻る。三階の窓に鉄格子ははめられていないが、さすがにそこから飛び降りるのはためらわれる。よほど身体能力が優れていればできるかもしれないが、龍一には無理そうだ。足でも折るのがオチだろう。

(あ、そうだ)

思いついたことがあり、四階に上がる。祖父の龍騎《りゅうき》が生きている頃は、四階で暮らしていたが、今では祖父の部屋は仏間になり、他の部屋は倉庫になっている。普段は、ほとんど人気がない。四階から階段で屋上に出ることができる。そのドアは龍一のマスターキーで開けられる。

屋上には給水塔と変電室がある。

変電室の扉を開けて中に入る。扉のそばに消火器が何本か並んでいる。その横に金属製の箱が置いてある。蓋《ふた》を開けると、縄梯子《なわばしご》が出てくる。

「まだ、あったか……」

龍一がにやりと笑う。

事務所が火事になり、下の階に逃げられない状況になったとき、龍騎が屋上から脱出するために用意されたものだが、亡くなる前の数年、龍騎は足腰が弱って、外出するときは車椅子を利用していた。縄梯子など使えるはずもないから、それ以前、龍騎が元気だった頃に用意されたものであろう。

箱から縄梯子を取り出し、龍一は、どこから下りようかと思案する。ビルの正面から下りるのは論外だ。人目につきすぎる。ビルの左右も確認したが、どうしても隣の建物の窓の前を下りることになってしまう。とすれば、ビルの裏手を下りるしかない。背中合わせになっているビルも、「金星連合」のビルも、背面には窓がないから誰かに見付かる心配はない。

龍一が下を覗《のぞ》く。かなりの高さがある。こんなところから落下したら、ただでは済まないだろうな、と不安になる。鉤爪《かぎづめ》を外壁の縁に引っ掛け、縄梯子を下に垂らす。

「こんなので大丈夫なのかよ……」

何かの拍子に鉤爪が外れたら、途中で縄梯子が切れたら……嫌な想像ばかりしてしまう。一瞬、やめようかと思うが、脳裏にナオミの裸が思い浮かぶと、やっぱり、行くしかない、と奮い立つ。

大きく深呼吸してから、縄梯子を下り始める。思った以上に不安定だ。かなり揺れる。冷や汗をかいているせいで手が滑る。下を見ると、足が震える。

（ナオミに会うんだ、ナオミに会うんだ……）

心の中で繰り返しながら、縄梯子をゆっくり下りていく。ようやく地上に足が着いたときには、安堵《あんど》のあまり坐《すわ》り込みそうになる。見上げると、縄梯子が揺れている。帰りも上らなければならないと考えると、また不安になる。

（まあ、後のことは後から考えればいいさ）

通りに出るには、隣のビルとの間にある小路《こうじ》を通らなければならない。つまり、事務所のすぐ横を抜けて通りに出るということである。「ルシファー」と戦争になるかもしれないという話になってから、若い構成員が何人か常に事務所の外に立って、周囲を見張っていたが、今は、これ見よがしに警察車両が事務所の筋向かいに停まっているので、外で見張っている者はいない。

だから、身内に見付かる怖れはないだろうが、その代わり、刑事に見られる怖れがある。もっとも、これまで刑事たちが事務所を出入りする構成員を呼び止めたりしたことはない。幸い、人通りも多い。何人かの若者たちが事務所の前を通り過ぎるとき、龍一は素早く通りに出て、彼らの後ろを歩き出す。誰かに見付からなかっただろうか、誰かが後ろから追いかけてきたりしないだろうか、と心配するが、そんなことはなかった。

（やったぜ。うまくいった）

龍一が走り出す。

一九

「金星連合」の構成員は誰一人として龍一が出て行ったことに気が付かなかった。

それは車から事務所を見張っている二人の刑事たちも同様である。彼らの役目は、言ってしまえば、そこにいることだけである。ここで警察が見張っているからな、勝手な真似は許さないぞ、と暗黙の脅しをかけることで、「ルシファー」との抗争を止めようというのである。それ故、複数の構成員が武器でも隠し持っているような不穏な様子で事務所からぞろぞろと出てくれば放っておかないだろうが、軽装の構成員が一人で事務所から出てきたくらいでは何もしない。そもそも、刑事たちは長時間の見張りに飽きて注意力が散漫になっていたので、小路から出てきた龍一を見逃した。

龍一はうまい具合に仲間と警察の目をかわしたわけである。

しかし、太郎の目から逃れることはできなかった。

今日もまた太郎はファストフード店の二階窓際席から事務所を見張っていたのだ。四人の構成員を襲い、町村正次を殺害した翌日に、現場近くに戻ってくるというのは大胆不敵と言うしかないが、太郎には太郎なりの目論見《もくろみ》がある。

「金星連合」は四人を襲ったのは「ルシファー」だと決めつけ、当然、報復しようとするだろう。その動きを察知すれば、「ルシファー」は厳重に守りを固めるに違いない。そんなところに出かけていっても、さすがに太郎も手出しできない。

しかし、「金星連合」が殴り込みをかけるときには、多くの構成員が参加するだろうから事務所は手薄になる。龍一は殴り込みには参加しないだろうというのが太郎の予想である。手薄になった事務所に残る龍一を襲うのは、「ルシファー」の事務所にいるであろう紫苑や古田裕司を襲うより容易だと判断した。だから、見張っている。

容易だと言っても、あくまで「ルシファー」の事務所よりはましだという程度で、そう簡単に龍一に近づけるはずはないと覚悟している。何しろ、龍一は「金星連合」の総長の息子である。腕っ節の強い男たちにがっちりガードされているに違いない。

どうやって龍一に近付けばいいだろう……そんなことを思案しながら、事務所に顔を向けていると、突然、龍一が一人で姿を現した。太郎が驚くのも当然であろう。急いで席を立つ。

二〇

「ルシファー」の事務所。

道寸、鯖江、紫苑の三人が会長室にいる。

会長室の中央には一度に一〇人くらいは坐ることができるソファセットがコの字形に置いてある。

三人は、そのソファに坐り、壁に設置されている大型テレビの画面に目を向けている。

ニュースが流れている。

「同じニュースばかりだな。朝からずっと同じことばかりだ」

道寸が溜息《ためいき》をつき、もういい、消せ、と言う。何者かに「金星連合」の四人の構成員が襲われ、そのうち一人が死亡したという内容である。犯人は、今も不明である。結局、それ以上に詳しいことは報道陣も知らないということなのであろう。

「はい」

鯖江がリモコンを手にして、テレビを消す。

「また、『金星連合』の連中がやられたらしい」

「言うまでもありませんが、うちは何もしてません」

「そうさ、おれたちじゃないぜ」

紫苑も言う。

「だが、向こうは、そう思ってないだろうな」

道寸は思案顔である。

「確かに」

鯖江はうなずき、自分たちは何もしていないが、このままでは戦争になる、「金星連合」の者たちは怒り狂っていて、いつ攻めかかってきてもおかしくない状況なのだ、と説明する。

「戦争か……」

道寸は小さくつぶやくと、戦争にならなくても共倒れだな、と自嘲《じちょう》気味に笑う。

一連の騒動が原因で、警察の監視の目が厳しくなり、本来の商売にも影響が出ている。自分たちだけでなく「金星連合」も同じはずだ。遠からず、どちらも干上がってしまうであろう。

「まだ何もわからないのか？」

道寸が鯖江に訊《き》く。

「申し訳ありません」

鯖江が頭を垂れる。

「そうか。何もわからないか。おかしいな……」

何者かが「金星連合」と「ルシファー」を争わせて漁夫の利を得ようとしているので

はないか、と道寸は疑っているのである。

ドアがノックされ、古田裕司が顔を見せる。若い構成員の束ね役で、紫苑が外出するときには運転手や護衛も務める。年齢は四〇。

「何だ？」

紫苑が険しい顔を向ける。

「警察です。昨日の連中が……」

「令状を持ってるのか？」

「ないようですが、鯖江さんに会わせろ、と言ってます。そうでなければ、紫苑さんに……」

「追い返せ、馬鹿野郎」

紫苑が怒鳴る。

「待て」

道寸が片手を上げて、紫苑を制する。

「昨日の連中というのは、あの奇妙な刑事たちということか？」

「たぶん、そうだと思います」

鯖江がうなずく。

「会ってみよう」

「え、会うのかい？」

紫苑が驚く。

「身に覚えのないことで恨みを買って、なし崩しに戦争が始まるのは困る。たとえ警察だろうと、こっちの役に立ってくれるのなら利用するべきだ」

道寸がうなずくと、鯖江が連れてこい、と古田に命ずる。

すぐに古田に案内されて、優美子、田淵、佐藤、あおい、栄太、そして、糸居の六人が部屋に入ってくる。

古田はドアを閉めると、部屋の片隅に立つ。

「おおっ、相変わらず豪勢だなあ。阿《あ》漕《こぎ》な商売で稼いだ金で贅沢《ぜいたく》しやがって。昔より羽振りがよくなってるんじゃねえか？」

糸居が勝手にソファに坐《すわ》り込み、テーブルに足を投げ出す。おい、おまえたちも坐れ、遠慮するな、と栄太やあおいに言う。糸居の指図に従ったわけではないが、他の者たちも道寸と向かい合う格好でソファに坐る。立ったままでは話がしにくいからだ。

「いったい、誰かと思えば……。あんたかよ」

紫苑が顔を顰《しか》めて、小さく舌打ちする。

「久し振りだな、紫苑。今でも弱い者いじめばかりして、女の尻《しり》を追いかけているのか？ 他に何の取り柄もないからな」

「うるせえよ」

「ん？ 何か言ったか」

「別に」

「で、いつもバカの尻拭《しりぬぐ》いをさせられている鯖江慎介か。『ルシファー』のナンバーツーが子守役とはお笑いだねえ」

「どうも、糸居さん」

鯖江が無表情に会釈する。

「で、石原道寸会長か。三人で事務所に閉じこもって、何を相談してたんだ？　おれの知る限り、会長がここにいるのは珍しいよな。普段は自宅から悪事の指令を出してるわけだから」

「おい、言葉に気をつけろ」

紫苑がカッとなる。

「何か言ったか？」

「……」

糸居に睨《にら》まれて、紫苑が黙り込む。

「さあて、せっかく会長もいることだし……」

「糸居君」

佐藤が口を開く。

「何ですか？」

「しばらく黙っていろ」

「は？」

「君の会話は、事件を解決するために何の役にも立たない。黙っていることができないのなら、この場から立ち去って新宿署で待機してもらう」

「え、え、え」

糸居が助けを求めるように、仲間たちに顔を向けるが、皆、知らん顔をしている。田渕だけが小さく首を振ったのは、佐藤の指示に従いなさい、口を閉じなさい、という意味であろう。

「……」

糸居が肩を落とし、テーブルから足を下ろす。

「石原道寸に質問がある」

佐藤が言う。

「昨日、『金星連合』の四人が何者かに襲われ、一人が死亡、三人が重傷を負った。おまえが命令したのか？」

「いいえ、わたしは何も命令してませんよ」

「おまえの部下が、例えば、ここにいる鯖江や紫苑が命令したと思うか？」

「思いません。この二人は、わたしに無断で勝手なことなどしませんから」

「この二人以外の誰かが命令したと思うか？」

「思いません」

「もし、おまえ以外の誰かがおまえに黙って『金星連合』の者たちを襲ったとすれば、おまえはどうする？　それを認めるか」

「いいえ、絶対に認めません。そんな勝手な真似は許しません」

「許さないというのは、どういう意味だ？　殺すということか」

「うちにはうちのやり方がある、とだけ言っておきましょう」

「先週も『金星連合』の者が一人殺されている。おまえの命令か」

「答えは同じです。わたしは何も命令していません。うちの者たちは何も手出ししていません。それどころか、うちが被害者ですよ。身内が二人も殺されている。早く犯人を捕まえて下さい」

「『金星連合』は、おまえたちの仕業だと信じている。戦争の準備をしている。向こうが襲ってきたら、どうする？」

「身に覚えのないことで、襲われるのは困ります。すぐに警察に連絡します」

「ぬけぬけと白々しいことばかり言いやがって……」

我慢できずに糸居が口を開くと、すぐさま、

「黙りたまえ」

佐藤がぴしゃりと言う。

「……」

糸居がむっつり黙り込む。

その後も佐藤は矢継ぎ早に道寸に質問をぶつけた。

質問しながら、佐藤は道寸の体の動きや目の動きを観察している。人間は、嘘をつくと、普通とは違う反応が表れるものなのだ。

やがて、

「帰る」

佐藤が立ち上がり、さっさと部屋から出て行く。

優美子、田淵、栄太、あおいも佐藤についていく。

糸居一人が取り残される。

「まだ何か用がありますか？」

鯖江が訊《き》く。

「ああ、そうだな……」

糸居がゆっくり立ち上がる。

「今日のところは帰る。また来るぜ」

「どうぞ」

鯖江が肩をすくめる。

糸居が部屋を出ると、背後で鯖江や紫苑の笑い声が聞こえる。

二一

糸居が事務所の外に出ると、すでに佐藤たちは五〇メートル以上先を歩いている。慌てて後を追う。

「何だよ、おれを置き去りにする気か？」

「遠慮しないでゆっくりしてればよかったのに。楽しそうだったじゃん」

あおいが笑いもせずに言う。

「ふんっ、勝手に言ってろ。ホームズ先生、何ですか、自分だけしゃべりまくって。あれで何かわかったんですか？」

「わかった」

「何がわかったんですか？」

「道寸は嘘をついていない。四人を襲ったのは、奴らではない」

「若い者が暴走したのかもしれないじゃないですか」

「それは、ない」

佐藤が首を振る。

「なぜですか？　四人を襲ったのは、プロの殺し屋だからですか」

「その通りだ。同じことを何度も言わせるな。糸居君は本当に頭が悪いな。君と話していると疲れるし、時間を無駄にしている気がする」

佐藤が歩き出す。

「……」

糸居が愕然《がくぜん》とする。

「ぷぷぷっ」

堪《こら》えきれずに、あおいが笑い出す。

「ほら、しっかりしなさい。行くわよ」

田淵に促されて、うなだれた糸居がとぼとぼ歩き出す。

四人を見送りながら、

「佐藤さんの言うことは正しいけど、さすがに糸居に面と向かって、あそこまで言うのは難しいわ。少なくとも新宿署には、糸居にあそこまで言える人間はいないわね。あいつ、すぐにキレるから。どうして、佐藤さんの言うことを、糸居はおとなしく聞くわけ？」

優美子が栄太に訊く。

「貫禄《かんろく》の違いかなあ」

栄太が首を捻《ひね》る。

「ふうん、貫禄ねえ……」

首を振りながら、優美子も四人の後を追う。

二三

つかず離れず、太郎は龍一の後を追う。

（あいつ、いったい、どこに行くつもりなんだろう？）

それが不思議で仕方がない。構成員たちが襲撃され、命まで落としているというのに、なぜ、たった一人で出歩くような危ない真似をするのか、その理由がわからないのだ。

もちろん、太郎にとっては、こんなありがたい状況はない。七人の標的のうち、龍一と紫苑を襲うのはかなり難しいだろうと覚悟していたのだ。

あまりにもありがたいので、ひょっとして、これは何かの罠《わな》ではないか、と疑いたくなる。誰かが自分を尾行していないか、どこかから見張られていないか……太郎は警戒心を強める。

しかし、そんな気配はどこにも感じられない。

そもそも、龍一を餌にして罠を仕掛けるというのは「金星連合」にとってもリスクが大きすぎるはずだ。普通では考えられない。

罠でないとすれば、これは千載一遇のチャンスである。さすがに人の多い場所、例えば、駅や駅の周辺で襲うことはためらわれるものの、場合によっては、多少の危険を冒してでも龍一を襲撃しようと太郎は考える。こんなチャンスは二度と巡ってこないかもしれないからだ。

二三

「じゃあ、よろしく」

龍一が携帯を切る。歩きながらホテルに電話し、部屋を取ったのである。直前の予約だったので手頃な部屋に空きがなく、セミスイートを取らざるを得なかった。三時間、いや、二時間くらいで事務所に戻らなければならないのに、部屋代だけで八万円以上の出費である。しかも、ナオミには一〇〇万円渡す約束をしている。

（まったく、おれは何をしてるんだ？）

さすがに自分で自分が嫌になる。

しかし、性欲には勝てない。ナオミにメールを打とうとする。部屋番号を知らせ、ロビーで待つように伝えるためだ。

「ん？」

ナオミの方からメールが来た。もうホテルに到着し、コーヒーショップにいるという。

「馬鹿野郎、のんきにお茶なんか飲みやがって」

ロビーにいろ、チェックインしたら、すぐに部屋に行くんだ……そうメールを打とうとするが、歩きながらなので、打ち間違いが多い。打ち直しているうちに苛々《いらいら》してきて、メールを打つのをやめ、小走りになる。どうせ、あと一〇分くらいで着くのだ、もたもたメールを打つより先を急ぐ方がいい、と判断したのである。

二四

そのビルの一階と二階にはショッピングモールや飲食店が入っており、三階と四階はオフィス、五階から上がホテルになっている。チェックインカウンターは五階にある。ナオミがいるコーヒーショップは二階にあるので、龍一はエスカレーターに乗る。

「だから、ロビーで待つ方がよかったのに。気の利かない女だ」

龍一が舌打ちする。ロビーで待ち合わせれば、エレベーターで真っ直ぐ五階に上がるだけでよかったのだ。

コーヒーショップに行くと、ナオミが窓際の席に坐《すわ》り、熱心に携帯をいじっている。あまり熱心なので、龍一が声をかけても気が付かなかったほどだ。

「おい」

龍一が大きな声を出す。周りの客たちが驚いて龍一に顔を向けるほどの大声である。

ナオミも携帯から顔を上げる。

「あ、龍ちゃん」

「こんなところで何をしてるんだよ。時間がないんだ。行くぞ」

「だって、喉《のど》が渇いたんだもん」

ナオミがアイスティーのグラスを手に取り、ゆっくり飲み始める。

「いいから、早くしろって」

龍一がナオミの手を引っ張る。アイスティーがこぼれ、ナオミのブラウスが濡《ぬ》れる。

ナオミが顔を顰《しか》める。

「何よ、そんなに焦っちゃって。これ、高いんだからね。染みになるじゃないの。あ……もしかして、『ルシファー』のことで、カリカリしてるわけ？　すごいよね、あいつら、あんなことするなんて、まるでギャング映画みたいじゃん。興奮しちゃった」

「おまえ、何か知ってるのか？　紫苑と連絡を取り合ってるのか。自分たちがやったと紫苑が言ったのか」

龍一の顔色が変わる。ナオミの腕をつかむ。

「ううん、連絡はないよ。テレビのニュースを観ただけ」

「本当か？」

「うん、本当だよ。痛いじゃない。そんなに強くつかまないでよ」

「うるせえ。行くぞ」

龍一はナオミをコーヒーショップから連れ出し、エレベーターホールに引きずっていこうとする。

「だから、痛いってば。ねえ、放してよ。ブラウスが破れるじゃないの」

龍一の手を振りほどこうとして、ナオミが暴れる。

エレベーターホールの手前で二人が揉《も》み合う。二人の背後から、太郎が近付いている。二人と一緒にエレベーターに乗り込むつもりなのだ。

ナオミと太郎の目が合う。

「あんた、誰？」

ナオミが訊《き》く。太郎を見て嫌な感じがしたらしい。ぼんやりしているように見えるが、実際には鋭敏な感覚の持ち主なのである。そうでなければ、龍一と紫苑を天秤《てんびん》にかけて、二人を手玉に取ることなどできないであろう。

「何だ？」

龍一が振り返ると、太郎がじっと龍一を見つめる。

（やられる）

直感的に悟る。臆病者《おくびょうもの》なので、人一倍、警戒心が強いのである。生存本能も強烈だ。唯一の取り柄と言っていいであろう。ナオミを守ろうなどという騎士道精神とは無縁である。守るどころか、自分だけが助かればいいという自分勝手な男であり、平気でナオミを犠牲にしようとする。

龍一はナオミを太郎の方に突き飛ばす。ナオミは足がもつれて、前のめりに転倒する。太郎の足許《あしもと》だったので、うまい具合に障害物になった。その隙に、龍一が踵《きびす》を返して走り出す。

太郎はナオミを跳び越えて、龍一を追う。こんな人目につく場所で龍一を襲うのはまずいとわかっているが、女と密会するために、護衛も連れずに一人でいる龍一を見逃すのは、あまりにも惜しい。追いつくことさえできれば、龍一を殺すのは容易だ。一〇秒で追いつき、三秒で殺すことができる。一三秒で事を終わらせ、この場から立ち去れば、それほど多くの者に目撃される心配はないだろう、と判断する。

太郎と龍一の距離は、たちまち縮まる。追いつくのに一〇秒もかかりそうにない。七秒くらいで追いつくことができそうだ。

龍一が左手の通廊に走り込む。

（あと二秒……）

二秒で追いつき、三秒で殺す……そう頭の中で計算し、太郎も曲がる。

双方の距離は五メートルもない。

龍一が引き攣《つ》った顔で肩越しに太郎を振り返る。

太郎が手を伸ばそうとしたとき、多目的トイレから親子連れが出てくる。母親は三〇前後、子供は五、六歳くらいの女の子だ。

龍一がその女の子をさっと抱き上げて、太郎に差し出すような格好を取る。女の子を盾にしたのだ。

母親が悲鳴を上げる。

太郎が足を止め、一瞬、どうしたものかと迷う。

龍一は女の子を放すと、多目的トイレに飛び込んで鍵《かぎ》をかける。

女の子が泣きながら母親の胸に飛び込む。

母親の悲鳴を聞いて、人が集まってくる。

その傍らを太郎が通り過ぎる。

駆けてくる警備員とすれ違う。

二五

「自分たちが被害者だと勘違いしているだろう？」

いきなり佐藤が切り出す。

佐藤の背後には、田淵、糸居、栄太、あおい、優美子がいる。佐藤だけがソファに坐っている。「ルシファー」の事務所では大はしゃぎだった糸居だが、佐藤にきつい言い方をされたのが少しは効いたのか、ここではおとなしくしている。

佐藤の正面には、甘粕龍之介と高桑剛がいる。

佐藤たちが「金星連合」の事務所を訪れると、あっさり中に入れてくれた。「金星連合」の構成員が「ルシファー」の事務所を見張っており、その構成員から、佐藤たちが「ルシファー」の事務所に入ったという報告を龍之介は受けている。その足で、ここにやって来たのだ。「ルシファー」もそうだが、「金星連合」にとっても、今、何よりも欲しているのは情報である。その情報を得るために、すんなりと佐藤たちを迎え入れた。

「うちの者たちが殺されたり、大怪我をしたりしているのに被害者ではないわけですか？」

　まったくの無表情で龍之介が言う。

「そうだ。被害者ではない。理由があって、おまえたちは狙われている。恐らく、何らかの悪事の報いだろう。ちなみに、昨日の事件、あれは『ルシファー』の仕業ではない」

「なぜ、そう言い切れるのでしょうか？」

「自分たちは何もしていないと石原道寸が言ったからだ」

「ほう……」

　初めて龍之介の顔に笑みが浮かぶ。

「やっていないと言えば、それが通るわけですか」

「では、訊くが、おまえたちは『ルシファー』の構成員を殺したのか？　おまえたちは二人殺されているが、向こうも二人殺されている。最初に殺されたのは八代俊夫という『ルシファー』の構成員だ。おまえたちがやったのか？」

「いいえ、違います。わたしたちは何もしていません」

「その言葉を、わたしは信じよう。なぜ、信じるかと言えば、おまえが嘘をついていないと、わたしにはわかるからだ。道寸にも同じ質問をした。おまえは『金星連合』の構成員を殺せと命じたのか、とな。道寸は否定した。自分は何も命じていない、と。その言葉をわたしは信じた」

「ちょっと待って下さい」

高桑が口を挟む。

「うちが手を出していないのは確かだ。で、向こうもやっていないと言う。どちらも本当のことだとすれば、いったい、誰の仕業なんですか？」

「そんなことは、わたしにはわからない。ひとつだけ教えてやろう。おまえたちを狙っているのは手《て》強《ごわ》い殺し屋だ。間違いなく一流のプロだ。おまえたちが、なぜ、狙われるのか、誰が殺し屋を雇ったのか、それはわからないが、これで終わりではないだろう。まだまだ狙われるぞ」

「そんな話を信じろと言うんですか？」

高桑が首を捻《ひね》る。

「信じる信じないは、そっちの勝手だ。わたしは警告しているだけだ」

「なぜ、警告して下さるんです、そんな親切に？」

「警察にも打つ手がないからだ。警察はおまえたちを守ることはできない。警察の警備など簡単にすり抜けて、この殺し屋はおまえたちを殺すだろう。おまえたちは自衛するしかない。不意打ちされないように警告してやっている」

「誰が狙われるとおっしゃるんですか？」

「これまでは下っ端が殺されている。襲いやすい相手から狙われているのだろう。とすれば、そろそろ、幹部クラスが狙われる番だ。おまえかもしれないし……」

佐藤が高桑から龍之介に顔を向ける。

「おまえかもしれない」

「……」

龍之介は険しい表情で黙り込んでいる。

二六

「ホームズ先生、なかなか、やるなあ。ギャングを脅すなんて、いくら警察でも、そう簡単じゃない。さすがに総長はどっしり構えてたけど、鯖江はびびってたぜ」

事務所を出てしばらくすると、糸居が愉快そうに笑い出す。

「別に脅したつもりはない」

佐藤が冷たい目で糸居を見る。

「これで終わりではない、まだまだ続くと話してましたが、何か確信があるのでしょうか？」

優美子が訊く。

「ない」

「え」

「わたしの直感だ」

「なるほど、佐藤さんの直感ですか」

「これで終わりなのか、まだ続くのかわからないが、当然、警察としては、殺人が続くものとして警戒するべきだろう」

「そうですね」

「何者かが何らかの目的で、何らかの理由があって、凄腕《すごうで》の殺し屋を使って、ふたつの組織に属する者たちを殺している。その目的なり、理由がわかれば、更なる殺人を止めることもできるだろうし、犯人の正体を暴くこともできるはずだ」

「あ、待って下さい」

優美子の携帯が鳴った。

「はい、白峰です……」

相手の話を聞き、いきなり、優美子が、えっ、と大きな声を発する。

「わかりました。すぐ現場に向かいます」

優美子が電話を切ると、

「おい、どうしたんだよ、おまえがそんなに驚くなんて珍しいな」

糸居が訊《き》く。

「甘粕龍一が襲われたわ」

「は？」

糸居が驚く。

「総長の息子が襲われた？　そう言えば、事務所で姿を見なかったが……」

田淵が訊く。

「どこで襲われたんですか？」

「西新宿の……」

優美子が西新宿にあるホテルの名前を口にする。

「ここから近いな。あいつは、親父とは似ても似つかない軟弱なスケこまし野郎だから、どうせ女と会ってたんだろう」

そうに違いない、と糸居がうなずく。

「仲間が次々に殺されてるときにですか？」

栄太が驚く。

「それくらいのバカってことさ。総長は切れ者で腹も据わってるが、龍一は総長とは似ても似つかぬ間抜けなのさ」

「なるほど」

栄太がうなずく。

「殺されたんですか？」

あおいが訊く。

「詳しいことはわからないけど、命に別状はないみたいですね」

優美子が答える。

「わたしは、そのホテルに向かいますが、皆さんは、どうなさいますか？」

「言うまでもない。行くに決まってるだろう。なあ？」

糸居が他の者たちの顔を見回す。

「わたしは新宿署に戻る」

佐藤が言う。

「え、行かないんですか？」

「わたしが現場に行っても何もできない。他にやるべきことがある」

そう言うと、佐藤は、すたすた歩き出す。

「まあ、頭でっかちの人だから、現場では役に立たないかもな」

「おまえら、行くよな？」

糸居が栄太とあおいを見る。

「新宿署の捜査員がうじゃうじゃいるところに行っても、わたしたちは見てるだけってことになるよ。わたしも行かない」

あおいが小走りに佐藤を追う。

「新宿署に戻って、もっと詳しい情報が手に入るのを待つ方がよさそうね」

「そう思います」

田淵と栄太も佐藤の方に歩き出す。

「まあ、いいさ。おれはユーミンと現場に行くぜ。なあ？」

糸居が振り返るが、もう優美子の姿はない。

とっくに行ってしまったのだ。

「これって、どういうことだ？」

たった一人で道端に取り残され、糸居は呆然《ぼうぜん》と佇《たたず》む。

二七

太郎は新宿駅から山手線《やまのてせん》に乗った。

空《す》いているが、席に坐《すわ》らず、ドアのそばに立っている。視線は外に向けているものの、景色を眺めているわけではない。考え事をしている。

（しくじった）

何が悪かったのか、反省しているのだ。

龍一が事務所を抜け出したのは罠《わな》ではなかった。女と会いに行ったのだ。まさに千載一遇のチャンスだったわけである。そのチャンスを逃す手はなかった。人目に付く場所ではあったものの、龍一を襲ったのは正しかった。

だが、不運が重なった。

ひとつは、女に気付かれたことだ。龍一が女を守ろうとすれば、あそこで龍一は死んでいただろうが、龍一は女を見捨てて逃げた。不運ではあったものの、その程度の不運は許容範囲だ。

もうひとつの不運が想定外だった。

たまたま多目的トイレから親子が出てきて、龍一は幼い女の子を盾にした。どこまでも底なしに卑劣な男なのだ。

とは言え、龍一は武器を手にしていたわけではなかったし、太郎がその気になれば、あの状況でも龍一を殺すことは可能だった。ほんの数秒である。警備員が駆けつける前に終わっていたはずだ。

しかし、太郎はためらった。その一瞬の隙を龍一は見逃さず、多目的トイレに跳び込んで鍵《かぎ》をかけた。その瞬間、太郎が龍一を殺すことは不可能になり、太郎はその場を去った。

なぜ、ためらったのか？

その女の子の年格好が愛里沙と同じくらいだったからだ。愛里沙の姿が脳裏に浮かび、太郎の反応が鈍ったのである。一瞬のためらいが明暗を分けた。

太郎は別に悔しがってはいない。反省はしているが、自分のやり方が間違っていたとも思っていない。強引なやり方をすれば、あの女の子も傷ついていたかもしれない。少なくとも、そんなことにはならなかった。大金と引き換えに、見ず知らずの他人の命を奪うことを生業《なりわい》とはしているものの、殺しそのものを楽しんでいるわけではない。狙った標的を殺すことには何のためらいも感じないが、無関係な人間を巻き添えにすることは望んでいない。まして、愛里沙に似た女の子であれば尚更《なおさら》だ。

（チャンスは、また来るはずだ。悲観することは何もない）

太郎は、そう結論付ける。

但し、龍一を狙うのは、今までより格段に難しくなることは確かだ。それは覚悟しなければならない。

それに自分の姿を龍一にも女にも見られてしまった。ホテルの防犯カメラにも太郎の姿は映っているだろう。帽子を被《かぶ》り、マスクをつけ、伊達《だて》眼鏡をかける……いくらか工夫して変装し、できるだけ顔が映らないように注意していたつもりだが、身長や体つきはごまかしようがない。たとえ顔が映っていたとしても、太郎に犯罪歴はないから、警察が顔認識ソフトを使ったとしても、すぐに正体がばれることはないだろうが、いくらか時間がかかるというだけで、結局は身元が割れ、マンションも突き止められてしまうに違いない。そうなれば、「金星連合」や「ルシファー」も太郎の正体を知ることになるだろう。力のある犯罪組織というのは、警察内部に協力者を持っているのが普通であり、容易に警察情報を入手できるのだ。当然、「金星連合」と「ルシファー」は、そうするだろう。

太郎は、ふたつの組織を侮ってはいない。決して無能ではないのだ。相手を甘く見て油断すれば、確実に自分がやられるとわかっている。それを避けるには、常に先手を取って行動することが必要である。すぐにでもマンションを引き払い、名前と身分を変えて別人になる必要がある。

今回の一件がなくても、遠からず、太郎は、そうするつもりでいた。定期的に名前と身分を変え、住む場所を変えることが自分の身を守り、長く生きていくために必要なことだとわかっているからだ。これまでもそうして生きてきたのだし、これからも、そうするつもりでいる。だから、何の迷いもためらいもない。

二八

「まったく冷たい奴らだぜ」

ぶつくさ言いながら、糸居が部屋に入ってくる。新宿署内に与えられた部屋である。薬寺を始めとするＳＭ班のメンバーたちが顔を揃えている。

「班長、聞いて下さいよ。こいつら、おれを置き去りにしたんですよ」

糸居が栄太とあおいを睨《にら》む。

「ふんっ、自業自得でしょうよ」

薬寺が冷たい目で糸居を睨む。

「何の役にも立たなかったようだし、おまえをここに連れてきたのは、やっぱり間違いだったな」

「何をおっしゃるんですか。まだ何もしてませんよ。久し振りに新宿に来たので、勘を取り戻すために歩き回っているっていう感じですか。言うなれば、ほんの肩慣らしなんですよ。本気を出すのは、これからですよ」

糸居が腕を曲げて力こぶを作って見せる。

「肩慣らしなあ。そんなことをしてるうちに事件は解決してしまいそうだけどな」

「は？ どういう意味ですか」

「おまえがうろうろしなくても、佐藤さんが何か見付けてくれるという意味だよ」

薬寺が顎《あご》をしゃくる。

佐藤は淡々とパソコンを操作している。外野の騒音など耳に入らないようだ。

「ホームズ先生、何をしてるんですか？」

「おまえが絶対に思いつかないようなことだよ」

そう言うと、薬寺は事務作業を始める。糸居の質問は無視である。

「防犯カメラ映像の解析よ」

田淵が言う。

「もうそんなことをしてるんですか？ さすがに素早いなあ」

「甘粕龍一が襲われたビルに設置された防犯カメラ映像にアクセスする許可が下りたの。佐藤さんだけでなく、新宿署の刑事課でもすでに解析を始めているはずよ」

「じゃあ、犯人を特定できるわけですか？」

「犯人の顔はわからないみたいね。意識的に防犯カメラを避けているみたいだから。中肉中背の若い男みたいだけど、それも確実ではないみたい。今のところ犯人を特定するところまではいってないみたいよ」

「それが凄腕《すごうで》の殺し屋なんですかねえ」

「どうなのかしら……。わたしにもわからないわ。佐藤さん、何も教えてくれないし」

「一人の世界に閉じ籠《こ》もってますからねえ……」

糸居は、栄太とあおいにちらりと目を向ける。二人とも手持ち無沙汰《ぶさた》の様子である。

「結局、おまえらもホームズ先生次第ってことだな。自分たちでは何もできやしねえ」

「あんただって同じでしょう」

あおいが口を尖《とが》らせる。

「さっき言ったろ。まだ本気を出してないだけさ。今までは肩慣らししてただけだ」

「口だけは達者だよね」

あおいが肩をすくめる。

「勝手に言ってろ。そろそろ、おれの実力を見せてやる。班長、ちょっと出てきます」

糸居が薬寺に声をかける。

「遠慮するな。ずっと出てて構わないぞ。何なら戻って来なくてもいい」

書類から顔を上げずに薬寺が言う。

ははは、班長は冗談がうまいぜ、本気で言ってるように聞こえるからなあ……糸居が笑いながら部屋を出て行く。

「バカめ、本気で言ってるんだよ。いったい、どうすれば、あそこまで前向きになれるのかしら」

「究極のポジティブシンキングですから」

あおいが溜息《ためいき》をつく。

二九

三〇分後……。

糸居が肩で風を切って部屋に入ってくる。

「何よ、その自慢気な顔は？」

薬寺が嫌な顔をする。

「皆さんがここで暇を持て余している間に、おれはきっちり情報収集に励んできたんですよ」

糸居は椅子に坐《すわ》り、足を組むと、

「栄太、コーヒー、くれ」

「あ、はい」

栄太が立ち上がる。

「白峰さん、腰が軽すぎますよ」

あおいが注意する。

「糸居さんの言うように、ぼくは何もしてないから」

栄太がポットからマグカップにコーヒーを入れ、糸居に手渡す。

「何かわかったの？」

田淵が訊《き》く。

「まあ、待って下さい」

糸居がゆっくりとコーヒーを飲み始める。

「もったいつけるなあ。感じ悪い」

あおいが舌打ちする。

「甘粕龍一は女とホテルにしけ込むつもりだった。二階のコーヒーショップで女と待ち合わせて、エレベーターでホテルのフロントに上がろうとしたところを殺し屋に襲われたわけだ」

「それは知ってるよ」

あおいがうなずく。

「腰抜け野郎だから、女を置き去りにして自分だけ逃げた。足が速いわけでもないから、すぐに追いつかれそうになった。追いつかれたら最後だ。あっという間にやられちまう。で、龍一は何をしたか？　たまたま、多目的トイレから親子が出てきた。母親と小さい女の子だ。龍一は、その女の子を盾にして自分を守ろうとした」

「え、マジですか？」

栄太が驚く。

「マジだ。そういうゲス野郎なんだよ。根性もタマもない野郎さ。殺し屋がためらった隙に、龍一は多目的トイレに飛び込んで鍵《かぎ》をかけた。それで助かった。ちなみに殺し屋は素手だったそうだ」

「それを探ってきたのか？」

薬寺が訊く。

「大したもんでしょう？」

「そこまで詳しいことは知らなかったけど、おおよそのことは佐藤さんの防犯カメラ映像の解析でわかってたよ」

「もちろん、おれが探ってきたのは、それだけじゃありませんぜ」

「他にもあるのか？」

「ええ」

「言え」

「まあ、待って下さいよ」

糸居がまたコーヒーをゆっくり飲む。

「殴るぞ」

「言いますって」

糸居がふーっと大きく息を吐く。

「多目的トイレに飛び込んだとき、女の子を突き飛ばして、女の子に怪我をさせた。大した怪我じゃないけど、それでも傷害ですよ。当然、龍一は警察に引っ張られて事情聴取される。と言うか、新宿署としては、それを理由に勾留《こうりゅう》し、一連の事件について龍一が知っていることを吐かせようとしたわけです。ところがですね、あいつ、もう帰宅を許されてしまったんです」

「それは、おかしいでしょう。何で、そんなことになるんですか？」

栄太が憤慨する。

「龍一はバカだが、親父の龍之介はバカじゃないってことなんだよ。バカどころか、すごい切れ者さ。そうでなければ、歌舞伎町でのし上がるなんて無理だからな」

糸居が言う。

「母親にお金でもつかませたのかしらね？」

田淵が訊く。

「詳しいことは母親に訊かないとわかりませんが、龍一を告訴するつもりはないと言ったらしいですね。もちろん、新宿署の刑事たちは告訴するようにしつこく迫ったらしいですが、まあ、今後、龍一が告訴されることはないと思いますね」

「と言うことは、殺し屋の情報も手に入れられなかったということだよね？　龍一は殺し屋を間近で見てるのに」

　あおいが首を捻《ひね》る。

「その通りさ。よく気が付いたな」

「誰でも気が付くよ」

「龍一は殺し屋について何もしゃべらないうちに解放されちまった。新宿署としては、まずいことになったわけだな」

「だけど、まだ女がいるでしょう？」

　栄太が言う。

「ああ、ナオミな。腹黒いキャバ嬢さ。当然、警察には何もしゃべらない。怖くて何も覚えてないの一点張りだったそうだ。それはそうだ。警察に話しても一文の得にもならないからな」

「なるほどな、おまえのおかげでよくわかったことがあるよ」

　薬寺が糸居をじっと見つめる。

「班長に感謝されて悪い気はしませんね」

　どうだと言わんばかりに糸居が胸を張る。

「別に感謝はしてないよ。おまえが持ってきた情報は、つまり、殺し屋について新宿署は何の手がかりも得られなかったっていうことだけだろ？」

「いや、まあ、それはそうだとしても……」

「結局、頼みの綱は、そこにいる無口な人だけってことなんだよな。それが改めてわかった」

佐藤に顔を向けながら、薬寺が言う。

三〇

甘粕龍之介が苦虫を嚙《か》み潰《つぶ》した顔でソファに深く腰を沈めている。その横で龍一が子供のようにめそめそ泣いている。龍之介と向かい合って高桑剛が渋い顔で坐っている。

「おい、いつまで泣いているつもりだ！」

龍之介が龍一の後頭部を平手で叩《たた》く。

「だって、おれ、殺されるところだったんだよ」

そう言うと、また泣き始める。

「だから、どんな奴だったのか、と訊いている」

「そんなことを言われても……」

「何という情けない奴だ。ビビりまくって自分を襲った相手の顔すら、ろくに見ていないとは」

龍之介が大きな溜息をつく。

「こいつがきちんと話すことさえできれば、『ルシファー』の首根っ子を押さえることもできるというのに……。無駄に時間だけが過ぎていく」

「こうして無事でいることを喜ぶべきですよ。本当に危ないところだったわけですから」

高桑が言う。

「勝手に出歩くからだ。しかも、女と会うために」

龍之介が高桑に顔を向け、

「その女から話は聞けそうなのか？」

「ナオミですか。もう自宅には戻ってるんですが、サツが張り付いているので、今すぐには無理です。できるだけ早く接触するつもりですが……」

高桑の携帯が鳴る。

「お」

「誰だ？」

「サツです。うちの飼い犬です」

「出ろ」

龍之介がうなずく。

「はい、高桑です……」

高桑が電話に出る。しばらく相手の話に耳を傾けていたが、ちょっと待ってもらえますか、と保留ボタンを押す。

「耳寄りな情報があると言ってます。教えてもいいが、特別報酬がほしいと」

「いくらだ？」

「三〇万だそうです」

「買え」

高桑は保留ボタンを解除すると、

「買いましょう。ええ、いつもの分に上乗せしてお渡しします。別に渡す方がよければ、それでも構いませんよ。それで、どういう……」

はい、はい、と相槌《あいづち》を打ちながら、高桑が相手の話に耳を傾ける。

電話を切ると、高桑が怪訝《けげん》そうな顔で首を捻る。

「どんな情報だ？　役に立ちそうか」

龍之介が訊《き》く。

「いや、それが……」

「言ってみろ」

「うちの者たちを殺したのは『ルシファー』ではなさそうだ、と。それは前にも聞きました。末長と町村は理由があって殺されたというんです。たまたまやられたわけではなく、何か、はっきりした理由があって殺された。末長と町村だけでなく、『ルシファー』の方で殺された二人、八代俊夫と駒形啓太も、末長や町村と同じように、ちゃんと理由があって殺されたというんです……」

高桑がちらりと龍一に目を向ける。

「龍一さんが狙われたのも偶然ではないというんですよ。襲ったのは四人を殺したのと同じ、凄腕《すごうで》の殺し屋だそうです」

「凄腕の殺し屋だと？　そんな殺し屋を誰が雇うというんだ？　『ルシファー』ではないわけだよな」

「そこまではわからないらしいのですが……」

「はっきりした理由があって四人が殺され、龍一も狙われたというのか。その理由がわからないのでは……」

「あ」

龍一が顔を上げる。泣きすぎて、涙で顔が歪《ゆが》んでいる。

「そうか。あれだ……」

「何だ？」

龍之介が龍一を見る。

「先月の車の事故だよ」

「あの轢《ひ》き逃げ事故のことか？」

「友彦と正次は、おれと一緒にいたんだ。八代と駒形は紫苑の護衛だよ」

「何だと？」

龍之介の表情が険しくなる。

「おまえたちが逃げて、それを紫苑の乗った車が追いかけたんだったな？」

「そうだよ」

「おまえたちは三人だったわけだな？」

「おれと友彦と正次の三人だよ」

「相手は？」

「ええっと……あいつらは四人だった。紫苑、八代、駒形、それに古田だ。確か、古田が車を運転してた。こっちの車を運転してたのは友彦だよ」

「二台の車に七人が乗っていて、そのうち四人が殺された。で、おまえも狙われたわけか。あの事故で小さな女の子が死んだな？」

龍之介が高桑に訊く。

「はい」

「その身内について調べろ。親とか祖父母とか、親戚《しんせき》とか……。もしかすると、堅気でない者がいるのかもしれない」

「すぐに調べます」

高桑が腰を上げる。

第四部　オーバーキル

一

「ルシファー」の会長・石原道寸は、普段、事務所には姿を見せず、自宅にいることが多い。事務所の切り盛りは鯖江と紫苑に任せている。二人だけで判断できないことがあると、鯖江か紫苑が道寸の自宅に赴いて相談する。二人で行くこともある。

その道寸が朝から事務所に詰めている。

それだけで構成員たちはピリピリしている。昨日、「金星連合」の四人が何者かに襲われ、そのうちの一人が死んだことは彼らも知っている。事務所を見張る刑事たちの姿も明らかに増えているから、自分たちが疑われているのだと察せられる。

実際のところ、誰が襲ったのか、彼らにもわからない。自分たちの仲間も殺されているし、普通に考えれば、それは「金星連合」の仕業であろうから、その報復に自分たちが四人を襲ったのだとすれば筋が通るが、それにしては様子がおかしい。たとえ警察が見張っていようと、必要だと判断すれば、道寸は「金星連合」を攻撃するはずだし、その事実を構成員にも知らしめるはずであった。戦争が始まれば、相手からの反撃も警戒しなければならないからである。

ところが、双方に死者が出ているにもかかわらず、道寸からだけでなく、紫苑や鯖江からも何の話もない。そのことが下っ端の構成員たちを不安にさせているのだ。

彼らは、時折、部屋の隅にいる鯖江に視線を向ける。

鯖江は、居心地のよさそうな大きな椅子に坐《すわ》り込み、常に誰かと携帯で話している。あらゆるコネを総動員して必死に情報を掻《か》き集めているのだ。自分から電話をかけることもあるし、誰かから電話がかかってくることもある。役に立つ情報には礼を弾んでくれるらしい、という噂が広まっているので、普段は使っていない情報屋までが連絡してくるのだ。

また携帯が鳴る。

「はい、鯖江ですが……」

相手の話にじっと耳を傾ける。

「感謝します。ええ、このお礼はきちんとさせていただきますので」

携帯を切ると、鯖江が席を立つ。

足早に道寸の部屋に行く。ドアをノックし、鯖江です、入ります、とドアを開ける。

道寸と紫苑がソファに坐っている。二人が同時に顔を上げて鯖江を見る。

「ちょっといいですか？」

「うむ、何かわかったのか？」

道寸が自分の向かい側の席を指し示しながら訊く。

鯖江がソファに坐る。

「甘粕龍一がホテルで襲われました……」

たった今、警察の情報源から聞かされたことを、鯖江が話す。女と一緒にいるところを何者かに襲われたものの、命に別状はない。小さな女の子を盾にして相手を牽制《けんせい》し、その隙に多目的トイレに立て籠《こ》もった。新宿署に連行されたが、すでに帰宅を許されて事務所に戻っている。一緒にいた女も帰宅した。女の子を盾にされた母親は龍一を告訴するつもりはないらしい……そんな内容である。

「龍之介の息子が襲われただと？」

さすがに道寸が驚く。

「言うまでもないだろうけど、うちではないよ」

紫苑が言う。

「ええ、もちろんです。うちは手出ししてません」

鯖江が首を振る。

「しかし、誰かがやったわけだ。総長の家族を狙ったとなれば、誰が相手でも全面戦争だろう。『金星連合』は血眼で犯人を捜しているだろうな」

険しい表情で道寸がつぶやく。

「情報を流してきたのはサツなんですが、他にも気になることを言ってました」

「何だ？」

「今のところ、うちが二人、『金星連合』が二人やられていて、今日は甘粕龍一が襲われました……」

その五人が狙われたのは偶然ではなく、何か明確な理由があって狙われたようなのです、と鯖江が言う。

「どんな理由だ？」

「それは警察でもわかっていないようでして……」

「あれだ……」

紫苑がハッとする。

「あれだよ。あの事故だ」

「事故というのは……」

「女の子を轢いて死なせてしまった事故だよ。殺された四人、それに龍一もあの場にいた。みんな、車に乗ってたんだよ……」

龍一たち三人が乗った車を、紫苑たち四人が乗った車が追跡し、一般道を猛スピードで走った結果、女の子を轢き逃げして死なせてしまったのである。

「あの事故との関連に警察が気付かないのも当然さ。うちも『金星連合』も身代わりを出頭させたんだから。おれや龍一が車に乗ってたことだって警察は知らないだろう」

「では、二台の車に乗っていた七人のうち、すでに四人が殺されたというんですね？」

鯖江が訊《き》く。

「ああ、そうさ。まだ生き残っているのは龍一とおれ、それに古田の三人だよ」

紫苑がうなずく。

「その死んだ女の子の身内が復讐《ふくしゅう》しているというのか？　親は何者だ」

道寸が訊く。

「母親はシングルマザーで、キャバ嬢だったはずです」

鯖江が答える。

「キャバ嬢が四人も殺したというのか？」

「娘の父親とか、母親の兄弟とか……いろいろ想像はできますが」

「それなら母親に確かめればいい。おまえが行け。若い者を三人くらい連れて行けばいいだろう」

「おれも行くよ」

紫苑が腰を上げようとする。

「駄目だ。おまえは残れ」

「何で？」

「死にたいのか？　何者か知らんが、おまえたちを狙っているのはプロだぞ。恐らく、一流のプロだ。おまえが事務所から出るのを待っているのかもしれん。殺されるぞ」

「……」

「そうですよ。ここは、わたしに任せて下さい」

鯖江が言う。

「外には警察がいる。あとをつけられないようにする必要があるな」

道寸が思案する。

「それは、おれに任せてくれよ。表で騒ぎを起こすから、その隙に裏から出ればいい」

「いいだろう。おまえに任せよう」

道寸がうなずく。

二

樹里亜は、ぼんやりテレビに顔を向けている。ワイドショーが流れているが、別にそれを観ているわけではない。テレビでもつけていないと静かすぎてやりきれないから、何となくつけているだけである。

愛里沙がいた頃は、そうではなかった。いつでも愛里沙の笑い声や、舌足らずの声が響いていた。何かというと樹里亜に甘えてきて、樹里亜の気を引こうとした。それを疎ましいと感じたこともある。

と言うか、ほとんどのとき、愛里沙を疎ましく感じていた。まさか、愛里沙を喪《うしな》って、これほどの空しさを感じるとは自分でも想像できなかった。

望んで身籠もったわけではなかったし、妊娠がわかったときも、大して迷うこともなく堕《お》ろすことを決めた。

しかし、診察した産科医から、堕胎すると二度と妊娠できない体になるかもしれませんよと忠告され、迷った末に産むことにした。

苦労することはわかっていた。自分が子育てに向いていないという自覚もあった。

幸い、キャバ嬢としては売れっ子で、かなりの収入もあったし、おかしなヒモもいなかったから、生活の不安はなかった。保育料の安い保育園は順番待ちで、いつになったら順番が回ってくるかわからなかったので、すぐに入所できる保育園を探した。保育料は高額だったが、お金さえ払えば、いつでも、どんな時間帯でも預かってもらうことができた。

夕方、出勤前に愛里沙を保育園に預け、深夜、時には明け方、仕事が終わってから愛里沙を引き取りに行く。マンションに戻ると、樹里亜は眠り、しばらくすると愛里沙は起きる。昼になって樹里亜が起きるまで、愛里沙はビデオを観たり、おもちゃで遊んだりする。昼ごはんを食べてから、夕方まで二人で過ごした。だから、一日のうちで樹里亜が愛里沙と親子として触れ合っていたのは、昼過ぎから夕方までの数時間に過ぎない。にもかかわらず、その数時間を樹里亜は疎ましく思っていたのだ。今にして思うと、そんな自分が恥ずかしく、何とひどい母親だったのだろうという後ろめたさを感じる。

愛里沙が成長すると、昼まで一人で過ごすことがつまらなくなったのか、眠っている樹里亜を起こそうとした。そのたびに樹里亜は苛立《いらだ》って愛里沙を怒鳴り、時には手を上げた。あの状態が続いていたら自分は何かとんでもないことをしていたかもしれない……そう考えると、ゾッとする。

そうならなかったのは、太郎と次郎のおかげだ。

太郎と知り合い、一緒に次郎を散歩させることを許されるようになってから、愛里沙は樹里亜を無理に起こそうとしなくなった。それどころか、樹里亜を怒らせて朝の散歩を禁止されては困ると心配したのか、自分が目を覚ましても、樹里亜の安眠を妨げないように注意するようになった。

樹里亜が愛里沙の遺影に顔を向ける。写真の中で愛里沙は弾《はじ》けるような笑顔を見せ、カメラに向かってVサインをしている。

（ごめんね、愛里沙、何もしてあげられなくて）

自分が寝ている間に、愛里沙は轢《ひ》き逃げされて死んでしまった。そばにいてやることもできなかったのだ。わけがわからないまま、病院で愛里沙の遺体と対面し、病院で葬儀社を紹介され、その葬儀社がてきぱきと葬儀の準備を進めた。

樹里亜と悲しみを分かち合うことができる人間がいるとすれば、太郎以外にはいないから、一昨日《おととい》、樹里亜は太郎と話した。

太郎は恐ろしいことを口にした。愛里沙と次郎を轢き逃げした者たちに復讐するというのだ。二台の車に乗っていた七人を殺すという。

その七人の名前も教えてくれた。

すでに三人殺したという。

とても信じられない話だった。次郎が死んで、怒りのやり場がないから、そんなことを言うのだろうと思った。

しかし、昨日、テレビのニュースで町村正次という男が殺されたことを知った。太郎が口にした名前のひとつである。何者かがエレベーターで四人の男たちを襲い、町村正次を殺害し、あとの三人に重傷を負わせたのだという。

樹里亜は慌てて、ここ数日のニュースを調べた。

すると、新宿で殺人事件が連続して起こっていることがわかった。犯人は捕まっておらず、ニュースでは「金星連合」と「ルシファー」の抗争の犠牲者ではないかと報じられていた。

（あの太郎君が人を殺すなんて……）

まだ樹里亜は信じられない気持ちである。

太郎の言ったことが本当なら、これから更に三人殺されるはずだ。警察に通報するべきだろうか、と樹里亜は思案する。

（なぜ、そんなことをする必要があるの？　悪いのは太郎君じゃない。太郎君の話が本当なら、身代わりが轢き逃げの犯人として出頭して、本当に悪い奴らは、のうのうとしている。そんな奴らが死んだって構わないじゃない。なぜ、わたしが太郎君を警察に突き出すようなことをしなければならないの？）

だけど、相手は恐ろしいギャングなんだから、太郎君だって危ない目に遭うかもしれない、それを放っておいていいのかしら、ギャングに捕まるくらいなら、警察に捕まる方がいいのかもしれない……そんなことを考えているときに電話が鳴り、樹里亜は跳び上がりそうになる。

「はい？」

「あの……太郎です」

「太郎君」

ちょうど太郎のことを考えていたときだったので、樹里亜はびっくりする。

「どうかしたの？」

「うん、あのね、今日、出かける予定ある？」

「別にないけど」

愛里沙が亡くなった日から、仕事は休んでいる。ほとんど外出もしていない。何度か買い物に出かけただけだ。

「はっきりしたことは言えないんだけど、嫌な奴らが樹里亜さんのところに行くかもしれない。と言うか、間違いなく行くと思う」

「嫌な奴らって……」

「たぶん、『金星連合』の奴ら」

「え。もしかして……」

「ニュースで知ってるかもしれないけど、昨日、四人目の町村正次を殺した。残りは三人だよ。今日、ついさっきだけど、甘粕龍一を襲った。でも、しくじって逃げられた。チャンスだと思ったけど、うまくいかなかったんだ。おかげで顔を見られてしまった。あいつらも馬鹿じゃないから、そろそろ、なぜ、自分たちが狙われるのか気が付くだろう。ふたつの組織の抗争なんかではなく、他に理由があるってことにね」

「太郎君、もう危ない真似はやめて。何かあってからでは遅いわよ」

「おれのことは心配ないよ。心配なのは樹里亜さんのことだ」

「わたし？」

「さっき言ったように、なぜ、自分たちが襲われるのか、あいつらが気が付けば、樹里亜さんのところに行くはずだよ。いきなり乱暴なことはしないだろうけど、気の短い連中だから用心してほしい。何か質問されたら正直に答えていいからね。間違っても、おれを庇《かば》おうなんて考えないでほしい。とにかく、隠し事をせず、知っていることは何でもしゃべればいい。いずれ警察も来るだろうけど、そのときも同じように何でも話していいから。おれは大丈夫だから、自分のことだけを心配してほしいんだ」

「これから、どうするつもり？」

「残った三人を殺す」

「その後は？」

「全部終わったら、山田太郎はこの世から消える。前に、そう言ったよね？」

「でも……」

もう電話は切れている。

樹里亜の頭の中は混乱している。どうすればいいのかわからない。

三

電話を切ると、太郎はソファに深くもたれる。

部屋の中は、がらんとしている。私物は、ほぼ運び出した。残っている家具や電化製品はレンタル品である。もう業者に連絡したから、数日中に引き取りに来るだろう。恐らく、そのとき、太郎は、この部屋にはいないはずだ。山田太郎は、この世から消えるのである。

樹里亜に警告したように、いずれ「金星連合」の連中が樹里亜を訪ねて来るだろう。自分たちが狙われるのは、あの轢き逃げ事故が原因だと気が付くに違いないからだ。「金星連合」だけでなく、「ルシファー」も気が付くだろう。殺された者たちの共通項を考えれば、轢き逃げ事故に行き着くからだ。

今までは、ふたつの組織の不仲を利用し、対立抗争に見せかけて、ターゲットを殺した。これからは、その手は通用しない。ターゲットは、あと三人残っているが、その三人を殺すのは、かなり難しくなるだろう、と太郎は覚悟している。

さっさとこのマンションを引き払い、他の場所に拠点を移して、次の作戦を練るのが無難なやり方だとわかっているが、どうせなら、もう少し、「金星連合」に揺さぶりをかけたいと考える。

追い込まれているのは向こうである。龍一が襲われたことで、危機感を募らせているはずだ。狙われる理由がわかれば、大慌てで樹里亜のもとに駆けつけるに違いない。

警察に通報する方がずっと簡単なはずだが、「金星連合」も「ルシファー」も、それはできない。なぜなら、轢き逃げ犯として別人を身代わり出頭させているからだ。轢き逃げ事故が原因で自分たちが狙われているという事実を警察に納得させるためには、轢き逃げをした車に龍一や紫苑が乗っていたことを明らかにしなければならないが、そんなことはしたくないはずだ。

だから、どちらの組織も警察の力を借りず、自分たちの力で太郎を排除しようとするはずである。

それに轢き逃げ事故が原因だと推測したとしても、今回の件に樹里亜が関わっているという確信があるわけではないだろうから、大勢の構成員が押しかけたり、樹里亜を拉《ら》致《ち》したりすることはないだろう。最初は何人かで事情を聞きに来るだけのはずだ。拳銃《けんじゅう》やナイフのような武器を所持して来るとも思えない。

（それを待ち伏せして返り討ちにするという手もあるな……）

そうなれば、「金星連合」はパニックを起こすだろう。相手を混乱させれば、その混乱に乗じて次の手を打つこともできるはずだ。

「そうしようかな」

太郎がソファから立ち上がる。

「金星連合」の連中が樹里亜を訪ねれば、樹里亜は太郎のことを話す。太郎が復讐《ふくしゅう》していることも話すだろうが、その話を簡単には信じないだろう。素人がギャングたちを次々に殺しているなどという話を信じられるはずがないからだ。太郎の本当の正体を知らないのだから当然である。

奴らは、どうするか？

（この部屋に来るだろうな……）

太郎の話を聞こうとするはずである。

それほど警戒もしないであろう。

相手の数にもよるが、油断しているのであれば、彼らを倒すのは難しくないはずだ。

龍一が襲われて動揺している「金星連合」に、ここで更なる打撃を加えるのは悪いやり方ではないな、と太郎は思案する。

四

鯖江は、三人の若い構成員たちを連れて樹里亜のマンションにやって来る。事務所の前には新宿署の捜査員たちが張り込んでいたが、紫苑がちょっとした騒ぎを起こし、その騒ぎに乗じて、何とか事務所を出ることができた。

三人の中には古田裕司がいる。

今回の一連の襲撃事件の原因が轢《ひ》き逃げ事故にあるとすれば、当事者が一緒にいる方がいいだろうと鯖江は判断したのだ。と言っても、まさか紫苑を連れてくるわけにはいかないので古田を連れてきた。古田を連れ出すことに一抹の懸念がないわけではなかったが、古田自身、身長が一八五センチもあるがっちりした大男で、腕っ節も強い。他の二人も腕っ節の強さでは古田に負けてはいない。武器は所持していないが、相手が誰であれ、そう簡単にやられる連中ではない。

それに殴り込みをかけるわけではなく、轢き逃げ事故で死んだ少女の母親に会いに行くだけである。母親が襲撃犯について何らかの事情を知っているかもしれないと考えてはいるものの、まさか、その母親が襲撃犯だとは思っていないから、四人で行動すれば、古田が危険な目に遭うこともないだろう、と鯖江は考えたわけである。

それなら紫苑でもいいのではないか、と言えば、そういうことにはならない。突き詰めて言えば、所詮《しょせん》、古田は捨て駒である。むざむざ古田を殺させるつもりはないが、たとえ、そういうことになったとしても、鯖江が道寸に責められることはない。

　しかし、紫苑に何かあれば、そうはいかない。道寸は鯖江を許さないであろう。命がない、ということだ。

　紫苑は鯖江に同行することを望んだが、道寸は反対した。道寸の腹の内を見抜いた鯖江は、即座に、ここは自分に任せてほしい、と申し出た。そして、代わりに古田を同行させることにしたのである。

五

　インターホンが鳴り、樹里亜はソファから腰を上げる。モニター画面に見知らぬ男の顔が映っている。

　応答ボタンを押し、

「はい？」

「石沢さんですか？」

「そうです」

「荷物のお届けです」

「……」

直感的に嘘だとわかった。モニター画面の端の方には他の男の姿も映っている。

(太郎君が話していた奴らだわ)

どうしようか、と迷うが、すぐに、

「お願いします」

と、エントランスのドアロック解除ボタンを押す。モニター画面が暗くなる。

男たちは、あと一分か二分でやって来るだろう。

樹里亜は携帯を手に取ると、着信履歴を出し、さっき太郎からかかってきた番号に発信する。

「どうしたの?」

すぐに太郎が電話に出る。

「たぶん、太郎君が話していた奴らが来たと思う。今、インターホンで話したところ」

「どうして、そう思ったの?」

「だって、全然、宅配業者に見えなかったから」

「何人いた?」

「はっきりわからないけど、二人以上であることは間違いないと思う」

「ふうん、そうか……」

「わたし、どうすればいい?」

「さっき言ったように、訊《き》かれたことには何でも正直に答えてくれていいよ。決して、おれを庇《かば》おうなんて考えないようにね。隠し事は駄目、嘘をつくのも駄目だよ。樹里亜さんが正直に答えれば、あいつらは乱暴なことはしないはずだから」

「何か、わたしにできることはないの？　わたしのせいで太郎君が危ない目に遭うのは嫌だわ」

「それなら、ひとつ頼みがある」

「何でも言って」

「携帯を切らないで、人目につかないところに置いてほしい。あいつら、たぶん、部屋に入ってくるから」

「話を聞きたいのね？」

「あいつらに関する情報が少しでも手に入れば、こっちが有利になることは確かだね」

「わかった。任せておいて」

そのとき、玄関のチャイムが鳴る。

「来たみたい。出るわ」

キャビネットの上に愛里沙と次郎の写真が飾ってある。樹里亜は、携帯を写真立ての後ろに置く。ぱっと見ただけでは携帯があることはわからないし、ソファからも近いから、ソファでの会話を拾うことができるはずだ。

樹里亜が玄関に行く。

「はい」

スコープを覗《のぞ》く。若い男が立っている。手ぶらである。

「お荷物です。印鑑をお願いします」

「ちょっと待って下さいね」

騙《だま》された振りをして、ドアを開ける。

いきなり四人の男たちが玄関に踏み込んでくる。

「え、いったい、何を……？」

「静かにして下さい。何もしません。ちょっと話を聞きたいだけですから」

鯖江が言う。

「だって、こんな……」

「静かに」

鯖江が樹里亜の喉《のど》を人差し指で、ぐいっと押す。

「乱暴なことはしたくないんです。静かにして下さい。わかりますか？」

「……」

樹里亜がうなずく。

「他に誰かいますか？」

「……」

樹里亜が首を振る。

「話を聞いたら、すぐに出て行きますから協力して下さい。お邪魔させてもらいますよ」

樹里亜を押して、鯖江たちがリビングに入る。

「坐《すわ》って下さい」

樹里亜をソファに坐らせる。

三人の構成員たちは樹里亜の背後に立ち、樹里亜の正面には鯖江が坐る。

キャビネットに飾ってある写真立てに鯖江がちらりと視線を走らせる。

「お嬢さん、轢き逃げで亡くなったそうですね？」

「ええ」

樹里亜が緊張した面持ちでうなずく。鯖江たちがやって来ることはわかっていたものの、やはり、凶悪なギャングたちと面と向かうと恐ろしいのであろう。

「犯人に復讐《ふくしゅう》したいと思いませんでしたか？」

「そ、それは……」

樹里亜がごくりと生唾《なまつば》を飲み込む。

「もちろん、思いました。できれば自分の手で……」

「殺してやりたいほど憎い、と？」

「はい」

「当然ですよね。やったんですか？」

「何を？」

「復讐ですよ」

「わたしは何もしてません」

樹里亜が首を振る。

鯖江は、じっと樹里亜の目を見つめて、

「わたしたちを知ってますか？　誰なのか、どこから来たのか」

「何となく……」

「何となくというのは、どういう意味ですか？　わたしたちを知ってるんですか」

「たぶん」

「言ってみて下さい」

「あの……『金星連合』の人たちかな、と思いました」

「ほう」

鯖江が目を細める。樹里亜の背後に立っている三人も顔を見合わせる。

「どうして、そう思ったんですか？」

「それは……太郎君が、そう言ったからです。わたしのところに誰かがやって来るだろうけど、恐らく、『金星連合』の人たちだろうって」

「太郎君というのは？」

「このマンションに住んでいる若い人です。愛里沙が、うちの娘が轢《ひ》き逃げされたとき、太郎君の犬も一緒に死んだんです。次郎というパグ犬です」

「何をしてる人ですか？」

「わかりません。最初は大学生かなと思いましたが、大学に行っている様子もないから。だけど、どこかに勤めているようにも見えません。もしかすると自宅で仕事をしているのかもしれませんが」

「その人は、なぜ、『金星連合』の人間があなたを訪ねて来ると言ったんですかね？」

「それは……」

「正直に答えて下さいよ」

鯖江が睨《にら》む。

「昨日、町村正次という人が殺されて、今日は『金星連合』の総長の息子が襲われたからです。なぜ、自分たちが襲われるのか、そろそろ相手も気が付くだろうから、わたしのところに来るだろうって」

「なぜ、襲われるんですか？」

「復讐です。愛里沙と次郎の」

「でも、轢き逃げ犯は自首しましたよね？」

「それは身代わりだって、太郎君が言ってました。本当の犯人は他にいる。二台の車に乗っていた七人に償いをさせる、と」

「……」

古田裕司の顔色が変わる。古田自身、その七人のうちの一人なのである。

「太郎という人が復讐しているわけですか？」

「もう四人殺したから、残りは三人だと言ってました。今日はうまくいかなかったけど、必ず、やり遂げるって」

「もう一度、訊きますけどね。その男、何者なんですか？」

「本当に知りません。わたしも太郎君がそんなことをするなんて信じられなくて……」

「なぜ、警察に通報しないんですか？」

「わたしが？」

「ええ」

「だって……どうして、わたしがそんなことをするんですか？　太郎君は、愛里沙と次郎のために復讐しているのに」

「どうにも不思議なんですがね。あなた、よくしゃべりますね。こっちが質問すれば、迷うことなく、すらすら答えてくれる。もちろん、いきなり見ず知らずの男たちが部屋に入ってきて怖いのはわかりますが、それにしても、何も隠そうとしないし、その男を庇《かば》おうともしていない。なぜですか？」

「それは……つまり、太郎君がそうしろと言ったからです」

「と言うと？」

「相手は自分たちが知りたいことは、どういう手を使っても聞き出そうとするから、ぼくを庇おうなんて考えないでくれ、質問されたことには何でも答えるように……素直に答えれば暴力を振るわれるようなこともないだろうから、と」

「そう言われたんですか？」

「はい」

「ここに来たんですか？　それとも、電話ですか」

「電話です」

「どこにいると言ってましたか？」

「それはわかりませんけど、たぶん、部屋じゃないでしょうか」

「このマンションの？」

「はい」

「部屋番号を教えてもらえますか？」

「ええ……」

　樹里亜が部屋番号を教える。

「これから、その男の部屋に行くつもりですが、あなた、どうします？」

「え？」

「警察に通報しますか？」

「しません」

「本当ですか？」

「本当です」

「何もせず、ここでテレビでも観ていた方がいいですよ。もし警察が来るようなことがあれば、わたしたち、ここに戻ってきますからね。嫌な思いはしたくないでしょう？」

「したくないです」

「それなら、おとなしくしていることです」

鯖江がソファから立ち上がり、行くぞ、と男たちに声をかける。四人が出て行くと、樹里亜は力が抜けたようにソファに深くもたれる。背中や脇の下にかなり汗を掻《か》いている。緊張したせいだ。

（太郎君……）

ハッとして跳び上がる。

写真立ての後ろに置いた携帯を手に取る。

もう切れている。

小走りに玄関に行き、ドアをロックする。

（警察に通報するべきだろうか……）

樹里亜が迷う。

鯖江には通報するなと脅されたが、何もしないでいれば、太郎がどんな目に遭わされるかわからない。

すでに四人を殺したと聞かされたが、まだ半信半疑で、その言葉を心から信じてはいない。まして、太郎が「スリーパー」と呼ばれる凄腕《すごうで》の殺し屋だとは想像もできない。

携帯を手にしたまま、どうしていいかわからずに、樹里亜が立ち尽くす。

六

「したくないです」

「それなら、おとなしくしていることです」

鯖江の声に続いて、ソファから立ち上がる音が聞こえ、行くぞ、という声と共にリビングから人の出て行く気配がする。

そこで太郎は携帯を切る。

（樹里亜さん、余計なことをしては駄目だよ。あいつが言ったように、おとなしくテレビでも観ていればいいんだから）

あと数分で四人は太郎の部屋にやって来るだろう。

太郎が何者なのか訝《いぶか》しんでいるようだったし、樹里亜の言葉をすべて信じているようでもなかったが、さして警戒している様子もない。

太郎は玄関に行き、ドアの鍵《かぎ》を開ける。四人を部屋に誘い込むためである。

（あいつらは「金星連合」ではないらしい）

樹里亜と鯖江の会話から、これは違う、と太郎は察したのである。とすれば、「ルシファー」であろう。太郎にとっては、どちらでも構わない。ふたつの組織を徹底的に攻撃し、残る三人の標的を事務所から引きずり出すつもりでいるのだ。
チャンスさえあれば、どちらでも攻めるつもりでいる。

　太郎はリビングに戻ると、ソファに坐《すわ》る。

　四人がやって来るのを待つのだ。目を瞑《つぶ》って、深呼吸する。何をする場合でも、どんな窮地に追い込まれても平常心を保つことが必要だと亡くなった父から教わった。呼吸が安定すれば、自然と心も落ち着くものである。

（ん？）

共用部分から音が聞こえた。四人の足音のようだ。

チャイムが鳴る。

太郎は無視する。

また鳴る。

続いて、ガチャッ、という音がする。ドアが開けられたのだ。

七

「あの女が本当のことを言ったかどうかわからない。太郎という男がどんな人間なのかわからないということだ。なよなよした若造なんかではなく、ヤクザ者かもしれない。決して油断するな」

「……」

鯖江の言葉に三人の男たちが無言でうなずく。鯖江が合図をすると、一人がチャイムを鳴らす。応答はない。また鳴らす。

「留守か？」

「どうでしょう」

チャイムを鳴らした男がドアノブに手をかける。

「開いてます」

「何？」

「鍵はかかってないようです」

ドアノブを回して、ドアを引く。ガチャッ、という音がする。

「……」

鯖江がうなずくと、男たちが部屋に入っていく。

最後に鯖江が部屋に入る。

部屋の中は、しんと静まり返っている。

何の物音もしない。

人がいる気配もない。

（留守か？　それなら、なぜ、ドアが開いている？）

鯖江が首を捻《ひね》る。

三人に部屋を調べるように無言で指示する。

リビング、寝室、台所、浴室、トイレ……それだけである。部屋数は少ないが、全体にゆったりした広めの造りになっている。それでも六〇平米程度の広さである。ほんの数分で捜索は終わってしまう。誰もいない。レンタル品以外の私物は、すでに太郎が運び出してしまったから、家具は少ない。大人が隠れられるようなところはない。

四人がリビングに集まる。

「どこにもいないようです」

「なぜ、鍵がかかってないんだ？」

「近所に出かけたんじゃないですか？　すぐ戻るつもりだったから鍵をかけなかったのかもしれませんよ」

「それなら待つか」

鯖江がソファに坐る。

「おまえたちは、玄関のそばにいろ。奴が戻ってきたら、部屋に引きずり込むんだ。絶対に逃がすな」

「わかりました」

「トイレを使ってもいいですか？」

「ああ、いいさ」

鯖江がうなずく。

古田ともう一人の男が玄関に、別の一人がトイレに入る。

何の警戒心もなく、その男はトイレに入り、目の前に太郎がいるのを見て驚愕《きょうがく》する。口から悲鳴が出そうになるが、そのときには喉《のど》に金属棒を突き刺されている。その金属棒は、タオル掛けとして使われていたものだ。壁にネジで止められているのを、取り外したのである。

太郎は、ドアを閉めて、その男をトイレに引っ張り込む。

男は喉から血を噴き出しながら床に崩れ落ちる。恐らく、出血多量で死ぬであろう。相手を殺すつもりはなかったが、声を上げられてはまずいので、やむなく殺すことになってしまった。

とは言え、その男が死んだところで太郎の心が痛むことはない。

さっき男たちが部屋を捜索したとき、当然、このトイレも確認した。そのときには誰もいなかった。

いや、誰もいないと思い込んだ。

トイレの天井には換気扇が付いている。

太郎は換気扇の上蓋《うわぶた》を外して天井に上がり込み、息を潜めていたのだ。男たちが捜索を終えた頃合いを見計らって天井から下りたのである。

便座の上にタオルが置かれている。そのタオルを手洗いの水で濡《ぬ》らし、軽く絞る。しっかり絞ると水分が抜けてしまうから軽く絞るだけでいいのだ。まだ、かなり水分を含んでいるからタオルには重みがある。それを三つ折りにして手にぶら下げる。

トイレのドアを細めにそっと開けて、外の様子を窺《うかが》う。

玄関の方から話し声が聞こえる。

（あっちに二人……）

もう一人は、どこにいるのか、と太郎が耳を澄ます。リビングの方から微《かす》かに話し声が聞こえる。

どうやら誰かに電話しているようである。

トイレを出て、後ろ手に静かにドアを閉める。残っているのは三人だから、まず二人を倒し、それから最後の一人を倒すべきだな、と考える。

靴脱ぎ場の前に二人がいる。玄関ドアに顔を向けているから、背後から忍び足で近付いてくる太郎には気が付かない。

すぐそばまで行ってから、

「おい」

と声をかける。

最初に振り返ったのは古田裕司である。

（ん？）

太郎は、それが古田裕司だと気が付く。標的の一人である。

濡れタオルを古田裕司の横っ面に叩《たた》きつける。

　あっ、と叫んで古田裕司がよろめき、もう一人の男にぶつかる。

　太郎は、膝《ひざ》を曲げて深くしゃがみ込み、次の瞬間、勢いよく伸び上がって、その男の顎《あご》を殴りつけ、仰《の》け反ったところに更に肘打《ひじう》ちを食らわせる。それで男は失神する。

　古田裕司が太郎につかみかかろうとするが、太郎はその手をかわして相手の懐に飛び込み、股間《こかん》に膝蹴《ひざげ》りを入れる。うげっ、と呻《うめ》いて体を丸めたところに、間髪容《い》れず、顔面に膝蹴りをお見舞いする。

　古田裕司は鼻血を出して倒れそうになる。

　しかし、太郎が胸倉をつかみ、古田裕司をリビングに引きずっていく。

　リビングには鯖江がいる。騒ぎに気付いてソファから立ち上がったところだ。

　その足許《あしもと》に、太郎は古田裕司を放り出す。

「て、てめえ……」

　鯖江が咄嗟《とっさ》に懐に手を伸ばすが、生憎《あいにく》、拳銃《けんじゅう》は持っていない。それを忘れるほど慌てているということだ。

「おまえ、鯖江慎介だな？　道寸の右腕だ」

「なぜ、おれを知っている？」

「それくらい知ってるさ。ちょっと調べれば、すぐにわかる。自分たちだけが利口だなんて考えるな」

「おまえが太郎って奴か？」

「そうだよ」

「うちの若い奴ら、八代と駒形を殺したのは、おまえなのか？」

「うん、殺した」

「それに『金星連合』の奴らもか？」

「末長友彦と町村正次を殺した。残りは三人だ。ありがたいことに、ここに古田裕司がいる。こいつを殺せば、残りは二人になる。石原紫苑と甘粕龍一だな」

「七人も殺すというのか？」

「殺すよ」

「おまえは、あの女、樹里亜という女とどんな関係がある？　事故で死んだ愛里沙という娘は、おまえの身内なのか？」

「いいや、そうじゃない」

　太郎が首を振る。

「樹里亜さんは同じマンションの住人というだけだよ。愛里沙ちゃんは、樹里亜さんの娘で、おれとは何の関係もない。よく一緒に朝の散歩をしたけどね。おれと愛里沙ちゃんと次郎で」

「次郎ってのは……」

「おれの犬だよ。パグ犬。愛里沙ちゃんと次郎は、七人の乗った車に轢《ひ》き逃げされて死んだ」

「その復讐《ふくしゅう》なのか？」

「そう言ってるだろう」

「愛里沙という娘のために……」

「それだけじゃない。わかってないな。次郎の復讐でもある。いや、違うな。愛里沙ちゃんと次郎の復讐だけど、もし、愛里沙ちゃんが助かって、次郎だけが死んだとしても、やっぱり、おれは七人を殺したと思うよ」

「たかが犬ころ一匹のために七人も殺すっていうのか？」

「おれにとっては、その七人の命より、次郎の命の方がずっと重いんだよ。価値観の違いかな」

「言いたいことはわかった。だがな、よく考えろ。轢き逃げしたのは、『金星連合』の車じゃないか。甘粕龍一の乗っていた車だ。うちらを恨むのは間違ってるだろう」

「いや、何も間違ってない。おまえたちが追いかけたから、甘粕龍一は逃げた。一般道で一〇〇キロ以上のスピードを出して逃げた。おまえたちは同罪だ」

「ちょっと待ってくれ」

　太郎から話を聞き出しながら、鯖江は太郎の隙を窺っている。武器がないのは太郎も同じである。お互いに素手ならば、いくらか勝機はあるのではないか、と考えている。

　鯖江とて、若い頃から幾多の修羅場を踏んできた男である。護身術や格闘術の心得もある。

太郎はと言えば、取り立てて体格がいいわけではなく、ひょろりとした大学生のようにしか見えない。何人も殺したのだと言われても、まったくピンとこない。実際に、鯖江が一緒に連れてきた三人がやられてしまい、鯖江の足許には古田が転がっているものの、それを見ても、

(こんな奴が……)

どうしても信じることができない。見るからに弱そうだし、武器も持っていないし、隙だらけなのである。

(今だ)

古田裕司の体を跳び越え、鯖江が太郎に飛びかかる。

が……。

鯖江の両手は空しく宙をさまよう。

太郎は瞬時に鯖江の背後に回り、自分の足を鯖江の足に引っ掛ける。鯖江が無様に転倒する。俊敏さがまるで違っている。太郎の動きに比べると、鯖江の動きはスローモーションのようにしか見えない。

「ちくしょう」

肩越しに振り返った顔を、太郎は踵《かかと》で蹴《け》りつける。

鯖江の後頭部が床にぶつかる。軽い脳震盪《のうしんとう》を起こしたのか、鯖江の目の焦点が合わなくなる。

太郎は台所に行き、ガスコンロの上に出してあった小型のフライパンを手に取る。それを持ったまま、鯖江のところに戻ると、

「殺してもいいんだけど、今日は殺さないでおく。これから古田裕司を殺すから、残るのは二人だ。石原紫苑と甘粕龍一。よく覚えておくがいい」

いきなり、フライパンの平たい部分を鯖江の鼻に叩きつける。うわっ、と叫んで鯖江が両手で鼻を押さえる。鼻骨が砕けたのであろう。鯖江の顔が血で真っ赤に染まる。フライパンを床に投げ出すと、

「身近にあるものは、どんなものでも武器になる。拳銃やナイフなんか必要ないんだ」

ふふふっ、と笑いながら、太郎は古田裕司の足を持って、ベランダに引きずっていく。

ガラス戸を開けて外に出ると鯖江を振り返り、

「この下はコンクリートだ。頭から落ちたら助からないだろうな」

古田裕司の体を持ち上げ、ベランダから放り出す。

「……」

瞬《まばた》きもせず、鯖江が凝視している。

八

樹里亜は呆然《ぼうぜん》と立ち尽くしている。警察に通報したら、ここに戻ってきますよ、と鯖

江に脅されたからだ。

　しかし、

（太郎君を放っておくわけにはいかない）

　と決意し、携帯を手にして、部屋から走り出る。太郎の部屋に行くつもりなのだ。太郎が四人も殺したはずがない、何かの間違いに決まっている……改めて説明すれば、相手も納得するのではないか、と淡い期待を抱いた。

　すぐに警察に電話しなかったのは、どう通報すればいいかわからなかったからだ。すでに四人を殺したと言い張る若者がいて、その若者を捕まえるために四人のギャングがやって来た、一人や二人の警察官ではなく、警官隊を寄越《よこ》して下さい……誰がそんな話を信じるのか、荒唐無《む》稽《けい》すぎて、いたずら電話だと疑われるのがオチではないか、と思った。

　太郎の部屋の前に立つ。ごくりと生唾《なまつば》を飲み込んでから、ドアノブに手をかける。鍵《かぎ》はかかっていない。ゆっくりドアを開けると、靴脱ぎ場に男が倒れている。顔が血まみれで、呻《うめ》き声を洩《も》らしている。

「え」

　樹里亜が息を呑《の》む。まさか、いきなり、こんな場面に遭遇するとは思ってもいなかった。恐る恐る、室内を覗《のぞ》き込む。

「太郎君？」

返事はない。

サンダルを脱いで、廊下に上がる。

トイレのドアの下から血が流れ出ている。

ゆっくりドアを開ける。

血溜《ちだ》まりの中に人が倒れている。喉《のど》に金属棒が突き刺さっている。その横顔を見て、

（太郎君じゃない）

樹里亜は、ほっとする。

リビングから声が聞こえる。苦しそうな声である。

慌ててトイレから出て、樹里亜がリビングに行く。

そこにも人が倒れている。うつぶせの格好で、血溜まりに顔を埋《うず》めているので、それが誰なのかわからない。樹里亜の心臓は早鐘のように打っている。

息を止めて、その男の向きを変える。

やはり、太郎ではない。

樹里亜を脅した男だ。鼻が潰《つぶ》れ、血で顔が真っ赤に染まっている。

玄関、トイレ、リビング……三人もひどい怪我をして倒れている。トイレの男は死んでいるかもしれない。太郎は、どこにいるのだろう……樹里亜の動悸《どうき》が激しくなる。

「あ……あ……」

右腕を上げ、何事かを訴えるように、鯖江がベランダを指差す。何か言いたいらしい

が言葉が出てこないようだ。

ベランダのガラス戸は開け放してある。

樹里亜がベランダに出る。

ベランダには特に変わったことはない。

手摺《てす》りに血がついているのに気が付き、何の気なしに下を覗く。

「あ」

コンクリートの上に人が倒れている。手足がおかしな向きにねじれている。血が大きく広がっている。

それを見ているうちに、体がぶるぶる震え、どうにもならなくなる。ついに、きゃあっ、と口から悲鳴が洩れる。悲鳴を上げたまま、腰を抜かしてベランダに坐《すわ》り込む。あれこそ太郎に違いない、と思い込んだ。

どれくらい、そうしていたのか自分でもわからない。

肩を叩《たた》かれ、声をかけられても、すっかり体が硬直しており、顔を上げることすらできない。

何度も呼びかけられて、ようやく、

「はい？」

と返事をする。

目の前に制服巡査が立っている。

「大丈夫ですか？」

「ううん、全然……」

わたし、大丈夫じゃない、と言うや、樹里亜は声を放って泣き始める。自分でも何が何だかわからない。ただ、恐ろしくて仕方がないだけだ。

後から知ったことだが……。

樹里亜の悲鳴を聞き、何事かと窓から顔を出した住人たちが、転落死している古田裕司を発見し、警察と消防に通報したのである。数分後には救急車と警察官が駆けつけていた。最初に到着したのは最寄りの交番に勤務する制服巡査だが、室内の惨状を目の当たりにすると、直ちに所轄の刑事課に連絡した。首に金属棒を突き刺され、トイレで死んでいる男が発見され、これが殺人事件であることが明らかになると、警視庁の捜査一課にも連絡が入った。

鯖江は救急車で病院に搬送される。

「電話して構わないか？」

救命士に訊《き》く。

「じっとしていた方がいいですよ。かなりひどい怪我のようですから」

「大事な用なんだ」

「そうおっしゃるのなら」

「ああ……」

ポケットから携帯を取り出そうとするが、指に力が入らず、落としてしまう。それを救命士が拾ってくれる。

「すまない」

鯖江が道寸に電話をかける。何が起こったか、すぐに知らせなければならない。相手はプロの殺し屋で、甘粕龍一と石原紫苑の命を狙っている。なぜ、命を狙っているのか、その理由も説明しなければならない。

電話が繋《つな》がる。

「わたしです。鯖江です。いいえ、違うんです。今、救急車の中です。病院に向かっています。やられました。ひどい目に遭いました……」

鯖江が説明を始める。

九

新宿署。ＳＭ班の部屋。

優美子が慌てた様子で駆け込んでくる。

「何かあったのかい？」

栄太が訊く。

「また、やられた。今度は『ルシファー』よ。四人襲われて、二人死んだ。あとの二人も重傷よ」

樹里亜のマンションで起こったことを、優美子がざっと説明する。

「部屋に三人いて、そのうちの一人が死んでいた。ベランダから落ちて死んだ男もいるけど、たぶん、突き落とされたんじゃないかと思うわ。山田太郎という男が借りている部屋なんだけど、その男はいなかった」

「警察に通報したのは誰なんですか？」

田淵が訊く。

「女性の悲鳴を聞いて、複数の住民が警察に通報しました。血を流して地面に倒れている男を見て、救急車を呼んだ住人もいるようです」

「女性の悲鳴というのは？」

「ベランダに女性がいたんです。警官が駆けつけたときも、ずっと悲鳴を上げていたらしいですね。パニックを起こしていたんでしょう」

優美子が答える。

「プロの殺し屋の仕業だな。『ルシファー』が四人で押しかけて、それを返り討ちにして二人を殺すなんて、普通の人間にできることじゃないぜ」

糸居が言う。

「山田太郎というのは何者なんですか？」

あおいが優美子に訊く。

「よくわからないんだけど、若い男みたいなの。大学生じゃないかという住民もいるみたいだから」

「残念だね。それなら、あんたの言う『スリーパー』という殺し屋とは違うでしょう。だって、その殺し屋は、かなり昔から活動しているわけだから。少なくとも、二〇年以上前から名前が知られているわけだよね？　山田太郎が二〇代の若い男なら、二〇年前には幼児だよ。せいぜい、小学生」

あおいが糸居に言う。

「そう決めつけるのは早いぜ。見かけが若いだけで、実際には、おっさんだという可能性もあるからな」

糸居は少しも動じず、世の中には小学生に見えるおっさんだっているんだからな、としつこく言う。

あおいは呆《あき》れて相手にしない。

「なぜ、『ルシファー』は、そのマンションに行ったのかしら？」

田淵が首を捻《ひね》る。

「いきなり山田太郎の部屋に行ったのではなく、最初はベランダにいた女性、石沢樹里亜を訪ねたようです」

優美子が言う。

「どういう理由でですか？」

「本人が取り乱していて、話していることがかなり支離滅裂らしいですが、石沢さんの娘さんが先月の末、轢《ひ》き逃げ事故で亡くなったそうなんです。山田太郎は、その事故の復讐《ふくしゅう》をしていると言ったみたいなんです」

「轢き逃げの犯人は捕まってないの？」

　栄太が訊く。

「二台の車が女の子をはねたんだけど、ドライバーは二人とも自首しているわ」

「犯人が捕まっているのなら、誰に復讐しているんだろう？」

「その二人のドライバーだけど、『ルシファー』と『金星連合』の下っ端なのよ」

「ああ、替え玉ってことだな」

　糸居がうなずく。

「どういうことですか？」

　栄太が訊く。

「簡単な話だろう。実際には、轢き逃げした二台の車には別の人間が乗ってた。大物だな。警察に嗅《か》ぎ回られると厄介だから、さっさと幕引きするために下っ端を替え玉に仕立てて出頭させたってところだろう。犯人が捕まれば、それ以上、捜査されることはないからな。おれの予想では、一台には間違いなく甘粕龍一が乗ってたんだろう。だから、あいつはホテルで襲われたんだよ」

「糸居君にしては、至極、真っ当な推理だな」

佐藤が拍手する。

「総長の息子を逮捕させるわけにはいかないから、『金星連合』が替え玉を仕立てたのはわかる。もう一台の車には誰が乗ってたのかな？　『ルシファー』の大物で間違いないだろうけどな。会長の道寸ってことはないだろうから、弟の紫苑か、道寸の右腕の鯖江だな。しかし、龍一とカーチェイスをして轢き逃げするような馬鹿は紫苑だろう。紫苑が狙われているとなれば、『ルシファー』がマンションに四人も送り込んだのは納得だな。たぶん、山田太郎をぶっ殺すつもりだったんだろうが、まさか、相手が凄腕《すごうで》の殺し屋だとは知らないから、あっさり返り討ちにされちまったわけだ。そういうことですよね、ホームズ先生？」

糸居が佐藤に顔を向ける。

「まあ、そんなところだろうと思う」

佐藤がうなずく。

「石沢さんは怪我をしているわけではないので、落ち着きを取り戻したら、この新宿署で事情聴取することになっているわ。話を聞けば、もっといろいろわかるはずよ」

優美子が言う。

一〇

道寸は一人で思案している。

病院に搬送される途中の鯖江から電話があり、今回の一件の真相が明らかになった。

すべては轢き逃げ事故に端を発していたのだ。

その事故で女の子と犬が死んだ。

その復讐なのである。

それだけのことで、何人もの命を奪うなどというのは普通では信じられないが、道寸は、そうは思わない。道寸自身、もっと他愛のないことで人を殺したことがあるからだ。平然と人を殺すことのできる人間の思考回路を常識で量ることはできないとわかっている。轢き逃げ事故に関わった二台の車に乗っていた七人のうち、すでに五人が殺された。残っているのは道寸の弟・紫苑と、「金星連合」の総長・甘粕龍之介の息子である龍一の二人だけだ。

このままでは、二人は殺されてしまうであろう。

最初は相手を甘く見ていたが、今はそうではない。

自分たちが恐るべき敵を相手にしているのだと実感している。「金星連合」と「ルシファー」というふたつの組織を敵に回して、自分の尻尾《しっぽ》をつかませることなく、確実にターゲットを仕留めていくというのは、とても素人にできることではない。超一流のプロの仕事である。

道寸が引っかかったのは、山田太郎という若い男が口にしたという、

「身近にあるものは、どんなものでも武器になる。拳銃《けんじゅう》やナイフなんか必要ないんだ」

という言葉である。

それを聞いた瞬間、

（まさか、相手はスリーパーではないのか）

と、道寸は息が止まる思いがした。

かつて同じような言葉を耳にしたことがあったからだ。拳銃やナイフのようなありきたりの武器を使うのではなく、身近にあるものを凶器に変えてしまう恐るべき殺人者の言葉である。

もっとも、その言葉を初めて聞いたのは、かなり昔のことである。スリーパーが若者であるはずがないのだ。

とは言え、スリーパーに関しては、容貌《ようぼう》はもちろん、年齢も性別も何ひとつとして正確な情報はないのだから、安易に決めつけるのは危険だ。

昔は仕事の依頼に電話を使うのが当たり前だったが、今は、電話など使わない。インターネットでのやり取りだから、もはや、スリーパーの肉声を耳にすることもない。

今の段階では、まだ敵がスリーパーかどうか断定はできないが、スリーパーと同じく

らい危険な敵であることは確かである。

（どうする？　どうやって紫苑を守る？）

自分たちだけでは、とても紫苑を守り切ることはできないとわかっている。短期間であれば、どうにかなっても、長引けば、いつかは隙ができる。その隙をつかれたら終わりである。

かと言って、警察に頼ることもできない。そんなことをすれば、他の組織からなめられるだけだ。

思案を続けた揚げ句、道寸は意を決したように携帯に手を伸ばす。

二

「金星連合」の事務所。

甘粕龍之介、甘粕龍一、高桑剛の三人が黙りこくり、それぞれが何事かを思案している。金を使って手に入れた警察情報を、高桑が二人に伝え終えたところである。

「二人殺されて、あとの二人は病院送りか。いったい、それをやったのは、どんな奴なんだ？」

龍之介が額に手を当てて、顔を顰《しか》める。

「きっと、おれを襲った奴さ。若い奴だった。若いけど、何て言うか、すごい迫力があった。あいつの目を見た瞬間、おれは殺されると思った。背筋がゾーッと寒くなったんだ。よく助かったよなあ」

「ふんっ、通りすがりの子供を盾に取るような腰抜けは、なかなか、いないだろうから、相手も驚いたんだろうさ」

龍之介が龍一に冷たい目を向ける。

「……」

「どっちも小さな女の子だな。おまえが轢き殺した子供も、おまえが盾にした子供も」

「おれが轢いたわけじゃないよ。あれは友彦が……」

「言い訳するな」

龍之介がぴしゃりと言う。

「そもそもの原因は、おまえにある」

「……」

龍一が不満そうに口を閉ざす。

「しかし、危ないところでした。うちも何人か行かせようと考えていた矢先でしたから。結果的に『ルシファー』に先を越されてしまったわけですが、おかげでうちは助かりました」

高桑が口を開く。

「うちの者たちが殺されてもおかしくなかったわけだからな」

「はい」

「死んだ子供の身内ではなく、子供と一緒に死んだ犬の飼い主、山田太郎とかいう男の仕業なのか？」

「警察は、そう考えているようです」

高桑がうなずいたとき、龍之介の携帯が鳴る。液晶画面に表示された相手の名前をじっと見つめる。ゆっくりと電話に出る。

「はい……ええ、甘粕です。これは何かの間違いですか？　まさか、いたずら電話ということはないと思いますが……。それは知っていますよ。こっちも手を打とうとしていたところでしたからね……」

えっ、と龍之介が顔色を変える。

高桑と龍一が思わず龍之介の顔を見たほど、龍之介の反応は大きかった。

「それは……それは、とても信じられませんがね。そんな偶然があるんですか？　いや、たとえ偶然だとしても、信じないわけにはいきませんね。現にこれだけの男たちが殺されている。しかも、実にあっさりと……。ええ、そう簡単にやられる連中じゃないんですよ。はい、おっしゃりたいことはわかります。その二人だけは何としても守りたい。わたしも同じ気持ちです……」

尚《なお》も二人は五分ほど話を続け、

「では、そのように」

　と、龍之介が電話を切る。

「あの、今の電話、まさかと思いますが？」

　高桑が訊《き》く。

「おれも驚いた。石原道寸からだよ」

　龍之介がソファにもたれて腕組みする。

「何の用だったの？」

　龍一が訊く。

「敵の正体がわかった気がするというんだ」

「山田太郎のことですか？」

「それは偽名だろう。恐らく、いくつもの名前を使い分けていて、そのひとつが山田太郎という名前だというのに過ぎない」

「ということは素人ではありませんね。プロの犯罪者でしょうか」

「うむ、プロだ。しかも、とんでもないプロだ……」

　龍之介がスリーパーと口にする。

「スリーパー？　何だい、それは？」

　龍一が首を捻《ひね》る。

「凄腕《すごうで》の殺し屋だ。誰も正体を知らない。大金で殺しを請け負い、一度も失敗したことがない。うちも一度使ったことがあるよな？」

龍之介が高桑に訊く。

「もう一〇年くらい前じゃないでしょうか」

「スリーパーは確実に標的を仕留めてくれた。おかげで、うちの縄張りは安定した」

「へえ、そんなすごい殺し屋がいるのかい？　それなら、さっさと道寸を殺させてしまえばよかったじゃないか」

「何だと？」

龍之介がじろりと龍一を睨《にら》む。

「それを逆に考えれば、向こうがスリーパーを雇えば、簡単におれを殺すことができるということにもなる。違うか？」

「そ、それは……」

「スリーパーには独自のルールがある。一度自分を雇った組織には敵対しないということだ。もちろん、相手が攻撃してくれれば話は別だがな。うちも『ルシファー』もスリーパーを使ったことがあるから、スリーパーを雇って道寸を殺すことはできないし、向こうがおれを殺すこともできない」

「それなら、どうして……？」

「おまえのせいだよ」

「おれ？　だって、死んだ女の子とその殺し屋、何か関係があるのかい？」

「女の子じゃない。犬だ」

「犬？」

「女の子と一緒に犬が轢《ひ》き殺された。それがスリーパーの犬だったらしい」

「これは犬の復讐《ふくしゅう》なのですか？」

高桑が驚く。

「犬を殺されて、それを自分に対する攻撃と受け取ったのかもしれない」

「そんな馬鹿な……。たかが犬ころ一匹のために、そいつは、うちと『ルシファー』の人間を殺しまくっているのかい？」

龍一が呆然《ぼうぜん》とする。

「そうだよ。たかが犬ころ一匹のために、うちも『ルシファー』も滅《め》茶《ちゃ》苦茶にされているわけだ。女の子と犬を轢き殺した二台の車には七人乗っていた。そのうち五人がもう殺されている。残っているのは二人だけだ……」

龍之介が、じっと龍一を見つめる。

「おまえと紫苑だよ。おまえたちは虎の尾を踏んでしまった。このままだと二人とも殺されるぞ」

「……」

龍一がごくりと生唾《なまつば》を飲み込む。

「おまえたち二人を守るために、ふたつの組織が叩《たた》き潰《つぶ》されるかもしれない」

「そ、そんな馬鹿な……」

「構成員が皆殺しにされれば、組織は消えてしまうってことなんだよ。スリーパーは邪魔者をすべて殺すだろうからな」

「……」

龍一の顔からは血の気が引き、すっかり青ざめている。

「で、道寸は、何と？」

高桑が訊く。

「会いたいと言ってきた」

「会うんですか？」

「会うさ。今はお互いの利害が一致しているからな」

龍之介がうなずく。

十二

「ゆっくりで結構ですよ。慌てないで大丈夫ですから」

取調室に樹里亜がいる。

向かい合っているのは優美子と佐竹だ。

マジックミラー越しにＳＭ班の面々が事情聴取の様子を眺めている。

「はい……」

樹里亜は、時折、ハンカチで涙を拭《ぬぐ》いながら、ぽつりぽつりと話し始める。同じマンションに住む山田太郎が愛里沙と次郎の復讐をしている。轢き逃げの犯人はすでに出頭して逮捕されているが、その二人は真犯人の身代わりに過ぎないと太郎は見抜き、二台の車に乗っていた七人を順繰りに殺している。

「もう四人殺したから、残りは三人だ、今日も一人襲ったけど、うまくいかなかった、と言ってました」

「すべて山田太郎の仕業だというのですね？」

優美子が訊く。

「そう思います。だって……」

樹里亜の目に涙が溢《あふ》れる。だって、太郎君の部屋に行った四人があんな目に遭わされたんですから、太郎君の話を信じるしかないじゃないですか……かすれる声で樹里亜が言う。

樹里亜は「ルシファー」の四人に同情して泣いているわけではない。二人が殺され、二人が重傷を負った現場を目の当たりにしたことで一種の興奮状態に陥り、異常な恐怖と驚愕《きょうがく》が感情の制御を不可能にしているのである。その場面が脳裏に甦《よみがえ》るたびに体が震えてしまい、涙が出てくるのだ。

「ドアを開けたら、玄関に人が倒れていて、床が血まみれで……トイレにも人が倒れていて、やっぱり、すごい血で……リビングにも……ベランダから下を見たら、そこにも

「……」

樹里亜の目から涙が滂沱《ぼうだ》と溢れ、それが止まらなくなってしまう。神経が昂《たか》ぶっているせいか、過呼吸気味でもある。

「大丈夫ですから、どうか落ち着いて下さい」

優美子が立ち上がり、樹里亜の背中をさする。

「佐竹さん、冷たいおしぼりをお願いします。ちょっと休ませないと……」

「わかりました」

佐竹が慌てて取調室から出て行く。

隣の部屋では、

「よっぽど怖かったんでしょうね。気持ちはわかるわ。わたしも、つい最近、似たような経験をしたばかりだから」

薬寺がつぶやく。

「ようやく、これがどういう事件なのか明らかになりましたね。最初は、ふたつの組織の抗争だと思われていたわけですけど、全然違いましたね」

あおいが言う。

「ふんっ、スリーパーの仕業さ。頭のいい奴だぜ。『ルシファー』と『金星連合』を嚙《か》み合わせて、自分が疑われないようにしたんだな。そうとわかれば、このまま放置しておくのがいいかもしれないな」

「どういう意味ですか？」

糸居の言葉に栄太が反応する。

「スリーパーの復讐は、まだ終わらない。あと三人残っているっていう話だし、その中には甘粕龍一も入ってるわけだ。たぶん、『ルシファー』の方は紫苑が狙われてるんだぜ。龍一の乗った車を追いかけるような馬鹿は紫苑くらいしかいないからな。当然、ふたつの組織は、龍一と紫苑を守ろうとする。スリーパーとの戦いだ。放っておけば、スリーパーがふたつのギャング組織を壊滅させてくれるかもしれないじゃないか。警察にもできなかった大掃除だぜ。邪魔する必要はないんじゃないかって話さ」

「あんたさあ、今の発言、ヤバくない？　仮にも警察官なんだから」

あおいが糸居を睨む。

「仲間内でのオフレコ発言さ。思い出せよ、佐竹さんとユーミンがうちに協力を求めてきたとき、何て言った？　ふたつの組織の抗争に警察は介入するつもりはない、ただ一般市民に被害が出るのを防ぎたいだけだ……そう言わなかったか？」

「それは聞いたけど」

「同じことじゃないのか？　今のところ一般市民に被害は出てない。死んだのはふたつの組織の人間たちばかりだぜ」

「警察官としてのきれい事を言えば、たとえ被害者が犯罪者であろうと、犯人逮捕に全力をあげるべきだと思うわ。ただ、現実には、きれい事だけで済まないことがあるのも確かよね。犯罪組織同士の抗争に積極的に介入しないというのは、昔から存在する警察の不文律のようなものだし。とは言え、すでにこれだけの死傷者が出ていて、しかも、それが更に増えるのが確実なのに、見て見ぬ振りをすることが許されるのかどうか……」

田淵が溜息《ためいき》をつく。

「大量殺人だものね。まさに、オーバーキルよ」

薬寺が言う。

「プロの殺し屋は、その山田太郎で間違いないようだな」

それまで黙っていた佐藤が、突然、口を開く。

「よし、始めるぞ」

「何をですか？」

糸居が訊《き》く。

「山田太郎を見付け出して逮捕するのだ」

「あの、ホームズ先生、おれたちの話を聞いてましたか？」

「聞いた。しかし、わたしには関係ない。わたしは与えられた職務を全《まっと》うするだけだ」

「念のために伺いますが、職務って？」

「犯人を逮捕して、これ以上、犯罪が起こらないようにすることだ。糸居君は、本当に頭が悪いな」

佐藤が部屋から出て行く。

「何だか、怒る気もしないし、がっくりも来ない」

糸居がふーっと大きく息を吐く。

「至極、真っ当な意見だものね」

田淵がうなずく。

「あの人は、まったくブレない。そういう意味では、確かにすごい人だわ」

薬寺が感心する。

一三

SM班に割り当てられた部屋に戻ると、早速、佐藤は山田太郎について調べ始める。

他のメンバーたちが戻ってきても知らん顔である。

メンバーたちも慣れているから佐藤の好きにさせている。自分たちの仕事を片付けることに集中する。

二時間ほど経った頃、

「なるほど、そういうことか」

佐藤がパソコンから顔を上げ、難しい顔で腕組みをする。

「何か、わかったんですか？」

糸居が訊く。

「山田太郎は実在しないということがわかった」

「は？　実在しないって、どういうことですか。ちゃんといますよ。マンションを借りて住んでるんだから。実在しない人間が人殺しなんかできないでしょう」

「そういう意味ではない。物理的には存在するが、それは山田太郎ではないのだ」

「でも、マンションを借りて……」

「賃貸契約を結んだときの書類はでたらめだし、保証人も存在しない。すべて偽造だ。免許証や保険証も持っているだろうが、それらも偽造だろう」

「つまり、何者かが山田太郎という架空の人間になりすましているということですか？」

栄太が訊く。

「そうだ」

「普通の民間人がそこまでできるものかしら？　何らかの大きな組織に属しているのならわからないでもないけど」

薬寺が首を捻《ひね》る。

「どんな組織ですか？」

栄太が訊く。

「アメリカならＣＩＡかな。ＦＢＩでもできるでしょうね。日本だと、どういう組織になるのかしら」

「日本でも、秘密任務を帯びた警察官なら可能ですよね」

あおいが言う。

「警察官が人殺しはしないぜ」

糸居が首を振る。

「自衛隊員にも可能でしょう。特殊な訓練を受けた、非合法活動をする隊員なら」

「マンガじゃないんだよ」

糸居が舌打ちする。

「どこの国の軍隊にも非合法活動をする特殊部隊は存在するんだよ。公にされていないだけでね」

あおいが反論する。

「山田太郎が自衛隊の特殊部隊に所属しているのなら、いろいろな疑問が解決するわね。完璧《かんぺき》に他人になりすますこともできるし、様々な格闘術を身に付けているだろうから、手強《てごわ》いギャングたちを素早く倒すこともできる」

田淵がうなずく。

「でも、決定的におかしな点がひとつあるわね。ふたつの組織の構成員が何人も殺されているけど、その原因は轢《ひ》き逃げ事故にある、とあの女性は話していた。自衛隊がそんなことを許すかしら？」

薬寺が言う。

「もう除隊しているのかもしれませんよ」

栄太が言う。

「除隊しているのなら、別人になっている理由がわからないわね。生活費だって、どうしているのか……」

そこに優美子がせかせかした足取りでやって来る。表情が強張っている。

「どうかしたのかい？　何だか、慌ててるみたいだけど」

栄太が訊く。

「鑑識から連絡があったの。現場に残された山田太郎の指紋は警察のデータベースではヒットしなかったわ。素顔もさらしていて、マンションの防犯カメラに映像が残っていたけど、顔認識ソフトでは該当者がヒットしなかった」

優美子が言う。

「犯罪歴がないのか」

栄太が驚く。

「指紋を残そうが、顔バレしようがどうでもいいということだ。自分の部屋で『ルシファー』の四人を襲って、二人も殺しているわけだし、山田太郎は、もうマンションに戻るつもりはないのだろう。山田太郎という人間をこの世から消し去るつもりだな」

佐藤が言う。

「そんなことをしたら、自分だって困るんじゃないんですかね？」

糸居が佐藤に異を唱える。

「また別人になるつもりだろう。名前や身分だけではない。見た目も変えるはずだ。つまり、『山田太郎』をこの世から消しても困らないように手を打ってあるわけだな」

「話を聞いていると、すごい世界ですよね。まるで、ジェームズ・ボンドじゃないですか」

栄太が呆《あき》れたように首を振る。

「スリーパーなら納得できるけどな。スリーパーがいる世界は、まさに００７の世界だから」

糸居が言う。

「年齢が合わないからね」

あおいが肩をすくめる。

「逆に言えば、年齢以外は、スリーパーである可能性が高くなったわよね。高額の報酬で依頼を引き受けるプロの殺し屋が、下っ端のギャングを次々に殺すのはおかしいと思っていたけど、誰かの依頼で動いているのではなく、個人的な恨みを晴らすためであれば納得できるわ」

田淵が言う。

「姉さん、どうかしたのかい？」

栄太が訊く。

「え？　ああ……まだ裏が取れてないから、言うべきかどうか迷っていたんだけど、っいさっき、石沢さんの携帯に山田太郎から電話があったのよ」

「山田太郎から？」

皆が優美子を見る。

「マンションのベランダから転落死した男、古田裕司というんだけど、古田も七人のうちの一人だというのよ」

「女の子と犬を轢き逃げした七人の一人ということだね？」

栄太が訊く。

「そう。古田を殺したから、残りは二人だ、と石沢さんに言って電話を切った。石沢さんは山田太郎に間違いないと言ったけど、本人かどうか確かめようがない。通話時間も短かったし、公衆電話からの電話だったから、その線から追跡することもできない」

優美子が言う。

「そんな電話をかけてくるのは山田太郎だけだろう。何も疑う必要はないぜ。残りは二人なのさ」

糸居が言う。

「そう言っても、轢き逃げした二台の車に誰が乗っていたのか、こっちは正確に知らないわけだから。轢き逃げ犯として自首してきた三人は自供を翻していないしね」

「残りの二人というのは、甘粕龍一と石原紫苑ということなのかしら？」

薬寺が訊《き》く。

「そう思います」

優美子がうなずく。

「ふたつの組織は、その二人を守ることができるのかしらね？」

「無理ですよ」

糸居が言う。

「相手がスリーパーだとしたら、とても無理でしょう。短期間なら、どこかに逃げ隠れできるかもしれませんが、長期戦になったら、まず勝ち目はない。いつかは隙ができますからね。そこを狙われる」

「じゃあ、どうなるんですか？」

栄太が訊く。

「普通は、ふたつのやり方が考えられるな。ひとつは和解することだ。もちろん、金がかかる。大金が、な」

糸居が答える。

「何人も殺されてるのに和解なんかできるんですかね？」

「今のところ、やられてるのは下っ端ばかりだからな。紫苑や龍一とは重みが違う。ただ、スリーパーが和解を受け入れるとは思えないな」

「もうひとつのやり方は？」

あおいが訊く。

「言うまでもない。簡単なやり方さ。スリーパーを殺すんだよ。逆襲するんだ」

「そんなことができるの？」

「毒を以《もっ》て毒を制するってことさ」

「殺し屋を使うということ？」

「よくある手だ」

「だけど、あんたの話だと、スリーパーは手強いんでしょう？　スリーパーに勝てる殺し屋がいるの？」

「凄腕《すごうで》の殺し屋なら何人もいる。そういう一流の殺し屋には、それぞれ得意分野があるから、相手を自分の得意分野に引き込むことさえできれば、確実に相手を仕留めるだろうな」

「得意分野というのは、どういうことですか？」

　栄太が訊く。

「言い方を変えれば、自分の得意な殺し方ってことだな。格闘技が得意な殺し屋もいる。武器を使わずに相手を絞め殺したり、素手で相手の急所を突いたりして殺すわけだ。そういう殺し屋は、相手がサウナに入っていたり、プールで泳いでいたりするときを狙う。狙撃《そげき》が得意な殺し屋は、広くて見晴らしのいい場所で相手を狙う。どういう武器を使うか、どういう殺し方をするかによって、得意分野は違ってくるわけだよ」

「スリーパーは、どうなんですか？」

「接近戦が得意なんだろうな。実際、これまでにやられた奴らは、部屋の中とかエレベーターとか、狭い場所で狙われてるだろう」

「そう言えば、そうですね」

「道具を使わないわけじゃないが、ナイフや拳銃《けんじゅう》のような当たり前の武器は使わない。どこにでもあるような、ありふれたものを使って相手を殺す。それが、スリーパーの特徴だ」

「じゃあ、スリーパーに勝てる殺し屋というのは、どういうタイプなんでしょうか？」

栄太が訊く。

「遠くから狙撃するのがベストだろうが、そもそも、スリーパーを見付けるのが難しいだろうから、狙撃はどうかな……。できるだけ距離を取って、直《じか》に相手と接しないようにするしかないかもしれない」

「拳銃ですか？」

「そうだな」

「糸居君が言ったふたつ以外に、もうひとつの選択肢がある」

佐藤が口を開く。

「何ですか？」

糸居が佐藤に顔を向ける。

「警察に頼ることだ」

「警察が二人を保護するという意味ですか？」

優美子が訊く。

「保護ではなく、逮捕だ。轢《ひ》き逃げ事故で身代わりを立てたことを認め、自分たちが轢き逃げに関わったことを認めれば逮捕できる。逮捕してしまえば、スリーパーも手出しできないだろうから、警察が保護するのと同じことになる」

「警察に頼ったりすれば、組織としての面子《メンツ》が丸潰《まるつぶ》れだ。さすがに、それはないな」

糸居が首を振る。

「追い込まれて逃げ場がなくなれば、生き延びるために何でもやるだろう。面子と命とどちらが大切かという話だ」

「ギャングにはプライドなんかありませんからね」

あおいが佐藤に同調する。

「スリーパーが何をするのか、それに対抗して、ふたつの組織が何をするのか、そのあたりは、大体、想像ができましたが、それで自分たちは、つまり、警察は何をすればいいんですか？」

栄太が首を捻《ひね》る。

「当然、殺人犯であるスリーパーを追うべきだけど、さっきから話を聞いていると、とても見付けられそうな感じがしないわよね」

薬寺が溜息《ためいき》をつく。

「そうとは言い切れません」

優美子が言う。

「何か手がかりでもあるんですか？」

「そうではないのですが……。警察の捜査方針が変わりそうなのです。皆さんに協力をお願いしたときは、犯罪組織同士の抗争には介入せず、民間人に被害が出ないように監視するだけという立場でしたが、これだけ事件が大きくなってしまうと、マスコミも大きく報道していますし、警察としても見て見ぬ振りはできなくなってしまいます。すでに新宿署の捜査方針は変更されましたし、本庁の対応も変わってくるものと思われます。そうなれば、警察全体がスリーパーを追うことになります」

「ふうん、そういうことなのね。それなら、スリーパーも見付かるかもしれませんけど、本庁から大部屋の刑事たちが乗り込んでくるようなら、わたしたちはお役御免ということになりそうですね」

薬寺が肩をすくめる。

一四

「絵は、お好きですか？」

道寸が声をかけると、龍之介が振り返る。

「いや、好きも嫌いも、さっぱりわかりません。もちろん、これがゴッホの『ひまわり』だということくらいは知っていますが、これがいい絵かどうかはわからないし、どちらかと言えば、これがいくらするのかという方に興味がありますね」

「わたしも似たようなものです。この絵は好きですが、なぜ、何十億円もするのか理解できません」

「自分で買いたいとは思いませんね」

龍之介がうなずく。

二人がゆっくりと歩き出す。

西新宿の高層ビルにある美術館である。

平日ということもあり、客の姿はまばらである。二人から離れたところに、高桑剛と鯖江慎介がいる。同行するのは一人ずつと事前に決めたのだ。

高桑と鯖江は、互いに目を合わせようとせず、油断なく相手の動きを警戒している。

これまで何度となく抗争を繰り広げてきた相手なのだから当然だ。

鯖江の顔には大きな絆創膏《ばんそうこう》が貼られている。鼻を骨折しているのだ。

「どうやら、わたしたちは恐ろしい敵を相手にしているようですね」

道寸が言う。

「まさか、スリーパーだとは……。間違いないのですか？」

龍之介が訊《き》く。

「証拠があるわけではありません。わたしの直感に過ぎません。ただ……」

「はい？」

「たとえ、スリーパーでなくても、スリーパーと同じくらい手強《てごわ》い相手であることは確かです。間違いなく一流のプロですよ」

「そうですね……」

おっしゃる通りだ、と龍之介がうなずく。

「まさか犬を轢いたくらいでこんなことになるとは……。殺し屋の頭の中というのは、一般常識では理解できませんね。もう止めることはできないんですかね？」

「無理でしょう」

道寸が首を振る。

「うちの息子と、そちらの弟さんが狙われている。このままでは、やられてしまうでしょうね」

「何とか防がなくてはなりません」

「スリーパーが生きている限り、いつまでも執拗《しつよう》に狙ってくるでしょう」

「そう、スリーパーが生きている限り」

「死んでもらわなくてはなりませんね」

龍之介が言う。

「はい」

道寸が足を止めて、龍之介に顔を向ける。

「誰かを雇うしかないと思います。うちの者たちでは歯が立ちません。いたずらに死傷者が増えるだけです」

「目には目を、歯には歯を、ですね」

龍之介がうなずく。

「本当なら、スリーパーを雇いたいところです」

「ええ、まったく」

龍之介が小さく笑う。

「わたしはドラゴンを推薦したいと思います。他にもっといい候補がいるでしょうか？」

道寸が言う。

「なるほど、ドラゴンですか。わたしは、キングベアーでどうかと考えましたが、調べてみたら、すぐに日本に呼ぶのは難しそうなのです。ドラゴンは大丈夫なのですか？」

「幸い、ドラゴンは日本にいます。来週、フィリピンに帰国する予定になっていますが、今なら交渉できると思います」

キングベアーは香港を拠点とする殺し屋である。かつてイギリス軍の特殊部隊に所属していた。

ドラゴンはフィリピン人の殺し屋で、普段はマニラで暮らしている。フィリピン国内では仕事をせず、もっぱら国外で活動している。日本、韓国、台湾、それにタイやマレーシアなどの東南アジア諸国で多くの依頼を成功させてきた実績がある。重火器と爆薬の扱いを得意とする。

「では、ドラゴンで」

龍之介がうなずく。

「早速、連絡を取ります。相手の都合次第ですが、できるだけ早く打ち合わせをセッティングするということでよろしいですか？」

「いつでも結構です。よろしくお願いします」

「これで依頼しようと思いますが」

道寸が右の人差し指を伸ばす。

「折半ということでいかがですか？」

「承知しました」

一億円でドラゴンに仕事を依頼し、その一億円を道寸と龍之介が五千万ずつ折半して支払う、という意味である。

一五

古田裕司をベランダから突き落とした後、太郎は着替えをし、血で汚れた着衣をビニール袋に詰めた。そのビニール袋を手にして、マンションを出ると、すぐには立ち去らず、近くの公園で様子を窺《うかが》う。

最初に救急車とバイクに乗った交番巡査がやって来た。それから、サイレンを鳴らしたパトカーが続々とマンションの前に到着した。次第に野次馬も集まって来る。太郎は野次馬の輪の、かなり遠くからマンションを見守った。怪我人や死者が運び出され、やがて、二人の捜査員に付き添われた樹里亜が姿を現す。

樹里亜は真っ青な顔で、よほど大きなショックを受けているのか足許《あしもと》がふらついているが、怪我はしていないようだった。怪我をしていれば救急車に乗せられたはずである。

(無事でよかった)

樹里亜が乗ったパトカーが走り出すと、太郎はその場を離れ、駅に向かって歩き出す。恵比寿から山手線で新宿に行く。駅のゴミ箱にビニール袋を捨てる。中央線《ちゅうおうせん》に乗り換える前に、新宿駅の構内で食事をする。猛烈に腹が減ったのだ。普段、食の細い太郎にしては珍しいことだ。

ゆっくり食事をした後、コーヒーを飲みながら、しばらくぼんやりする。さあ、そろそろ行こうかと店を出たとき、古田裕司を殺したことを樹里亜に伝えなければ、と気が付く。愛里沙と次郎の死に関して、その責任を負わなければならない七人のうち、これで五人が死んだことになる。それを知った樹里亜が喜んでくれるかどうかはわからないが、少なくとも、樹里亜には事実を知る権利がある、と太郎は考えたのである。まだ警察で事情を聞かれているだろうから、電話が繋《つな》がるかどうか心配だったが、思いがけず、すぐに樹里亜が電話に出る。息遣いや声音から、電話を通しても、樹里亜がまだ動揺しているのが太郎にはわかった。必要なことだけを伝えると、すぐに電話を切る。

中央線に乗って、太郎は新宿から中野に移動する。

もうマンションに戻るつもりはない。まだ荷物が残っているし、できれば、もっときちんと片付けてからマンションを出たかったが、あの状況では他にどうしようもなかった。多くの遺留品を手がかりに、警察が捜査を始めるだろうが、警察が追うのは、あくまでも「山田太郎」である。

太郎はマンションだけでなく、名前も捨てるつもりでいるから、警察が「山田太郎」を追うことは少しも心配していない。

中野駅を出ると、太郎はブロードウェイの方に歩いて行く。コンビニでペットボトルのお茶やジュース、ミネラルウォーターを何本かと牛乳やヨーグルトを買う。

コンビニを出て、早稲田《わせだ》通りを渡る。そこから新井薬師《あらいやくし》の方に五分くらい歩いたところに、三階建てのこぢんまりしたマンションがある。

一階の三〇平米のワンルームを、太郎は借りている。借りたのは二年前だが、この二年間、ほとんど利用していない。月に一度くらいやって来て、窓を開けて澱《よど》んだ空気を入れ換えたり、簡単に掃除をしたりしたくらいで一度も泊まったことはない。いざというときのために一五万の家賃を払い続けてきたのである。

マンションは二重ロック方式で、マンションに入るときと部屋に入るときの二度、ロックを解錠しなければならない。どちらも鍵《かぎ》を使わず、暗証番号で解錠する仕組みになっている。

マンションに入ってから集合ポストを確認する。すぐに投げ込みチラシが溜《た》まるので、定期的に取り除く必要があるのだ。そのポストには「高橋《たかはし》」と記されている。これからは「山田太郎」ではなく「高橋一郎《いちろう》」として生きることになるのだ。

部屋に入ると、まず、シャワーを浴びる。

洗面所の鏡を眺めながら、自分をどう変えようかと思案する。髪がいくらか伸びていたので、ハサミで適当に切る。ヘアカラーで脱色しようと思いつく。ヘアカラーは何色か買い揃えてある。明るい感じのブラウンにしようと考え、ヘアカラーを髪に揉《も》み込む。しばらく経ってから洗い流すだけでいいという簡単なタイプだが、一度では染まらないので、時間をおいて何度か繰り返す必要がある。

当面、この部屋で暮らすことになるので、部屋を片付け、掃除機をかける。荷物が少ないので掃除は楽である。あれこれしているうちに三〇分くらい経ったので、またシャワーを浴びて、ヘアカラーを洗い流す。明日《あした》もやろうと考える。

ベッドに横になり、買ってきたお茶を飲む。

（あいつらは、どうするかな……）

あいつらというのは「ルシファー」と「金星連合」である。

警察だけでなく、ふたつの組織も必死に「山田太郎」の行方を追っているはずだ。轢《ひ》き逃げ事故に関わった者たちが次々に殺され、残っているのが龍一と紫苑なのだから、必死になるのも当然なのだ。

しかし、自分たちでは歯が立たないことも自覚しているはずだ。

となれば、殺し屋を雇うのではないか、と太郎は考える。

そう珍しいことではない。

太郎自身、そういう依頼を受けたことがある。対立する組織が雇った殺し屋に命を狙われた者から、その殺し屋を排除してくれ、と頼まれた。

太郎は承知し、その殺し屋と、その雇い主の二人を殺した。報酬はいつもの二倍だった。同じことが起こるだろうと覚悟する。

そうなれば、龍一と紫苑を殺すのは、よりいっそう難しくなるであろう。

これまで、割とスムーズに五人のターゲットを殺すことに成功したのは、ふたつの組織の対立を利用できたからである。

これからは、そうはいかない。

太郎という個人を警戒するはずだ。

恐らく、太郎がスリーパーだということを察知したであろうし、龍一と紫苑を守るために厳重な警護態勢を取っているはずだ。もう事務所を見張るという単純なやり方は通用しないということである。

（情報がほしいな）

太郎がベッドの上で体を起こす。

龍一と紫苑の居場所がわからないのでは何もできない。何とかして二人の情報を手に入れる必要がある。

ふと、龍一と一緒にいた女を思い出す。

ホテルで龍一を襲ったときには、まだ太郎の単独犯行だとばれておらず、互いに敵対する組織の攻撃を警戒していた。そんな緊迫した状況で、のこのこホテルに会いに行くくらいだから、龍一にとって特別な存在なのではないか、と考えたのである。

龍一は、また同じことをやろうとするかもしれない。女を見張れば、龍一の動きや居場所を知ることができるということである。

と言っても、女の名前すら、太郎は知らない。

ホテルの事件に関しては、龍一の名前は報道されたが、女の名前は報道されなかった。警察の事情聴取を受けただろうから、警察は女の身元を把握しているだろうが、太郎には警察情報にアクセスする術《すべ》がない。

愛里沙と次郎を轢き逃げした車の持ち主を調べるために、太郎は陸運局や法務局のデータベースをハッキングした。両者はセキュリティーがそれほど強力ではないから、太郎にもできたが、警察のデータベースに侵入するのは、それほど易しくないだろうと思う。時間をかければ可能かもしれないが、侵入がばれれば、逆に居場所を辿《たど》られる危険性もある。

（どうすればいい……）

しばし思案し、やはり、いつものやり方をするしかないか、と思い至る。金を使い、プロの情報屋に依頼するのだ。八代俊夫に関する情報収集を依頼したときは、三時間で調べがついた。口止め料込みで五〇万支払った。

太郎はパソコンを操作し、情報屋に連絡する。自分が何を知りたいのかを伝える。

折り返し、返事が来る。

七〇万、半日。

短い返信だ。料金は七〇万で、半日以内に調べるという意味だ。

なぜ、八代俊夫の調査より二〇万も高いのだろうと太郎が首を捻《ひね》る。

その点を問い合わせると、危険手当加算、と返信が来る。

（なるほど……）

ふたつの組織の構成員たちが死傷していることは大きく報道されている。

何のために太郎が情報を欲しているのか、この情報屋も薄々察しているのであろう。

太郎が逮捕されたり、ふたつの組織に捕らえられたりすれば、情報屋にまで危険が及ぶ可能性があるから、通常料金に危険手当が上乗せされたのだ。

太郎は、了解した、よろしく頼む、と連絡する。

実際には半日もかからなかった。四時間で調べがついた。インターネットバンキングで七〇万円を送金する。送金先は海外の銀行である。

この口座の名義は「山田太郎」ではないし、「高橋一郎」でもない。生活するときには使わない名義だ。口座管理のためだけに存在している名義なのである。

太郎は、こういう口座をいくつも持っている。ひとつの口座にすべての財産を集めるような危ない真似はしない。できるだけ分散させるように心懸けている。銀行そのものも、あまり信用していないから、現金や金貨、インゴット、宝石という形で、かなりの金額を現物所有している。この部屋にも一千万くらいの現金を置いてあるし、恵比寿のマンションから持ってきた現金と合わせると、一五〇〇万くらいになる。

（ナオミか……）

本名・田《た》代《しろ》藍子《あいこ》。二四歳。渋谷のキャバクラ勤務。源氏名・ナオミ。独身。一人暮らし。住所と携帯の番号。それだけの情報量が七〇万だ。

太郎は別に惜しいとは思わない。自分が求めていたものが手に入ったのだから満足なのである。

携帯を手に取り、そのキャバクラに電話してみる。

営業時間外なのは承知しているが、誰かいるかもしれないから試してみようと思った。

「はい……」

男が電話に出る。

「あ、すみません。今日、ナオミさんは出勤するでしょうか？」

「失礼ですが、どちらさまでしょう？」

「高橋です。以前、上司に連れられて行ったことがあるのですが」

「はあ……」

高橋という客について思い出そうとしているようだ。思い出せるはずがない。口から出任せである。

「出勤しますが、店に来るのは遅いと思いますよ。たぶん、九時過ぎではないか、と。指名なさいますか？」

「すみません。九時過ぎだと行けそうにないので、また日を改めて電話します。ありがとうございました」

太郎が電話を切る。

（出勤するのか……）

ホテルで危ない目に遭った後だというのに、普通に仕事に行くというのだから、よほど気の強い女なのだろう、軟弱で臆病《おくびょう》な龍一とはまるっきり違うな、と太郎は感心する。

頭の中で今夜の行動計画をざっと組み立てる。

それが済むと、携帯の目覚まし機能を使って、起きる時刻をセットする。

ベッドの上で体を伸ばし、大きな欠伸《あくび》をする。

今日は、十分すぎるほど活動した。さすがに疲れを感じる。目を瞑《つぶ》ると、すぐに眠ってしまう。

一六

夜。新宿の高層ホテル。

その最上階にある中華料理店の個室で二人の男と一人の女が円卓を囲んでいる。

甘粕龍之介、石原道寸、ドラゴンである。個室の外では鯖江と高桑、それにそれぞれの組織の男たちが何人か警戒に当たっている。

ドラゴンというのは、本名ではなく、ニックネームである。化粧が厚いせいか、年齢は、はっきりしない。遠目ならば二〇代に見えなくもないが、近くからだと厚化粧でも隠しきれない皺《しわ》がかなり目立つから、実際には四〇代、五〇代なのかもしれない。この一〇年ほど、闇社会では、トップクラスに位置付けられている凄腕《すごうで》の殺し屋である。

ほっそりした体つきで、痩《や》せすぎと言ってもいいくらいだが、食欲は旺盛《おうせい》で、運ばれてくる料理をがつがつと勢いよく食べるし、すでにビールを二杯飲み、今は紹興酒《しょうこうしゅ》を飲んでいる。龍之介と道寸はほとんど料理に手をつけていないが、大皿料理はきれいに片付けられていく。ほとんどドラゴンの胃袋に収まっているようだ。

「ミスター石原に送ってもらったあれ……、ええっと、ドキュメント？　データ？」

「資料だね」

道寸が言う。

「そう、資料。ちゃんと読んだよ。通訳が必要だったけど」

ドラゴンがにこっと笑う。タガログ語の他に英語を流暢《りゅうちょう》に話すことができるし、中国語もかなりうまい。日本語は片言で意思表示ができる程度で、読み書きはできない。日本の組織から依頼を受け、文書による資料を読まなければならないときには、それを英語かタガログ語に翻訳してもらわなければならない。

「自分でもリサーチした。ミスター石原の言う通り、これはスリーパーがやったことだね」

「それは確かかね？」

龍之介が訊《き》く。

「うん、スリーパーだよ」

「知り合いの子供と自分の犬が死んだだけで、ここまでするものだろうか？」

「ああ……」

ドラゴンが道寸に顔を向け、タガログ語で話し始める。龍之介の質問に日本語で答えるより、道寸に通訳してもらう方が自分の言いたいことを正確に伝えてもらうことができると判断したのであろう。

道寸は、タガログ語を日本語と同じように話すことができるのだ。

「ドラゴンは、こう言ってます」

道寸が龍之介に顔を向ける。

「闇社会で殺しを請け負っている者は、自分たちの価値観に従って生きている。その価値観を物差しにすれば、ふたつの死は、スリーパーにとって、とてつもなく重いに違いない。復讐《ふくしゅう》のために七人の命を狙ったとしても、何の不思議もない。自分はマニラの自宅で金魚と猫を飼っていて、とても大切にして、とてもかわいがっている。その金魚と猫が誰かのせいで死んだら、わたしもスリーパーと同じことをする。わたしには、スリーパーの気持ちがわかる……大体、そんな感じですが」

「彼らには独特の価値観があるということですか。常識は通用しないわけだ」

龍之介がうなずく。

また、ドラゴンがタガログ語で道寸に話しかける。

「ん？」

道寸が顔を顰《しか》める。

「何です？」

「報酬が一億では安いと言ってます。倍にしてほしい、と」

「倍？　二億要求してるんですか。それは高い」

「高くないよ。相手は、スリーパーだよ」

龍之介の言葉を聞き咎《とが》めて、ドラゴンが日本語で言う。

「それは、わかるが……」

「ううん、わかってないね」

またドラゴンがタガログ語で道寸にまくし立てる。

ふむふむ、と道寸はドラゴンの話に耳を傾ける。

ドラゴンが一息つくと、

「二億の線は譲れないと言ってます。どれほど報酬が高額であろうと、自分が死んだら元も子もない。腕利きのプロは、自分と相手の力量をしっかり見極めるものだが、自分とスリーパーの腕は、ほぼ互角だから、自分が生き残る確率は五〇％しかない。そんな大きなリスクを負うのだから、それに見合った報酬が必要なのだ。こうも言ってます。前金が一億、成功報酬が一億で構わない、と」

「なるほど……」

龍之介は道寸と目を合わせる。

道寸が小さくうなずく。承知するしかないという意味である。龍之介も承知する。

「いいだろう、二億だ」

道寸が指を二本立てて、ドラゴンに示す。

「よい決断」

ドラゴンが晴れやかに笑い、グラスを持ち上げる。

道寸と龍之介もグラスを手にする。

三人で乾杯する。交渉成立である。

「できるだけ早くケリをつけたいというのが、こちらの希望だが」

龍之介が言う。

「スリーパー、どこにいる？」

ドラゴンが訊く。

「わからない」

「それでは無理」

ドラゴンが肩をすくめる。

「無理というのは、どういうことだね？」

「ああ……」

タガログ語で道寸に説明する。

ドラゴンの話をしばらく聞いてから、その内容を道寸が龍之介に翻訳して伝える。

「こう言ってます。自分の力では、スリーパーの居所を突き止めることはできない。それは自分の仕事ではない。たとえ、それが可能だとしても、自分はスリーパーが待ち構えている場所に出向くつもりはない。危険すぎる。今は、自分とスリーパーは互角の立場だが、相手の領域に踏み込めば、自分が不利になる。自分が勝つ確率を五〇％以上にするには、スリーパーを誘《おび》き寄せなければならない……そんなことを言ってます」

「スリーパーを誘き寄せる……そんなことができるのでしょうか？」

龍之介が小首を傾げる。

「訊いてみましょう」

今度は道寸がタガログ語でドラゴンに質問をする。

すぐにドラゴンが答える。

「相手がほしがっているものを差し出せばいい。そうすれば、餌に食いついてくる、と言ってますね」

「餌？　うちの息子とあなたの弟さんを餌にするというのですか」

龍之介の表情が強張《こわば》る。

それを見て、またドラゴンがまくし立てる。

「紫苑と龍一君が海外に逃亡するという噂を流してはどうか、と言ってます。親しい者たちに知らせるだけで、すぐにスリーパーの耳に入るだろう、スリーパーは二人が海外に出ないうちに勝負をつけようとするはずだ、と」

道寸が通訳する。

「それこそ罠《わな》だと相手にばれるのではないかな？」

「罠？」

ドラゴンが首を捻《ひね》る。

「そうわかっていても、スリーパーは来るよ。だって、二人が国外に出たら、どうするの？　もう何もできないよ」

「危険を覚悟しても来るということか」

龍之介がつぶやく。

「問題は、どこに誘き寄せるのか、ということになりますかね。新宿の事務所とか……」

道寸が言う。

「新宿？　ダメ。ノー」

ドラゴンが大きく首を振る。

「なぜ、ダメなのだ？」

龍之介が訊く。

道寸がドラゴンに顔を向けると、ドラゴンがタガログ語で話し出す。それを聞いて、道寸が龍之介に通訳する。

「新宿だと、警察が事務所に目を光らせているのが最大の難点です。うちらの者たちが武器を使うことができません。下手に拳銃《けんじゅう》なんか使ったら、すぐに逮捕ですから」

「それは、つまり、どういう……？」

龍之介が首を捻る。

「ドラゴンとしては、五分五分という状況を、少しでも自分が有利な状況に変えたいのだと思います。ですから、まずは、うちらの者たちにスリーパーを迎え撃たせ、スリーパーが疲れて弱ったところを攻撃したいという考えのようです。ですから、新宿ではなく、警察の目が届かないところ、武器を使えるところでスリーパーを待ち受けたいと言ってます」

「なるほど、そういうことですか」

龍之介がドラゴンに顔を向ける。

「あんたが出てこないうちに、うちらの者たちがスリーパーを殺したら、どうなるのかね？ それでも、二億円なのかな」

「……」

ドラゴンが道寸を見る。

道寸が龍之介の言葉をタガログ語で伝える。

「ああ……」

ドラゴンはうなずき、道寸に何か言う。

「こう言ってます。その場合、残金の一億はいらないが、前金の一億は返さない。気に入らないのなら手を引く、と」

「いやいや、そういうわけではない。質問しただけですよ。悪気はないんだ」

龍之介が慌てて首を振る。

「では、完全に交渉成立ですね。作戦もできあがった。改めて乾杯しましょうか」

道寸がグラスを持ち上げる。

三人がグラスを打ち合わせる。

一七

五月一二日（水曜日）

暗闇の中で太郎が目を開ける。部屋の中も外も真っ暗だが、もう日付は変わっている。セットしたタイマーの目覚ましが作動しないうちに起きたのだ。

頭の中がクリアになるまで、ベッドに横になったままでいる。

ふと、パソコンに顔を向けると、新しいメールが来ているという通知が画面に出ている。パソコンを引き寄せる。

差出人は情報屋である。

メールを開く。情報を売りたいという内容だ。値段は一〇〇万。但し、すでに知っている情報であれば、料金を払う必要はない、とある。

（一〇〇万の情報か……）

安くはない。かなりの値段である。

太郎は、この情報屋を信頼している。今まで期待を裏切られたことはない。いつも料金に見合った働きをしてくれる。その情報屋が一〇〇万という値段をつけるのであれば、それだけの価値があるということなのであろう。

そう考えて、買う、と返信する。

すぐにメールが返ってくる。

そこには、ひと言、

「ドラゴン」

と記されている。これが一〇〇万の情報だ。

何が起こったのか、太郎は瞬時に察する。「ルシファー」か「金星連合」が、あるいは、ふたつの組織が手を組んでドラゴンを雇ったという意味に違いない。やはり、太郎を始末するために相手は殺し屋を雇ったのだ。

どうやら情報屋は太郎が一連の事件に関与していると確信しているらしい。そうでなければ、こんな情報を売ろうとはしないであろう。

太郎は情報屋に一〇〇万円送金する。

すでに知っていた、とごまかすこともできるが、それは太郎の流儀ではない。価値のあるものには、その価値に見合った代価を支払う。それは当然のことである。何のためらいもない。

（ドラゴン……）

直《じか》に会ったことはないが、噂はよく耳にする。偶然を当てにせず、用意周到に準備をして、ターゲットを自分の領域に誘い込んで抹殺する、チャンスがあれば、丸腰のターゲットを背後から撃つこともためらわない……そんなやり方をするらしい。

だからこそ、今まで生き残っていて、最高レベルの殺し屋にランク付けされているのであろう。

今まで以上に慎重に行動しなければならないと太郎は自分に言い聞かせる。

しかし、逃げ隠れもできない。龍一と紫苑の居場所を何としてでも突き止める必要があるのだ。

一八

太郎はマンションを出て、早稲田通りでタクシーに乗る。ナオミのマンションに行くのだ。マンションは四谷《よつや》にある。

マンションの近くでタクシーを降りる。わざと少し離れた場所で降りたのは、周辺の様子を探りたかったからだ。

閑静な住宅街で、ナオミの住むマンションもかなり高級な物件のようである。横目でエントランスを眺めながら、ゆっくりとマンションの正面を通り過ぎる。

セキュリティーはしっかりしている。鍵《かぎ》を使ってロックを解除するか、インターホンで住人を呼び出して解錠してもらわないと、マンション内に入ることができない仕組みだ。エントランスには管理人室もあり、そこには明かりがついているから、警備員が詰めているのであろう。

日中であれば、帰宅する住人が解錠するのを待ち、その後にくっついて素知らぬ顔でエントランスに入るという手もあるが、深夜、あたりに誰もいないようなところで、そんなことをすれば不審の目を向けられる怖れがある。騒ぎになれば、警備員が出てくるだろう。

エントランスからの侵入を、太郎は諦《あきら》める。

マンションに沿って、その周りを歩く。どれほどセキュリティーが厳重でも要塞《ようさい》ではない。正面からの侵入は難しくても、搦《から》め手からの侵入は意外と容易であることが多い。

裏に駐車場の出口がある。最近は出口にシャッターを設置してあるマンションも増えてきているが、ここは、そうではない。シャッターはない。

太郎が駐車場に入る。駐車場の周囲は二メートルほどの柵《さく》で囲まれている。敷地内に入るドアには鍵がかかっている。ドアが使えないのであれば、柵を越えるしかない。忍び返しがついていると、柵を越えるのは難しいが、幸い、忍び返しはない。

柵の上部に飛びつき、懸垂の要領で体を持ち上げる。太郎は身軽なのである。柵を越え、敷地内に着地したとき、前方に懐中電灯の明かりが見えた。警備員が巡回しているのだ。周囲を警戒しながら、エントランスが見える場所に移動する。植え込みの陰に身を潜める。

すでに深夜二時を過ぎている。

厄介なのは、ナオミの帰宅時間がわからないことだ。閉店して、真っ直ぐ帰宅するとは限らない。客にアフターを誘われれば、帰宅は遅れるだろう。それに一人で帰宅するとも限らない。客と一緒かもしれない。

夜が明けるまでは待とう、と太郎は決める。それまでに帰宅しなかったら諦めるのだ。一人で帰宅しなかったときも諦める。リスクを冒す必要はない。明日《あした》また同じことをすればいいだけだ。

それから二時間、エントランスを通って帰宅した住人は三人だ。警備員も通った。

（今日は空振りか）

太郎が諦めかけたとき、ナオミが帰宅した。エントランスのガラス戸の向こうにナオミの姿が見えると、太郎は弾《はじ》かれたように立ち上がり、非常階段を駆け上がる。エレベーターを使わないのは、防犯カメラに映りたくないからだ。

六階まで一気に駆け上がり、エレベーターホールに向かう。ちょうど一階からエレベーターが上がってくるところだ。ナオミに違いない。

太郎は柱の陰に隠れる。

エレベーターが開き、ナオミが現れる。ヒールの音を立てながら、自分の部屋に行く。バッグから鍵を取り出す。

素早く、太郎が駆け寄る。振り返ったナオミが悲鳴を上げそうになる。口を押さえ、黙って首を振る。

「お願い。乱暴しないで。お金ならあげるから」

「鍵を開けろ」

「お願いだから……」

「できれば乱暴なことはしたくない」

「……」

諦めたように、ナオミがドアの鍵を開ける。

二人が玄関に入る。

一九

リビングは広く、見るからに高そうな家具が並んでいる。

鳴き声を発しながら、長毛の白い猫が二匹、ナオミの足許《あしもと》に寄ってくる。

「猫にごはんを上げてもいいかしら？　お腹が空《す》いてるのよ」

「いいよ」

ナオミはソファにバッグを放り出すと、猫のごはんを用意し、猫のトイレを掃除する。

その様子を、太郎がじっと眺めている。

「心配しなくても、逃げたりしないわよ。ここは、わたしの家なんだから」

「なぜ、そんなに落ち着いている？」

玄関ドアの前では、ひどく怯《おび》えていたのに、今はそうではない。すっかり落ち着いた様子である。その急激な変化が太郎には不思議だったのだ。

「あなたは泥棒じゃないとわかったから。お金がほしいわけでもないし、わたしをレイプしたいわけでもない。それなら、何も心配しなくてもいいでしょう？」

「……」

「ホテルに現れた人でしょう？　龍一を襲おうとしたよね」

「わかるのか？」

「最初はわからなかった。でも、何となく、どこかで会った気がすると思って、どこで会ったのかを考えた。思い出したわ。あのときとは見た目がかなり変わってるけど、雰囲気とか身のこなしが同じだから……。わたし、そういうことに敏感なのよ」

　猫のトイレを掃除し終わると、

「着替えてもいいかな？　シャワーも浴びたいんだけど」

「……」

「わたしが何かすると疑っているのなら、そばで見張っていてもいいわよ。こそこそするつもりはないわ。だって、あなた、その気になれば、簡単にわたしを殺せるんだよね？　たった一人で『ルシファー』や『金星連合』と戦ってるような人なんだから。龍一や紫苑は、わたしのお客というだけで、わたしはどちらの組織とも関係ない。わたしを殺す？」

「訊《き》きたいことがあるだけだ」

「それなら、わたしがあなたを怖がる必要はないよね。いいでしょう、着替えても？」

「ああ」

　ナオミがリビングから出て行く。化粧を落とし、シャワーを浴びて、白いバスローブを着て、三〇分くらいで、またリビングに戻ってくる。

太郎は、ソファに坐《すわ》っている。足許に二匹の猫たちが寝そべっている。

「あなた、動物好きなの？」

「何で？」

「だって、うちの猫たち、かなりの人見知りなのよ。そう簡単には懐かないのに、平気な顔であなたのそばにいるから」

「……」

「何か飲む？　お酒でもソフトドリンクでも」

「水がほしい」

「わたしは、お酒を飲んでもいいかな？　店でたくさん飲んだけど、仕事で飲むのと、うちで飲むのとは違うから。少し飲まないと眠れないのよ」

「いいよ」

「ありがとう」

ナオミは台所に行き、酒の用意をする。

リビングに戻り、太郎には水の入ったペットボトルを渡す。自分はブランデーを飲む。向かい合って、ソファに坐る。

「なぜ、ここに来たの？」

「龍一と紫苑の居場所を知りたい」

「事務所じゃないの？」

「たぶん、違う」

ドラゴンが雇われたとすれば、二人は事務所にはいないはずだ、と太郎は考えている。事務所は依然として警察の監視下にあり、そこで騒ぎを起こせば、すぐに警官隊が押し寄せる。それは、どちらの組織も望まないはずだから、龍一と紫苑を警察の目の届かない場所に移動させ、そこに太郎がやって来るのを待って、ドラゴンに始末させようとするはずだ。太郎がドラゴンの立場にいれば、そういう状況を用意して、ターゲットを待ち受けようとするだろう。

「連絡が来るはずだ。それを待つ」

「あんなことがあったのに、龍一から呼び出しがあると思うの？　さすがに、それほど馬鹿じゃないでしょう。龍一は臆病《おくびょう》だから、同じ失敗はしないわよ。何よりも自分が大切だという人間なんだから。ホテルでも、わたしを突き飛ばして自分だけ逃げようとしたよね？　そういう奴なの」

「電話して居場所を聞き出してもらいたい」

「それは構わないけど……。こんな時間に電話しても無駄だと思うわよ。寝てるだろうから」

「電話しろ」

「そう……」

ナオミが龍一に電話をする。

留守電に切り替わる。

紫苑にも電話するが、やはり、同じ結果である。

「駄目みたいね」

「また後で電話してもらう」

「連絡がつくまで、ずっとここにいるつもり？」

「……」

「わたしも質問していいかな？」

「何だ？」

「なぜ、あいつらに刃向かうの？　もちろん、自分が強いという自信があるんだろうけど、あいつらだって強いよ。怖い奴らなんだから」

「愛里沙ちゃんと次郎のためだ……」

太郎は、愛里沙と次郎が轢《ひ》き逃げされて亡くなった経緯をざっと説明する。ふたつの組織が身代わりを出頭させて幕引きを図ったことも付け加える。

「え」

ナオミの顔色が変わる。

その朝、ナオミは龍一と一緒にいた。そこに紫苑が現れたせいで揉《も》め事が起こったのだ。龍一と紫苑は、その場にナオミを置き去りにして、カーチェイスを始めた。つまり、ナオミを奪い合ったことが事の発端なのである。

「それって、わたしのせいじゃん……」

ナオミは呆然《ぼうぜん》とし、その朝のことを太郎に話す。

「何も知らなかったような顔だな」

「そんなことがあったなんて知らなかった。新聞も読まないし、ニュースも観ないから。龍一と紫苑が車で事故を起こしたことは聞いたけど、まさか人が死んだなんて……。しかも、小さな女の子。あなたの大切な犬も死んだのね」

ナオミはブランデーを口に含んで溜息《ためいき》を洩《も》らす。ふたつの目から大粒の涙が流れ落ちる。ブランデーを飲み干すと、

「わたし、協力する。あいつらが人でなしだってことは知ってたけど、そこまでひどい奴らだとは思わなかった。自分たちが勝手に殺し合うのは勝手だけど、何の関係もない子供や犬まで巻き込むなんて許せない。わたしにできることをする。それが罪滅ぼしだもの」

「二人の居場所さえわかればいいんだ」

「ちゃんと調べる。朝になったら電話するわ」

ナオミが自分の手で額を押さえて目を瞑《つぶ》る。

やがて、顔を上げると、

「それまで休んでいいかな？　何だか、ものすごく疲れたから横になりたいの。眠れるかどうかはわからないけど。何なら、寝室で見張ってもいいわよ」

「寝ていいよ。おれは、ここにいる」

「ありがとう」

ナオミがテーブルの上に携帯を置く。

「固定電話は、そこの棚の上にあるだけ。寝室に電話はないわ。携帯も、それしか持ってないから」

「わかった」

太郎がうなずくと、ナオミが寝室に入る。寝室から玄関に行くにはリビングを通らなければならないので、太郎の目をかすめて逃げることはできないし、部屋は六階にあるから、窓から逃げることもできない。

太郎はソファに深くもたれる。

足許には猫たちが寝ている。

二〇

新宿署。

事態が緊迫しているせいか、ＳＭ班の面々も出勤が早い。八時にもならないうちに、全員が顔を揃えた。

と言っても、特にすることがあるわけではない。

今は「待ち」の状態なのである。

八時半過ぎ、優美子が慌てた様子で部屋に駆け込んでくる。佐竹も一緒だ。

「どうしたんだよ、姉さん、そんなに慌てて？」

栄太が訊《き》く。

「龍一と紫苑ですけど、海外に逃げるみたいです」

ＳＭ班の全員に向かって言う。

ゆうべ、新宿署の捜査員がつかんだ情報だという。

「ルシファー」と「金星連合」が意図的に広めている情報だから、これほど早く手に入ったのだ。

「二人一緒に逃げるってことか？」

糸居が訊く。

「二人一緒なのか、別々なのか、詳しいことはわからないけど、近々、二人が出国するのは間違いないらしいわ」

「たまたま同じことを考えたってことか？　あいつらが示し合わせて同じことをするとも思えないし」

糸居が首を捻《ひね》る。

「そんなに不仲なんですか？」

栄太が訊く。

「ああ、奴らの抗争で死んだ人間は片手では数えられないぜ。両手でも足りないかもな。しのぎも縄張りも重なるから、どうしてもぶつからざるを得ないんだよ。お互いに退《ひ》くに退けない関係ってことだ」

「どうするんですか？　二人を出国させるんですか」

田淵が優美子に訊く。

「今現在、警察が追っているのは『山田太郎』ですから、龍一と紫苑の出国を止める手立てはありませんね」

「そうでしょうけど、二人が出国すれば、『山田太郎』を見付けるのも難しくなりそうですね」

田淵がうなずく。

「二人は、どこにいるんですか？」

あおいが訊く。

「事務所だと思うけど、確信はないわね。一応、二四時間態勢で監視はしているけど、事務所の前に捜査員が二人いるだけだし、その気になれば、事務所から脱出する方法はあるでしょう。実際、龍一は監視の目をかすめて、事務所からホテルに行ったわけだし」

優美子が答える。

「じゃあ、二人はもう空港の近くにいるかもしれませんね」

「そうなのよ。しかも、羽田《はねだ》を使うのか成田《なりた》を使うのかもわからない。九州から高速艇で韓国に渡るという手段だってあるわけだし」

「おかしい」

佐藤がぽつりとつぶやく。

「何がですか？」

糸居が佐藤に顔を向ける。

「あまりにも簡単に重要な情報が手に入ったときは、その理由をよく考えるべきだ」

「情報って……あいつらが海外に逃げ出すってことですか？」

「そうだ。わざと情報を流して、何らかの罠《わな》を仕掛けていると考えるべきだろうな」

「罠？　どんな罠ですか」

糸居が怪訝《けげん》な顔になる。

「なるほど」

田淵がぽんっと手を叩《たた》く。

「二人が海外に逃げれば、スリーパーも手出しできなくなる。そうならないうちに、つまり、二人が国内にいるうちにスリーパーは襲ってくる。それを待ち伏せするつもりなのね、罠を仕掛けて」

「そんな危ない真似をするかなあ」

糸居は納得できない様子である。

「奴らが最も怖れるのは、不意打ちを食らわされることだ。いつどこで襲われるかわからずに怯《おび》えるより、万全の態勢で敵を迎え撃つ方が勝算がある……そう考えても不思議はない」

佐藤が淡々と自分の考えを述べる。

「ふうん、佐藤さんが言うと、ものすごく説得力があるわ。糸居の言うことは眉唾《まゆつば》にしか聞こえないけどね」

薬寺が感心する。

「そうだとして……わたしたちは、どうすればいいのでしょうか？」

佐竹が佐藤に訊く。

「二人の居場所を見張ればいい。そこに、スリーパーが来るはずだ」

「その居場所というのは……」

「わからない」

「はあ」

佐竹ががっくりと肩を落とす。

「何とかわからないのかしらね？『山田太郎』を見付けるより、龍一と紫苑を見付ける方が何とかなりそうな気がするんだけど。しかも、海外に逃げることまでわかってるわけだから」

田淵が言う。

「二人を見張っていれば、そこにスリーパーが現れるわけですからね」

あおいがうなずく。

「でも、どうやって二人の居場所を見付ければいいのか……」

「そうだ。いいことを思いついたぞ」

糸居が胸を張る。

しかし、誰も反応しない。

「何だよ、みんな、知りたいだろう？　おい、栄太、おれの思いつきを知りたいよな？」

「え……ええ、まあ……」

「仕方ねえなあ。教えてやるよ。あのな、龍一と紫苑を捜そうとするから大変なんだよ。スリーパーに命を狙われてるんだから、あいつらだって用心してるだろうからな。そこでだ、あいつらの性格を考えるとだな、紫苑はちょっと面倒だが、龍一は単純なんだ。女なしではいられない奴なんだよ。チンポが人間の顔をして歩いてるようなアホだからな。そんな奴だから、のこのこ一人でホテルに行ったのさ」

「おい、早く要点を言え」

薬寺が苛立《いらだ》つ。

「だからですね、女を見張ればいいってことですよ。ナオミを、ね。きっと出国する前に会おうとするはずです」

「糸居君にしては、いい思いつきだ」

佐藤が誉める。

「ナオミはね、一見すると、体だけが売りの、頭の弱い女みたいだけど、全然違うんですよ。あれは見せかけだからね。バカの振りをしてるだけで、本当は、かなりしたたかな女なんだ。そうでなければ、渋谷のキャバクラでナンバーワンになんかなれないし、龍一と紫苑を手玉に取るような危ない真似もできないって」

糸居が言う。

「何をしたいんだよ？」

薬寺が訊く。

「ナオミに話を聞いて、場合によっては、逮捕してもいいんじゃないかと思います。別件逮捕ですがね。とりあえず、あおいと二人で行ってもいいですかね？」

「好きにしていいよ。何も期待してないし、少なくとも、おまえが出かければ、ここは静かになる。それは、ありがたい」

薬寺が真顔で言う。

二一

「金星連合」の事務所。

龍之介と高桑が二人だけで密談している。

すでに龍一は警察の目の届かない場所に移動させた。腕利きの護衛を何人もつけた。

護衛たちは武装している。万が一、スリーパーに襲われたら、素手では太刀打ちできないからだ。

高桑も出かけるところだ。

「いいか。決して、あいつらを信用するな。スリーパーが死んだら、こっちに牙《きば》をむいてくるかもしれない」

「承知しています。自分の命に代えても龍一さんを守ります」

「うむ、頼む」

龍之介も高桑も「ルシファー」をまったく信用していないのである。共通の敵であるスリーパーを倒すために一時的に手を握ったに過ぎない。

龍之介は、ドラゴンも信用していない。道寸と同じフィリピン人で、昔から道寸との繋《つな》がりが深いからだ。スリーパーを殺したら、道寸の依頼で龍之介の命を狙うかもしれない。

「向こうがおかしな動きを見せたら、遠慮するな、一気に片をつけてしまえ」

「わかりました」

高桑が真剣な表情でうなずく。

二二

「ルシファー」の事務所。

道寸と鯖江が何事か相談している。

すでに紫苑は移動した。同じ場所に龍一もいるし、ドラゴンもいるはずだ。

龍之介と高桑が「ルシファー」を信用していないように、道寸と鯖江も「金星連合」を信用していない。

「スリーパーを片付けたら、その勢いであいつらも始末した方がいいんじゃないですか？ こんなチャンスは滅多にありませんよ」

鯖江が提案する。

「総長の龍之介が来るのなら、ぜひ、そうしたいところだが、息子の龍一を殺しても何の意味もないからな」

「確かに、あのガキはろくな働きをしてませんから、あいつを殺しても何の意味もないでしょう。しかし、龍一を守りに来る連中は、間違いなく腕利き揃いです。その連中を始末すれば、『金星連合』の戦力をかなり削《そ》ぐことができますよ。連中の束ね役として副総長の高桑も来るでしょうから、高桑を殺せば、向こうに大打撃を与えることができます」

「ううむ……」

道寸が難しい顔で思案する。

「龍之介との約束を守ろうとしているんですか？」

スリーパーを誘《おび》き寄せる囮《おとり》として、紫苑と龍一を同じ場所に待機させる。もちろん、二人の安全確保のために、それぞれの組織が二人に護衛をつける。誘き寄せられたスリーパーをドラゴンが始末したら、龍一と護衛たちは立ち去る……そういう約束になっているのだ。

龍一が立ち去り、紫苑が残るのは、その場所が道寸の別荘だからだ。牧場と言ってもいいほど広い別荘で、牛や馬まで飼育されている。動物たちを世話するための専門のスタッフもいるし、別荘の管理人もいる。

道寸は乗馬が趣味だし、フィリピンに帰国するときには成田空港を利用するので、成田に別荘を持っているのだ。

そこに、スリーパーを誘き寄せようと提案したのは道寸で、そこならば、ドラゴンが望む条件をすべて備えている。別荘の周辺一キロ四方には他に民家もないので、管理人とスタッフを他の場所に移動させれば、たとえ別荘で銃撃戦が起こったとしても、誰にも通報される怖れはない。

龍之介も別荘を持っているが、熱海と軽井沢《かるいざわ》なので、銃撃戦など起こったら、すぐに大騒ぎになって警察が駆けつけてくる。龍之介としては、道寸の提案を承知するしかなかった。

「約束など守る気はない。スリーパーが死んだら、すぐに戦争再開だ。心配なのは、おまえや紫苑のことだ」

「もちろん、こちらが無傷で、あいつらを皆殺しにするというのは難しいかもしれませんが……。多少のリスクは覚悟しなければならないと思います」

「そうだな」

道寸が思案を続ける。

二三

糸居とあおいが新宿署を出て、駅に向かって歩いている。ナオミのマンションに行くのだ。

「部外者の悲哀を感じるぜ。パトカーも手配してもらえないんだからな」

糸居がぼやく。

「四谷でしょう？　電車の方が早いよ」

「あの部屋だって、いったい、何だ？　あんな物置みたいな狭い部屋におれたちを押し込めやがって。向こうに頼まれて、わざわざ来てやったっていうのに」

糸居のぼやきは止まらない。

「仕方ないよ。状況が変わったんだから。面の割れている新宿署の捜査員の代わりに、わたしたちがふたつの組織を見張るはずだったけど、すぐにわたしたちの正体もばれちゃったし」

「ホームズ先生が事務所に乗り込んだんだよな」

「そのおかげで事件の真相がわかったんだよ。一連の事件は、ふたつの組織の抗争なんかじゃないってことが」

「怪我の功名ってやつか」

「それは違うでしょう。佐藤さんのやり方が正しかったというだけのことだよ」

「いやに肩を持つじゃないか」

「だって、佐藤さんはすごいよ。学ぶべきことがたくさんある」

「先輩を敬うのはいいことだ。おれからも遠慮なく学んでくれ」

「別にない」

「は？」

「あんたから学ぶことは何もない。あるとすれば、反面教師として、やってはいけないこと、やるべきではないことを学ぶことくらいだね」

「なかなか面白いことを言うじゃないか。ふざけてるのかよ」

　糸居が笑う。

「ふざけてるつもりはないけど」

「その言い方、班長みたいだな」

「あのさ……」

あおいが話題を変える。

「ナオミっていう女だけど、役に立つのかな？」

「どうだろうな、正直、何とも言えない。しかし、龍一が連絡してくる可能性はある。あいつは、スケベ野郎だからな」

「今では新宿署の捜査員だけでなく、本庁の捜査員も動いてるから、わたしたちにできることはあまりないしね。可能性が低くても、他の捜査員が目をつけないところを地道に捜査するしかないってことなんだよね」

「そう淋《さび》しいことを言うなよ。目の付け所としては悪くないはずだぜ。ホームズ先生だって誉めてくれただろう」

「そうだね。佐藤さんが誉めてくれたもんね」

あおいがうなずく。

二四

「あ……」

太郎が目を覚ます。

いつの間にか眠っていた。淹《い》れ立てのコーヒーの香りで、ハッと目が覚めた。

「どうぞ」

ナオミがマグカップを差し出す。

「ありがとう」

マグカップを受け取りながら、太郎が礼を言う。

その気になれば、太郎が眠っている隙に部屋から逃げ出すことも、警察に電話をかけて助けを求めることもできたはずだが、そうしないで、ナオミはコーヒーを淹れていた。協力したいというのは本心らしい、と太郎は考える。

「龍一に電話してみるね」

ナオミもマグカップを手にして、太郎と向かい合ってソファに坐《すわ》る。スピーカーモードにして携帯を操作する。すぐに龍一が電話に出る。

「ああ、ナオミか。おれも電話しようと思ってたんだよ」

「何よ、冷たいじゃないの。あんなことがあったのに心配もしてくれないなんて。わたしだって危なかったんだからね……」

ナオミが涙声になる。

しかし、表情は何も変わらない。演技なのだ。

「そんなことないって。心配してたけど、おれだって命を狙われたからな。何かと大変でさ……」

ごめん、ごめん、悪かった、この埋め合わせはする、バッグでも宝石でも何でも好きなものを買ってやる……と龍一が謝る。

「会えるの？」

「今は無理だな。と言うか、しばらく無理かもしれないな」

「どうしてよ？」

「外国に行くかもしれないんだ」

「え、外国？　どういうこと？」

「行くか行かないか、まだ、はっきりしないんだけどな」

「どういう意味？」

「詳しいことは言えないけど、うまく片が付けば外国には行かない。失敗したら、外国に行くことになる」

「外国って、どこ？」

「はっきり決まってないんだよな」

「わたしも連れて行ってよ」

「一緒に連れて行くのは難しいかな」

「意地悪ばかり言うと、わたし、紫苑君と遊んじゃうからね」

「それは無理だと思うぜ」

ふふっ、と龍一が笑う。

「何で？」

「おれが外国に行くときは紫苑も一緒だからさ」

「え、紫苑君と？　嘘だあ。そんなのあり得ないじゃん」

「それがあり得るのさ。とにかく、順調に行けば、あと何日かで片が付く。うまくいけば、すぐに東京に戻れる。おれだって、紫苑なんかと外国に行きたくないからな」

「どこにいるのよ？　東京じゃないの」

「東京にいるのなら、おまえに会いに行くよ」

「遠くにいるの？」

「そうでもない」

「どこ？」

「誰にも言うなよ。成田だ」

「ホテル？　いいなあ。リゾート気分じゃないの」

「違うよ。ホテルじゃないし、リゾートでもない。そんな洒落《しゃれ》たところじゃない。別荘なのかな。牧場みたいな感じだけど」

「それだって優雅じゃないの」

「ここには紫苑もいるから、あまり落ち着かないけどな」

「紫苑君と一緒にいるなんて信じられないなあ」

「おい、まさか紫苑に電話してないだろうな？」

「してないよ」

「絶対に電話するなよ。おれが話したことも誰にも言うな。やばいことになるからな」

龍一の態度が変わる。余計なことをしゃべりすぎたと気が付いたらしい。

「何よ、急に」

「もう切るぞ。今後のことがはっきりしたら、こっちから連絡する」

電話が切れる。

「どう、役に立った？」

人が変わったように冷静な顔で、ナオミが太郎を見る。

「うむ……」

太郎が思案する。

ふたつの組織が手を組んだことを確信する。

そうでなければ、龍一と紫苑が一緒にいるはずがない。太郎を誘《おび》き寄せて、ドラゴンに殺させるつもりなのだ。成功すれば東京に戻るし、失敗すれば海外に逃げるという計画なのであろう。

つまり、これは罠《わな》なのだ。

龍一と紫苑が成田にいるという情報が洩《も》れるという前提で仕掛けられた罠なのである。

本気で二人の居場所を隠そうとするのであれば、たとえ、どれほど親しい相手だろうと、こんなにたやすく居場所を洩らすはずがない。自分の命がかかっているのである。龍一が世間話でもする調子で成田にいることを話したということは、すでに意図的に流された情報が裏社会に広がっているということなのであろう。ナオミの力を借りなくても、いずれ太郎の耳にも入ったに違いない。

だが、今の電話を聞いたおかげで、罠の存在を知ることができた。その意味は大きい。ふたつの組織が手を組んで、しかも、ドラゴンまで雇い入れて、太郎が成田にやって来るのを手ぐすね引いて待ち構えているのだ。

では、どうするのか？

太郎が何もしなければ、相手は痺《しび》れを切らせて、龍一と紫苑を海外に逃がすかもしれない。たとえ海外に逃げても追いかけるつもりだが、日本国内に比べて、二人を殺すことは格段に難しくなることは間違いない。海外には、太郎の拠点がないから活動が制約されるし、情報を手に入れることも容易ではないだろう。言葉の問題もある。中国語と英語であれば、少しは話すことができるものの、それ以外の国に逃げられてしまえば、もう言葉がわからなくなってしまう。隣国である韓国に逃げられるだけでも厄介だ。太郎は韓国に数えるほどしか行ったことがないし、韓国語を話すこともできないし、読み書きもできない。

それほど時間をかけて考えるまでもなく、たとえ罠が仕掛けられているとしても、海外に追いかけるよりは、国内で決着をつける方が太郎にとってはいいのである。

「成田の別荘というのは、何のことかわかるか？」

「たぶん、『ルシファー』の持っている別荘のことだと思う。牧場みたいだって言ってたよね？　道寸さんは乗馬が趣味だから、きっと馬を飼ってるのよ。すごく広くて立派なところらしい。前に紫苑が自慢してた。いつか連れて行ってやると言われたけど、まだ行ったことはない」

だから、その別荘に関して、ナオミも詳しいことを知らないのである。

玄関のチャイムが鳴る。

太郎がハッとする。

「誰か来ることになっているのか？」

「いいえ。おかしいわね。宅配業者さんなら、エントランスからインターホンで呼び出すはずよ。いきなり玄関に来ることはないのに。誰だろう……」

ナオミがソファから腰を上げ、壁に取り付けられているモニター画面を見る。糸居とあおいが並んだ姿が映っている。

二人は、わざとエントランスで案内を請わず、部屋まで来て、チャイムを鳴らした。遠いエントランスにいるのと、玄関ドアの前にいるのでは、相手にかかるプレッシャーが違うと糸居にはわかっているのだ。エントランスを通過するときは、管理人に警察手帳を提示して解錠してもらった。

「はい？」

ナオミが応答する。

「警察だ。開けてくれ」

「どんなご用でしょうか？」

「おれだよ、新宿署にいた糸居だ。忘れちまったか？」

「お話を聞かせていただきたいのです」

あおいが警察手帳を提示する。

「ちょっと待って下さい」

応答ボタンから手を離して、ナオミが振り返る。

「……」

太郎がベランダから外に出ようとしている。

「やめて。危なすぎる。誰かに見られるかもしれないし、落ちたら大怪我をするわよ。クローゼットに隠れて。何とか追い払うから。わたしを信じて」

「……」

太郎が思案する。

すぐに決断し、リビングの奥にあるクローゼットに近付く。この家には、寝室とリビングの二ヵ所に大きなクローゼットがあるのである。

「テーブルのマグカップを片付けてくれないか。それに玄関の靴を靴箱に隠してほしい」

玄関先であしらうことができず、糸居とあおいがリビングに入ることを警戒しているのだ。

「わかった」

ナオミがうなずくと、太郎がクローゼットに入る。

マグカップを台所に持っていくと、ナオミが玄関に行く。太郎の靴を靴箱に隠す。

それから、ドアを開ける。

「久し振りだな」

糸居がにやりと笑う。

「ご用は何でしょうか？」

「そんなに気取らなくてもいいだろう。部屋に入れてくれよ。コーヒーくらい出してくれても罰は当たらないぜ」

「……」

「部屋に誰かいるのか？　おれたちに入られると、まずいか」

「別に」

「ここで立ち話をする方がいいか？　おれはしつこいぜ。知ってるよな」

「ええ、あまりお目にかかりたい人ではありませんよね」

溜息《ためいき》をつきながら、ナオミが、どうぞ、と二人を部屋に入れる。

二五

リビングのソファに三人が坐《すわ》る。

ナオミは、お茶もコーヒーも出そうとしない。早く帰ってほしいというナオミなりの意思表示だ。

「質問に正直に答えてくれれば、すぐに帰ってやる。嘘をついたり、ごまかそうとしたりするなよ」

「どんな質問ですか？」

「龍一と紫苑は、どこにいる？」

「知りません」

「連絡は？」

「ありませんよ」

「正直に答えろと言っただろう」

糸居が怒鳴る。

ナオミの傍らに坐っていた二匹の猫が糸居の声に驚き、ソファから飛び降りる。

「猫が怖がってるじゃないですか。もう帰って下さい。何も話すことはありませんから」

ナオミが冷たい目で糸居を見る。

「おまえが知らないはずは……」

言葉を途中で止め、糸居がリビングの奥に顔を向ける。猫たちがクローゼットの木製のドアに爪を立てている。カリカリという音がする。なぜ、そんなに熱心にクローゼットに入ろうとするのか……糸居とあおいが顔を見合わせる。

あおいが無言でソファから立ち上がり、台所を覗《のぞ》く。シンクにマグカップがふたつ置いてある。洗う余裕がなかったので、ナオミはシンクに置いただけなのである。

「誰かいたんですね？」

あおいがナオミを見る。

「まだ、いるのかもな」

「マグカップに残ってるコーヒー、冷め切ってないみたいだからね」

「……」

糸居も立ち上がり、表情を引き締めて、クローゼットに歩み寄る。

「誰もいませんよ」

ナオミが否定するが、顔色が変わっている。

二匹の猫が毛を逆立て、シャーッと糸居を威嚇する。

「飼い主に似て、おまえらも警察が嫌いなのか？」

糸居が猫たちに視線を逸《そ》らしたとき、クローゼットのドアが開いて太郎が飛び出してくる。スチール製のハンガーを棒状に伸ばして束ねたものを手に持っている。隠れている隙に拵《こしら》えたらしい。そのハンガーの束を左のこめかみに叩《たた》きつけられて、糸居は仰向《あおむ》けに倒れて動かなくなる。一撃で昏倒《こんとう》してしまった。

太郎はリビングを横切って玄関に行こうとする。

その前に、あおいが立ちはだかる。

太郎はハンガーの束を叩きつけようとするが、それをかわして、あおいが間合いを詰める。太郎の懐に飛び込んで、顔面と腹を殴る。後退《あとずさ》った太郎の太股《ふともも》に回し蹴《げ》りを入れる。

だが、殴打も蹴りも浅い。あおいの拳《こぶし》や足が飛んでくる寸前、ほんのすこしだけ太郎が身を避《よ》けたせいだ。

相手を攻撃すれば、その分、自分の防御が手薄になる。当然である。太郎を攻撃した後、あおいには隙ができている。

太郎はハンガーの束であおいの左の二の腕を殴る。

「うっ……」

思わず、あおいの口から声が洩《も》れるほど、その打撃は強烈だ。鉄の棒で殴られたのと同じくらいの衝撃を感じる。続けざまに腹を狙われる。腹を庇《かば》おうとして下半身に隙ができる。太郎があおいの膝《ひざ》を蹴ると、あおいが転倒する。尚《なお》も、あおいの太股にハンガーの束で一撃を加えてから、太郎は玄関に向かって走る。靴箱から靴を取り出して履くと、ハンガーの束を放り出して外に出る。

二六

糸居がこめかみをさすりながら、よろよろと立ち上がる。まだ痛みがあるようだ。

あおいも倒れている。

「大丈夫か？」

糸居が手を差し出す。その手につかまって、あおいが立ち上がる。

「追いかけないの？」

「無駄だろう。あれは素人じゃない。とっくに逃げちまってるさ」

「そうだね。わたしたちがあっさりやられるなんて素人にできることじゃないよね」

「こっちは命拾いしたってことだな。その気になれば、簡単におれたちを殺すことだってできたはずだからな」

糸居が振り返って、ナオミを見る。

「おい、あれは誰だ？」

「知りません」

ナオミが首を振る。

「明け方、仕事から帰ってきたとき、玄関の前で襲われそうになった。脅されて部屋に入れたの」

「強盗だっていうのか？」

「たぶん」

「見え透いた嘘をつくなよ。強盗にコーヒーを出すか？　さっき、玄関でおれたちと話したとき、助けを求められたはずだぞ」

「だって、猫たちに何をされるかわからないし……」

「自分の命より猫が大事だっていうのか？　明け方に部屋に入れて、今まで何をしてた？」

「何もしてません」

「何を渡した？」

「まだ何も」

「金じゃないのか？」

「いいえ」

「それなら他のものか？　例えば、情報とか」

「わからない」

「あおい、班長に電話だ。ここに鑑識を送ってもらえ」

「わかった」

あおいが携帯を取り出す。

「何をする気なんですか？　わたしは訴えるつもりはありませんけど」

「そうはいかない。警官に対する暴行罪だ。おまえの言うことが本当なら、強盗罪と住居への不法侵入という罪も加わる。強盗じゃないのなら、おまえをあいつの共犯ってことで逮捕することになる」

「そんな……」

ナオミの顔が強《こわ》ばる。

「すぐに手配してくれるって」

あおいが電話を切る。

「よし、鑑識が来るまで、この女を見張るぞ。証拠を消されないようにな」

「あいつ、素手だったもんね。あちこちに指紋が残っているはず。顔を見た？」

「いきなり殴られたから何も見てない。おまえは？」

「それが、よく見てないんだよね。武器を持った相手と戦うときは、相手の顔じゃなくて武器の動きに集中するから」

「まあ、いいさ。ここは高級マンションだ。防犯カメラもたくさんあるだろうから、きっと、どこかに映ってるだろう」

「若い男だったのは間違いない」

「そうだとすると、山田太郎の可能性が高いな。あれがスリーパーかよ」

「手強い相手だね」

「ああ、手強いぜ。トップクラスの殺し屋だからな」

糸居がうなずく。

二七

新宿署。ＳＭ班の部屋。

薬寺が本庁の村山《むらやま》管理官に電話をしている。捜査員と鑑識係をナオミの部屋に送ってもらうためだ。ナオミのマンションは四谷署の管轄内にあるので、四谷署と連携することも必要になる。そういう根回しは本庁の管理官が得意とするところだ。

薬寺が電話を切ると、

「二人は無事なんですか？」

田淵が訊《き》く。

「大丈夫みたいよ。殴られたり蹴られたりしたみたいだけど、病院に行くほどの怪我ではないみたい。糸居がやられるのは驚かないけど、あおいまでやられるなんてねえ。不意打ちされたらしいけど、それにしても、びっくりだわ」

薬寺が首を捻《ひね》る。

「どういう相手だったんでしょうね？」

栄太が訊く。

「強盗に入られたと言ってるらしいけど、どうなのかしら……。甘粕龍一とホテルにいた女だし、『金星連合』の人間が龍一の使いでマンションに行ったのかしら。若い男だったみたいよ」

「それは違うな」

佐藤が言う。

「なぜですか？」

栄太が佐藤に顔を向ける。

「糸居君と柴山さんがマンションに行ったのは、なぜだ？」

「それは……甘粕龍一が女に連絡してくるかもしれないと考えたからです。龍一と紫苑を見付けるのは難しいから、女に口を割らせれば、二人の居場所を突き止めることができるかもしれない、と。そう糸居さんが言ってましたが」

「その通りだ」

佐藤がうなずく。

「糸居君ですら、その程度のことを思いつく。スリーパーが同じことを考えても不思議はない」

「え」

栄太の顔色が変わる。

「部屋にいたのは、スリーパーなんですか？」

「そう言われると、糸居君とあおいちゃんがあっさりやられたのも納得できるわね。

『金星連合』のチンピラにできることじゃないもの」

田淵がうなずく。

「糸居君が鑑識の派遣を要請したのは正しい。部屋に残された指紋が『山田太郎』のものと一致すれば、部屋にいたのはスリーパーということになる」

「そうだとして、問題は、スリーパーが龍一と紫苑の居場所を知ったかどうかということね」

薬寺が言う。

「それは、ナオミという女に訊くしかない」

佐藤が言う。

「その女だけど、四谷署で事情聴取をするみたいなの。どうする、あなたたち、行く？」

「行こう」

佐藤が立ち上がる。

「じゃあ、ブチさんと栄太も行ってちょうだい。わたしは残るから」

「了解です」

田淵と栄太がうなずく。

二八

太郎が電車に乗っている。中野のマンションに帰るのだ。

ゆうべからの行動を反省する。

ナオミのマンションに行ったのは正解だった。ナオミが協力的だったおかげで、スムーズに情報を手に入れることができた。龍一と紫苑の居場所がわかっただけでなく、ふたつの組織が協力して罠《わな》を仕掛けていることもわかった。二人を囮《おとり》にして太郎を誘《おび》き寄せ、ドラゴンに始末させようというのだ。

（ねずみ取りみたいなものだな）

檻《おり》の中に餌を置き、餌につられて檻に入ると入り口が閉まる。檻に閉じ込められたネズミは殺されてしまう。成田の別荘が檻で、餌が龍一と紫苑。ネズミが太郎というわけだ。ネズミを殺す役目を果たすのがドラゴンであろう。

それがわかっていても、太郎は行かなければならない。ナオミの部屋に指紋を残した。十分に注意したつもりだが、それでも防犯カメラに映っているかもしれない。警察は徹底的に調べるだろうから、時間が経てば経つほど追及は厳しくなる。それ故、できるだけ早く決着させる必要があるのだ。

二人の刑事が訪ねてきたことが誤算だった。ナオミがうまくあしらってくれればよかったが、そうはいかなかった。結果的に、刑事たちを倒して逃げる羽目になった。それがなければ、指紋も防犯カメラも気にすることはなかったのだ。

恐らく、ナオミは事情聴取されるだろう。犯罪の容疑者ではないから取り調べではなく、あくまでも事情聴取である。龍一と紫苑が成田の別荘にいることをナオミはしゃべるだろうか……それだけが気懸かりである。

ふたつの組織は、龍一と紫苑が海外に行くという噂を意図的に流したが、二人の居場所までは広めていない。そんなことをすれば警察が行くからだ。二人の居場所を隠しても、スリーパーならば、何らかの手段で居場所を突き止めるだろうと見越しているわけである。実際、その通りになった。

ナオミの芯《しん》の強さを考えれば、そう簡単にしゃべらないとは思うものの、警察とて甘くはない。事情聴取で埒《らち》が明かなければ、別件で逮捕して取り調べに切り替えるだろう。そうなれば、警察の対応は一気に厳しくなる。時間はかかるかもしれないが、最後にはナオミもしゃべることになるだろう。

つまり、ナオミがしゃべるまでが勝負なのだ。できるだけ早く決着させなければならない……できれば今日中に、遅くとも明日《あした》中には。それ以上、遅くなるようだと、きっと警察が先回りするに違いない、と太郎は考える。

とにかく、一度、マンションに戻らなければならない。防犯カメラに映ったかもしれないので、いくらか外見を変える必要があるし、成田の別荘について情報を入手する必要もあるからだ。

第五部　ドラゴン

一

「つまらないところだなあ」

二階の窓から外を眺めて、龍一が溜息《ためいき》をつく。

見渡す限り、畑や牧草地、森林くらいしか目に入らない。近くには民家もないから、住民の姿も見えないし、車も通らない。人影がないわけではないが、それは『金星連合』と『ルシファー』の兵隊たちで、母屋の周辺を警戒しているのである。

「もう少しの辛抱ですよ」

ソファに坐《すわ》った高桑が言う。

道寸の別荘は、一流ホテルのように立派で、龍一に割り振られた客室も広くて贅沢《ぜいたく》な造りである。

様々な種類の酒が豊富に用意されているし、食事も豪華だ。

地下には映像ルームがあり、大画面で映画を観ることができるし、遊戯室にはビリヤード台やダーツがある。それほど大きくはないが室内プールもあるし、サウナも完備されている。自然光を採り入れることができるようにプールの天井はガラス張りになっている。プールの真上には採光室がある。

しかし、龍一はまったく楽しむことができない。

ナオミがいれば話も違うだろうが、むさ苦しい男たちと一緒なのでは、何をしてもつまらない。

もちろん、我慢しなければならないのは龍一にもわかっている。自分の命がかかっているのだ。

スリーパーに狙われているとわかってから、スリーパーがどういう殺し屋なのか自分なりに調べた。スリーパー自身に関する詳しい情報は手に入らなかったが、道寸もかつてスリーパーに仕事を依頼したことがあるので、その仕事ぶりは、ある程度、わかった。恐るべき殺し屋である。長年にわたって、裏社会で超一流の地位を占めている。依頼された仕事を一度もしくじったことがないというのだから驚きだ。裏返せば、ほぼ一〇〇%、龍一は殺されることになるということだ。

そんな相手にホテルで襲われ、命が助かったのは運がよかったとしか言いようがない。あのとき、龍一は死というものを初めて身近に感じた。全身から血の気が引いた。命を奪われるという恐ろしさを身に沁《し》みて知った。

スリーパーの魔手から逃れるには、スリーパーの息の根を止めるしかないという理屈もわかるし、だからこそ、自分と紫苑が囮になって、ここにスリーパーを誘き寄せるのだということも理解している。

別荘の周辺や別荘の内部には、ふたつの組織の腕利きたちが銃で武装して警戒に当たっている。スリーパーが龍一と紫苑に近付くには、彼らを排除しなければならないし、しかも、別荘のどこかにドラゴンが待ち構えている。まさに鉄壁の守りであり、いかにスリーパーとはいえ、龍一には指一本触れることはできそうにない。

万全の警備態勢の中にいるということは、つまり、息苦しい環境に閉じ込められているということでもある。普段、別荘で仕事をしている使用人たちは、動物たちと共に一時的に近くの牧場に移動させられてしまったから、屋敷にいるのは殺気立った男たちばかりだ。そんなところで、くつろぐことなどできるはずがない。自分の命を守るためには仕方のないことだとわかっていても、

（ああ、つまらない。ちくしょう、スリーパーめ、さっさと来ないかな。そいつさえくたばってしまえば、おれは、こんなところにいなくてもいいんだ）

やはり、龍一は不満を感じずにはいられない。根がわがままな男なのである。

部屋の固定電話が鳴る。内線だ。

「はい？」

高桑が電話に出る。

相手の話を聞き、保留ボタンを押すと、

「紫苑からです。一緒にビリヤードをやらないかと言ってますが」

「は？」

龍一が驚いたように目を丸くする。

「あいつとビリヤード？　あり得ないだろう」

「ええ、何を考えているのか……。単に暇なのかもしれませんが。断りますか？」

「そうだな……」

龍一が思案する。

「いや、行ってみよう。紫苑とビリヤードをするのも悪くない。おれ、ビリヤードは得意だしな」

「本気ですか？」

「ふんっ、きっと、紫苑もびびってるのさ。相手はスリーパーだからな。スリーパーに命を狙われている者同士、一度くらい一緒にゲームをするのも面白い」

「いいんですか？」

「ああ、すぐに行くと伝えてくれ」

「わかりました」

高桑が保留ボタンを解除し、龍一の意思を相手に伝える。

二

四谷署。取調室。

取調室の隣にある小部屋に佐藤、田淵、栄太の三人がやって来る。本庁捜査一課の村山正四《せいし》郎《ろう》管理官が難しい顔で腕組みし、マジックミラー越しに取調室の様子を眺めている。取調室には、ナオミがいる。硬い表情でうつむいている。捜査員の問いかけに無反応である。

ドアが開く音に反応し、村山管理官がちらりと佐藤たちに視線を向けるが、すぐにまた取調室に顔を戻す。

「どんな様子ですか？」

田淵が訊《き》く。

もっとも、村山とは昔から一緒に仕事をしてきたから、村山の渋い顔を見ただけで、

（うまくいってないようね）

と察せられる。

「何もしゃべらない」

村山管理官がちっと舌打ちする。

そこに糸居とあおいもやって来る。

「あ、ブチさん、もう来てたんですか」

「たった今、着いたところよ。あなたたち、大丈夫なの？」

田淵が心配そうな顔になる。

「念のために病院に寄って来たんです。それで遅くなったわけで……。痛いところが何もないと言えば嘘になりますが、おれもあおいも入院するほどの怪我はしてません。なあ？」

糸居があおいに顔を向ける。

「逃がしてしまったのが、とても残念です」

あおいが生真面目な表情で田淵に言う。

「まったくだ。二人も揃っていながら逃がすとはな」

村山管理官がじろりと睨《にら》む。

「お言葉ですが、かなり手強《てごわ》い相手でした」

つい糸居が言い返す。

「弁解するな。結果がすべてだ」

「申し訳ありません」

あおいが頭を下げる。

「……」

糸居はムッとした顔をしている。相手が管理官だから、糸居もいくらか遠慮しているものの、内心、かなりむかついているようだ。

「あの女、強盗に入られたと言ったんだよな？」

村山が糸居に訊く。

「そう言いました」

「それなら被害者ってことだろう？　なぜ、黙る必要がある。嘘なのか？」

「ただの強盗にしては手強すぎますし、部屋が荒らされている様子もありませんでした。ナオミも……あの女ですが、別に痛めつけられたわけでもなさそうでした」

「つまり、逃げた奴は強盗じゃないってことだよな？」

「恐らく」

「じゃあ、誰だ？」

「なぜ、そんなわかりきった質問をするのか。時間の無駄ではないか」

佐藤が口を開く。

「何だと、今、何と言った？」

「下らない質問ばかりしなければならないほど、本庁捜査一課の管理官というのは頭が悪いのか？」

「佐藤、てめえ……」

村山管理官の顔が怒りで赤くなる。

「悪気はないんです。ただ、いくらか傍若無人なところがあるだけで……」

田渕が大慌てで仲裁に入る。

「女の部屋にいたのは強盗などではない。可能性は三つある。『金星連合』の人間、『ルシファー』の人間、そして、スリーパーだ。ただ、今の段階で『金星連合』や『ルシファー』が彼女に接触しなければならない理由はないだろう。それ故、可能性はゼロではないが、かなり低い」

佐藤が淡々と説明をする。村山管理官の怒りも、田渕の狼狽《ろうばい》も少しも気にならないらしい。

「部屋にいたのはスリーパーなのか？」

「スリーパーには彼女に接触する理由がある。つまり、甘粕龍一と石原紫苑の居場所を知ることだ。その二人と彼女の関係の深さを考えれば、彼女が居場所を知っていても不思議ではないからな。糸居君や柴山さんを倒して逃走したことで、スリーパーである可能性はかなり高まったと言えるだろう。糸居君だけならスリーパーでなくても倒せるかもしれないが、柴山さんは格闘術のプロだ。そう簡単に倒せる相手ではない」

「おまえの言うことは、一応、筋が通ってるように聞こえるな。じゃあ、ひとつ教えてくれ。なぜ、あの女はしゃべらないんだ？　部屋にいたのがスリーパーだとして、スリーパーはあの女にとっても敵だろう？　実際、ホテルで襲われてるんだからな。それなのに、なぜ、庇《かば》う必要がある？　警察がスリーパーを逮捕すれば、甘粕龍一と石原紫苑も逃げ回る必要はなくなる。警察に協力する方がいいんじゃないのか？」

村山管理官が訊く。佐藤に対する怒りが消えたわけではないが、佐藤の優秀さにも気が付いたのであろう。だから、真剣に佐藤の言葉に耳を傾けているのだ。

「理由はいくつか考えられる」

「どんな理由だ？」

「例えば、スリーパーを警察に捕まえてほしくないのかもしれないということだ。甘粕龍一や石原紫苑とすれば、たとえ逮捕されても、スリーパーが生きているのでは安心できないから、自分たちの手で殺したいと考えているのかもしれない」

「なるほど、その推理が正しければ、あの女は、警察に何もしゃべるな、と指示されていることになるな？」

「それは十分に考えられる。スリーパーを二人の居場所に行かせるために」

佐藤がうなずく。

「二人の居場所に行かせる？」

「もちろん、そうだ。そもそも、二人が海外に行くという噂を流したのは、スリーパーを誘《おび》き寄せるために違いない。長期戦になれば自分たちが不利だから、短期戦で決着させるための作戦だ」

「スリーパーを怖がってるのに誘き寄せるのか？」

「もちろん、万全の態勢を取っているだろう。新宿の事務所では無理だから、どこか他の場所でスリーパーを迎え撃とうとしているはずだ」

「と言うことは、スリーパーは二人の居場所を知っているということか？」

「わたしは、そう考えている」

「こっちがその居場所を知るには、どうすればいい？」

「彼女から聞き出すのがベストだが、今のままでは無理だろう。あんな手緩いやり方では、どうにもならない」

「仕方ないだろうが」

村山管理官が顔を顰《しか》める。

「ただの参考人聴取だぞ。向こうは被害者だと言い張ってるんだからな。手荒なことができるかよ。しかし、このままでは確かにまずいな……。別件で逮捕して、取り調べに切り替えるか。何か逮捕する材料はないかな……」

四谷署と新宿署の連中に相談してみるか、何かあるかもしれない、と言い残して、村山管理官が部屋から出て行く。後にはＳＭ班の人間だけが残される。

「困りましたね」

栄太が溜息《ためいき》をつく。

「スリーパーが二人の居場所に向かっているとしたら、そこでまた血の雨が降るでしょうね。人がたくさん死ぬことになる」

「何とか止めないと」

田淵がうなずく。

「ナオミの口を割らせる手はないかなあ。しゃべらないと飼い猫をぶっ殺すとでも言って脅すか」

糸居が真顔で言う。

「いくら何でも言っていいことと悪いことがあるよ。人でなし」

あおいがカッとして糸居を睨む。

「非常事態なんだから、非常の手段が必要だって言いたいだけだ」

「それにしたって……」

「手段がないわけではない」

佐藤がつぶやく。

「え、二人の居場所をナオミにしゃべらせることができるんですか？」

糸居が訊《き》く。

「いや、あの様子ではしゃべらないだろう。かなり頑固な人間のようだ。別件逮捕して取り調べれば、いずれは話すだろうが、それには時間がかかる。その頃には、スリーパーが勝つか負けるか、いずれにしろ、何らかの決着がついているだろう」

「何だ、駄目なのか」

糸居ががっかりする。

「甘粕龍一か石原紫苑のどちらかが電話をかけてくれれば逆探知できる。二分あれば十分だ」

「電話してくれば、でしょう？　あいつらが警察に電話してくるはずがないでしょうが」

「あの女なら、どうだ？」

「は？　ナオミですか？　あんなに非協力的で、何もしゃべろうとしないのに……」

「本人がしゃべる必要はない」

「すみません、何を言いたいのか、おれにも理解できるように説明してもらえませんか。おれも管理官並みに頭が悪いもんで」

へへへっ、と糸居が笑う。

「いいだろう、こういうことだ」

佐藤の説明は、次のようなものである。

ある種のソフトにナオミの音声情報を取り込み、その音声をデジタル化すれば、人工的にナオミの音声を組み立てることができるという。佐藤がパソコンのキーボードに打ち込んだフレーズをナオミの声で発声させることができるということだ。ロボットに言葉を話させるのと同じ原理である。

ナオミの人工音声を使って、龍一か紫苑に電話をかけ、何らかの理由を拵《こしら》えて電話をかけ直してくれるように頼む。電話がかけ直されてきたら、人工音声で二分間会話を続け、相手の所在地を突き止めるわけである。

「ほう、いいじゃないですか。それなら、あいつらも引っかかりそうですね。龍一の方がいいな。あいつは紫苑に比べると、ずっと甘ちゃんだし、ナオミから電話がかかってくれば大喜びするに違いない」

あいつ、マジで馬鹿だから、と糸居がうなずく。

「ひとつ気になるんだけど、質問していいかしら、佐藤さん？」

田淵が訊く。

「何だ？」

「甘粕龍一に電話するとして、果たして相手が電話に出るのか、ということよ。こんなときだし、相手も警戒しているでしょうから、非通知の電話や知らない人間からの電話にも出ないんじゃないかしら？」

「そうか。電話に出てもらわないことには、どうにもならないってことですか。ナオミの電話からかけないと駄目なのか……」

糸居が言う。

「それは大丈夫だ」

「そうなんですか？」

「彼女になりすまして、着信先の液晶画面に彼女の名前と電話番号を表示させることができる。別に難しいことではない」

「じゃあ、話は早いですね」

「但し、法に触れる怖れがある」

「え」

「令状を取ってやるのなら問題ないが、個人が勝手にやれば、恐らく違法だ。どれくらいの罪になるのか、はっきりとは言えないが」

「まずいじゃないですか……」

「音声データを作成するには、彼女の音声情報が必要だ。つまり、誰かが取調室に入って、内容は何でも構わないから、できるだけ長く、様々な言葉を彼女にしゃべらせ、それを録音しなければならない。その録音を使って、彼女の音声をデジタル化するわけだ。本人の同意を得てやるのなら話は別だが、本人に知らせることなくこっそり録音して、その音声データを捜査に使えば、やはり、法に触れる怖れがある。と言うか、ほぼ確実に違法行為だろう」

「ちょっと待って下さいよ。そんな違法行為の連発だと、たとえ二人の居場所を突き止めたとしても、後々、まずいことになるじゃないですか」

糸居が呆《あき》れたように言う。

「そうね。違法なやり方で手に入れた証拠は裁判で使うことはできないし、そもそも、裁判どころか立件できないかもしれない。捜査の違法性が問われることになるから」

田淵が言う。

「でも、どこかで殺し合いが始まるかもしれないんですよ。何人の人間が死ぬことになるのか……」

あおいがごくりと生唾《なまつば》を飲み込む。

「だけど、そんなことをしたら、おれたちもクビだぜ。クビどころか逮捕されるかもしれない。そんなことをしていいはずがない。無理だぜ。あんなクズどものために、なぜ、おれたちが危ない橋を渡らないといけないんだ？」

　と、糸居が首を振る。

　そこに、村山管理官が戻ってくる。

「何だ、まだいたのか？」

「どうでした？」

　田淵が訊く。

「別件逮捕は、そう簡単じゃなさそうだ。四谷署にも新宿署に使えそうな材料が何もない。交通違反くらいでも構わないと思っていたが、それもない。困ったな。ただの参考人聴取だと、いつまでも拘束することもできない。何かないかなあ……」

　せかせかした足取りで、また村山管理官が部屋から出て行く。

　マジックミラーの向こうでは、ナオミがうつむいて黙りこくっている。捜査員が何を訊いても無反応である。

「佐藤さん、何をすればいいか言って下さい。わたし、やりますから」

　あおいが申し出る。

「え、あおいちゃん」

　田淵が驚く。

「わたしがナオミの部屋で取り押さえていれば、こんなことにはならなかったんです。このまま、スリーパーが野放しになって、多くの人間が死ぬようなことになったら、わたしの責任です。たとえクズどもだとしても、人が死ぬのを見て見ぬ振りはできません。それを防ぐ手立てがあるのなら、たとえ違法だとしても、わたしはやります。クビになってもいいし、逮捕されても構いません」

「いいだろう。わたしも覚悟はできている」

佐藤がうなずく。

「わかった。それなら、わたしも手を貸すわ。この年齢になって、もう何も怖いものなんかないもの」

田淵がにこっと笑う。

「もちろん、ぼくもです」

「あら、栄太君はいいのよ。やめなさい」

「そんな冷たいことを言わないで下さい。大きな犯罪を防ぐためであれば、自分が罪に問われることになっても悔いはありませんから」

栄太がきっぱりと言う。

「何だよ、何だよ、みんな格好つけやがって。いいよ、やるよ。おれもやる。スリーパーを捕まえてやるさ。それができれば本望だ。喜んで警察官を辞めてやるさ」

糸居が言う。

「班長にも伝えるべきでしょうか？」

栄太が言う。

「いいえ、今の段階では黙っていましょう。できれば巻き込みたくないから」

「そうですね」

「では、始めよう。糸居君と柴山さんに取調室に入ってもらい、彼女の音声データを手に入れてもらわなければならない……」

佐藤が手順を説明する。

三

中野のマンションに帰ると、太郎は、すぐ情報屋に連絡した。道寸が成田に所有する別荘に関する情報を入手するためだ。時間をかければ自分でも調べることができそうだが、今は時間が惜しい。

返信を待つ間に、見た目を変えることにする。

と言っても、そう大きく変えるのは難しい。

帽子や上着を違うものにしたり、サングラスをかけたり、結局、身に着けるものを変えるだけのことである。

まるっきり違う人間になるのは難しそうだが、少なくとも「山田太郎」や「高橋一郎」とは違って見えるはずだ、と自分を納得させる。急拵《きゅうごしら》えでは、この程度が限度だろうと溜息《ためいき》をついたとき、情報屋から返信が来た。

様々な資料がある。別荘の登記簿や見取り図、設計図、その外観や周辺の写真と地形図など、こんな短時間にどうやって手に入れたのだろうと首を捻《ひね》りたくなるようなものまで揃っている。

情報料は五〇万だ。安くはないが、これだけの仕事をしてもらえれば、何の不満もない。その料金に納得して、太郎は五〇万を送金する。

それらの資料をリュックに入れる。

着替えや靴、手袋、ゴーグル、ライターなど、はっきりした理由があるわけではないものの、もしかすると必要になるかもしれないものもリュックに入れる。冷蔵庫から水のペットボトルを取り出し、それもリュックのサイドポケットに入れる。

そのリュックを担いで太郎が部屋を出る。成田までは電車で行くつもりでいる。電車を乗り継いで一時間半前後で到着する予定だ。別荘は辺鄙《へんぴ》な場所にあるので、電車を降りたら、レンタカーを借りるしかない。

最初から中野でレンタカーを借りることも考えたが、電車を利用すれば、電車に乗っている間に資料を読み込んで、じっくり作戦計画を練ることができる。その利点を考慮し、電車とレンタカーを併用することに決めた。

四

村山管理官の許可を得て、糸居は取調室でナオミと向き合った。

本庁の捜査員の事情聴取にナオミは頑《かたく》なに黙秘を貫き、最初は糸居とも口を利こうとしなかった。

しかし、糸居は事件の話をせず、

「おまえの部屋には猫が二匹いたけど、誰か世話してくれる人間はいるのか？」

「よくわからないけど、飼い主がいないと淋《さび》しがるんじゃないのか？」

「一日に何回くらい餌をやるんだ？」

と、もっぱら猫に関する話題だけを口にした。

すると、

「わたし、そんなに長くここにいないといけないんですか？　別に逮捕されたわけでもないのに」

と、ナオミが口を開いた。猫のことが心配なのであろう。

「さあ、どうなるのかな。一日くらい帰らなくても、猫は平気か？」

「平気じゃないですよ。お腹を空《す》かして鳴きます。水も替えてやらないといけないし、トイレ掃除だってしないと……。すごくきれい好きだから」

そんな調子で、糸居は猫の話ばかりした。

マジックミラー越しに眺めていた村山管理官は、

「あいつ、何をしてるんだ？」

と怪訝《けげん》な顔になり、糸居を取調室から連れ出そうとしたが、

「まず、相手の気持ちを和ませないと、また何も話さなくなりますよ。もう少しだけ様子を見て下さい」

と、田淵が必死に宥《なだ》めた。

「ふんっ、好きにしろ。あと少しだけだぞ」

村山管理官が部屋から出て行く。

三〇分ほどで、糸居は取調室を出た。

と言うか、村山管理官に追い出された。

「あんな感じでどうでしたかね？」

糸居が部屋に戻って来る。

「短いフレーズなら作れるだろう。長時間話すわけではないから、それほど複雑なフレーズは必要ないはずだ」

佐藤がうなずく。

「じゃあ、本庁に帰りますか？」

「そうしよう」

五人は警視庁に戻ることにした。時間が惜しいので、四谷署のパトカーに乗せてもらうことにした。道路さえ空いていれば、電車より車の方が早いのだ。

五

ＳＭ班。

薬寺が事務処理しているところに五人が戻ってくる。

「あら、早いじゃないの。今日は戻ってこないのかと思ってたわ」

「いろいろありましてね」

糸居がにやりと笑う。

佐藤は黙って自分の席に着くと、早速、糸居が取調室で録音した音声データをパソコンに取り込む作業を開始する。ナオミの音声だけを取り出し、それをソフトに読み込ませる。その音声をデジタル化して、人工的にナオミの音声を作成できるようにするのだ。

「どれくらい時間がかかりそうかしら？」

田淵が訊《き》く。

「一時間くらいだろう」

佐藤が答える。

「また佐藤さんが何かを思いついたわけ？」

薬寺が訊く。

「班長は知らない方がいいんですよ」

「何だ、それ？　気に入らない言い方だな」

薬寺が糸居を睨《にら》む。

「わたしから説明させていただきます」

田淵が薬寺の机に近付き、実は、と話を切り出す。

話を聞き終えると、

「違法なやり方で甘粕龍一と石原紫苑の居場所を突き止めるっていうの？」

薬寺が驚愕《きょうがく》する。

「それ以外に二人の居場所を知る方法がないんです」

「だからって……」

「このままだと、どこかで殺し合いが始まるんですよ。それを止めたいんです」

あおいが言う。

「止めるといっても、どうやって？　そんなやり方で手に入れた情報を管理官や理事官に伝えるわけにはいかないわよ」

「ばれなければいいんですよ」

糸居があっけらかんと言う。

「馬鹿野郎。隠し通せるはずがないだろうが。いずれ、ばれる。警察の中だけで処理できればいいけど、たぶん、無理だぞ。マスコミに洩《も》れたら大騒ぎになる。うちらのクビが飛ぶだけじゃない。違法なやり方で手に入れた情報だと承知で捜査をすれば、管理官や理事官も責任を問われることになる」

「違法だと知らせなければどうですか？」

栄太が言う。

「おまえなあ……」

薬寺が呆《あき》れたように栄太を見る。

「何だって、わたしたちがここで非合法活動について相談しなければならないんだよ」

「もう遅いんですよ」

「何が？」

薬寺がまた糸居を睨む。さっきよりも表情が一段と険しくなっている。

「事情聴取の内容を録音して、その録音データを基にして人工音声を作成すれば、どうも何らかの法律に抵触するらしいんです。もう佐藤さん、やってますよ」

糸居が佐藤を指差す。

佐藤は熱心に作業を続けている。

「えっ……」

薬寺の顔が引き攣《つ》る。

「わたしたちが独断でやったことにします。班長は何も知らなかったことにして下さい。

ですから、続けさせて下さい」

あおいが懇願する。

「……」

溜息《ためいき》をつきながら、薬寺が両手で顔を覆う。

「勝手なことをして申し訳ないと思っていますが、あおいちゃんの言うように、このままでは多くの人間が死ぬことになりそうなんです……」

ふたつの組織は罠《わな》を仕掛けてスリーパーを誘《おび》き寄せるつもりらしいが、スリーパーもそう簡単にはやられないだろうから、きっと大惨事が起こる、と田淵は言う。

「それを止めたいという気持ちはわからないでもないけどねえ」

「おれたち、もう腹を括《くく》ったんですよ。班長も腹を括るか、知らん顔をするかふたつにひとつです」

糸居が言う。

そんな話を続けていると、

「よし、できた。あまり時間はかからなかったな」

佐藤がパソコンから顔を上げる。

「短いフレーズであれば、彼女になりすますことができる。甘粕龍一に電話をかけるとしよう」

「ちょっと待って。何をするの？」

薬寺が慌てる。

「つまりですね、ナオミになりすまして龍一に電話をかけるわけです。で、龍一にかけ直してもらう。龍一と二分くらい話ができれば、あいつの居場所がわかるんです」

糸居が説明する。

「それも、もしかして……」

「違法です」

「ああ、やっぱり……」

薬寺の顔が引き攣る。

「白峰君、彼女の携帯の番号を教えてくれ」

「はい」

糸居が取調室でナオミと話している間に栄太が調べたのだ。龍一と紫苑の電話番号は、とうに調べがついている。

栄太が番号を告げると、佐藤がそれをパソコンに打ち込む。せわしなくキーボードを叩《たた》き続ける。

「それでナオミになりすますことができるんですか？」

糸居が訊く。

「そうだ。甘粕龍一の携帯には、彼女の名前と電話番号が表示される。相手が電話に出れば、わたしがパソコンに打ち込んだ文章を彼女の声が読み上げる」

「なるほど、すごいなあ。誰だって騙《だま》されるわ。あ、そうだ。ナオミは、本質的に気の強い女で、龍一は芯《しん》のないふにゃふにゃした奴だから、ちょっと強気な文章にした方がいいですよ」

「わかった。では、始めるぞ。スピーカーモードにして電話するから、みんなが会話を聞くことができる」

「ちょっと待って」

薬寺が止める。

「何だ？」

佐藤が顔を向ける。

「心の準備をさせてちょうだい」

薬寺が大きく深呼吸をする。

「だから、班長は無理に付き合わなくていいんですよ。さりげなく席を外して、ラウンジでコーヒーでも飲んできて下さいよ」

糸居が言う。

「ふざけるな。わたしは、ここの責任者だぞ。おまえたちみんなが一致してやると言ってるのに、わたしだけ知らん顔ができるか。ちょっと心を落ち着かせて覚悟を決めたいだけだ」

「はあ」

「よし、覚悟はできた。佐藤さん、始めてちょうだい」

「うむ」

佐藤がキーボードを叩き始める。

「あ……ひとつ質問していいですかね？」

「何だ？」

佐藤が手を止めて、糸居を見る。

「向こうから折り返してもらうように仕向けるんですよね？」

「そうだ」

「その場合、ナオミの携帯に繋《つな》がるんじゃないですか？　ここではなく」

「ふんっ」

珍しく佐藤が口許《くちもと》に笑みを浮かべる。

「糸居君は、わたしを阿《あ》呆《ほう》だと思っているのか？」

「まさか、そんなことは思ってませんよ」

「抜かりはない。わたしは一時的に彼女の携帯を乗っ取っているのだ。だから、今現在、彼女の携帯は使用不能になっている。彼女の携帯電話の機能はこのパソコンに移っているからな」

「へえ、そんなことができるなんてすごいですね」

「もちろん、一般的に許されることではない。だから、違法なのだ」

「なるほど」

「もう始めていいか？」

「ええ、どうぞ」

「……」

　佐藤が改めてキーボードを叩き始める。

　室内に電話の呼び出し音が響く。

　皆、固唾《かたず》を呑《の》んで成り行きを見守っている。

「ナオミか？」

　龍一が電話に出た。

　佐藤がキーボードを叩く。

「龍ちゃん、わたしよ」

　ナオミの声である。

「こっちから電話するって言ったろう？　おまえの方からは電話してくるなよ」

「大変なのよ」

「何が？」

「あ、ヤバい」

「だから、何がだよ？」

「すごくヤバいことだからね。悪いけど、そっちからかけ直してくれない？」

「おまえ、何だか、おかしくないか？」

「電話してくれないと、龍ちゃんとは別れる。わたし、すごく怖いの。本気だからね」

「だからさ……」

龍一の言葉の途中で佐藤が電話を切る。

「おおっ、すごいじゃないですか、ホームズ先生。まるっきりナオミでしたよ」

糸居が感心する。

「当然だ」

「それ以上に驚いたのは、会話の内容ですよ。ホームズ先生がナオミになりきってる感じがすごいというか、キモイというか……」

「バカ、ふざけてる場合じゃないでしょう」

あおいが舌打ちする。

「向こうから電話がかかってきますかね？」

「どうかしら……」

田淵も心配そうだ。

「……」

佐藤は表情を変えずに、じっとパソコンの画面を見つめている。

そこに着信音が響く。

「よし、餌に食いついた」

「何とか、二分、お願いします」

糸居が両手を合わせて佐藤を拝む。

「おい、どういうことなんだよ？」

龍一である。かなり怒っているようだ。

「怖いのよ」

「何かあったのか？」

「あいつ、うちに来たの」

「ん？　あいつって……」

「ホテルで龍ちゃんを殺そうとした奴」

「え。マジか」

「すごく怖かった」

「あいつ、何しに、おまえのところに……」

「龍ちゃんの居場所を知りたかったんだと思う」

「しゃべったのか？」

「知らないって言った。何も知らない。わたしは関係ないって」

「で？」

「脅された」

「何かされたのか？」

「怪我はしてない。けど、おまえなんか簡単に殺せるって。あいつらも必ず殺すって」

「あいつらって……。おれと紫苑のことか？」

「そう」

「で、どうやって、おまえは……」

「うちに警察が来たの」

「警察？」

「あいつだよ、新宿署にいた下品な刑事」

「糸居か」

「糸居。もう一人、女の刑事」

「スリーパーがいるところに糸居が来たんだな？」

「糸居はあっさりやられた」

「殺されたのか？」

「殴られただけ。全然頼りにならなかった。弱すぎるよ。あいつは逃げた」

「何て、だらしのない奴だ。態度ばかりデカくて、本当に能無しの役立たずだな。いっそ殺されちまえばよかったのに。糸居のクソ野郎。で、お前は今どこにいるんだ？」

「今、警察にいるの」

「警察で何してるんだ？」

「強盗に襲われたって言ったから」

「何か警察に話したのか？」

「ずっと黙ってる」

「よし、それでいい。何も言うな。黙ってろ」

「だけど、怖いの。また、あいつが来たら、どうしよう？」

「そのときは……」

いきなり電話が切れる。

「あれ、切れたようね。気付かれたのかしら」

田淵が首を捻《ひね》る。

「別に構わない。長くしゃべってくれたおかげで簡単に居場所がわかる」

佐藤が熱心にパソコンを操作する。

「よかったと喜びたいところだが、おれとしては何となく釈然としないというか、もやもやした気分だ」

糸居がぼやく。

「おまえが周りからどう見られているか、少しはわかったか？　甘粕龍一だけでなく、佐藤さんからも……」

薬寺が笑いをこらえながら、佐藤に視線を向ける。

「そう気を落とすなよ。あっさりスリーパーにノックアウトされたのは事実なんだし」

珍しく、あおいが糸居を慰める。

「佐藤さんて、実は面白い人なのかな」

栄太がつぶやく。

「奥が深い人だというのは間違いないわね」

田淵がうなずく。

「龍一の居場所がわかった。千葉県の成田にいる」

佐藤が言う。

六

龍一の前にドラゴンが立っている。迷彩柄の軍服を着て、同じ色合いの軍帽をかぶり、黒いブーツを履いている。まるで女性兵士のようだ。

「誰に電話してた？」

ドラゴンの手には龍一の携帯電話がある。

「何だ、このクソ女は？　いきなり部屋に入って来やがって」

「質問に答えろ」

「うるせえ」

「……」

ドラゴンの右手が素早く動く。龍一の横っ面を張り飛ばしたのだ。あっ、と叫んで龍一が仰向《あおむ》けにひっくり返る。

ドラゴンは携帯電話を床に落とし、ブーツで乱暴に踏みつける。

「何をしやがるんだ」

鼻血を出しながら、龍一がドラゴンを睨《にら》み、

「おい、何とかしろよ」

と、高桑に声をかける。

「……」

高桑は部屋の隅で凍りついたように立ち尽くしている。ドラゴンが恐ろしい殺し屋だと知っているからだ。下手なことをすると、何をされるかわからないと承知している。

「誰なんだよ、この女は？」

「うちの総長と『ルシファー』の会長が雇ったんですが……」

「ちくしょう、親父に雇われたくせに、ふざけた真似をしやがって」

「……」

ドラゴンが龍一の腹に蹴《け》りを入れる。固いブーツなので、かなりの衝撃である。

龍一は呻《うめ》き声を発し、体を丸める。苦悶《くもん》の表情である。

「おれを守るために雇われたんじゃないのかよ……」

「違う。スリーパーを殺してくれと頼まれた。ボディガードじゃない。仕事の邪魔をする者は殺す。おまえのために自分の命を犠牲にするつもりはない。わかったか？」

「……」

「わからないか？」

ドラゴンがまた蹴ろうとする。

「待て、わかった。邪魔はしない」

「勝手に電話するな。計画が狂う。今度見付けたら、おまえを殺す。わかったか？」

「……」

「わからないか？」

「わかったよ。わかったから、もうよせ。おとなしくする。どこにも電話はしない」

「それでいい」

ドラゴンが部屋から出て行く。

「……」

その後ろ姿を見送りながら、龍一が呆然《ぼうぜん》とする。

「大丈夫ですか？」

高桑がティッシュケースを差し出す。

まだ鼻血が出ているのだ。

ティッシュで鼻を押さえながら、

「見張られてるってことだよな？　この部屋のどこかに監視カメラがあるってことだろう」

龍一がつぶやく。

紫苑とビリヤードをして三〇万巻き上げたが、その気分のよさも吹っ飛んだ。

七

太郎が電車に乗っている。

最初は成田駅に行くつもりだったが、途中で気が変わり、成田空港駅に行くことにした。どちらで降りても、目的地までの距離はそれほど大きく違わないと気が付いたからだ。錦糸町から成田空港駅行きの快速電車に乗った。ゆっくり計画を練るために、グリーン車に乗ることにした。平日だからなのか、がらがらだった。おかげで静かに考え事をすることができる。窓の外には田園風景が広がっている。

もう佐倉《さくら》を過ぎたから、あと三〇分もすれば成田空港駅に着くだろう。

八

糸居、あおい、田淵、栄太の四人は覆面パトカーで成田に向かっている。運転しているのはあおいで、助手席に糸居、後部座席に田淵と栄太が坐《すわ》っている。

首都高で事故渋滞に巻き込まれたが、東関東《ひがしかんとう》自動車道に入ってからは、スムーズに流れている。

「班長も、案外、気が小さいよなあ。がっかりだぜ。なあ、栄太、そう思わないか？」

「拳銃《けんじゅう》のことですか？」

「ああ、そうさ」

出発前、糸居は拳銃の携帯を許可してくれるように頼んだが、薬寺にあっさり却下された。

「気が小さいんじゃなくて、わたしたちを守ろうとしてくれてるんだよ」

あおいが言う。

そもそも、四人は捜査に行くのではない。調査なのである。道寸が成田に別荘を持っていることを糸居が思い出し、その様子を見に行くという体裁なのだ。

ただの調査という建前なのに拳銃を携帯できるはずがない。そんなことをすれば、危険な場所だと承知して出かけることになってしまうからだ。

だから、別荘で何か異変が起これば、直ちに警察に通報し、自分たちは何もせずに遠くから見守るという形を取らざるを得ない。

本来であれば、千葉県に出向くわけだから、千葉県警との連携も必要である。ＳＭ班には広域捜査の権限がないので、理事官か管理官を通して千葉県警と情報を共有しなければならないが、それができない。ばれるからだ。それ故、どれほど嘘臭くても捜査ではなく、調査だということにしなければならない。

薬寺としては、龍一の所在地を違法なやり方で知ったことをできるだけ隠したいのである。わが身だけでなく、メンバー全員を守るためだ。

「それにしたってなあ……」

糸居としては納得できないようだ。

「拳銃の携帯を頼むくらいなら、管理官に話しても同じじゃん。どうせ、拳銃なんか持って、どこに行くんだっていう話になるわけだから」

「それでもいいんじゃないのか？　成田の別荘に警官隊を送れば、少なくとも血の雨が降ることはないぜ」

「それだと問題の根本的な解決にならない。問題を先送りするだけだよ。スリーパーを逮捕できればいいけど、逮捕できなければ、いずれまた二人を狙うわけだから」

「別荘にいる手下どもは、たぶん、拳銃くらい持ってるから、銃器の不法所持で逮捕できるだろうが、龍一と紫苑の逮捕は無理だな。あいつらを刑務所に放り込むことができれば、スリーパーも手出しできないだろうが」

「スリーパーが別荘に近付くところを逮捕するのがベストだよね。誰も死なずに済む」

「それは難しいだろう。ナオミのマンションでは手加減してくれたが、今度は、そうはいかないだろうからな」

「それは、こっちも同じだよ。手加減しない」

あおいが真剣な表情で言う。

九

ウィスキーの水割りを飲みながら、紫苑が遊戯室でビリヤードをしている。龍一に負けたせいか、機嫌が悪い。そばにいるのは鯖江だけだ。

そこに、ドラゴンがやって来る。

「あんたも遊びたいのか？」

紫苑がにやりと笑う。

「スリーパーが来る」

「え、ここに来るのか？」

「来る……」

舌打ちすると、ドラゴンはタガログ語で何か言う。

この別荘にいる者たちは好き勝手に外部と連絡を取っている。こんなにガードが緩ければ、予想よりもずっと早く、スリーパーはここを突き止めるだろう、と言ったのである。紫苑はタガログ語が少しわかるので、大体の意味をつかむことができた。鯖江に通訳してやる。

「これから先、緊張しなければならない。わたし、あなたの命、守らない。自分たちで守れ」

ドラゴンが踵《きびす》を返して遊戯室から出て行く。

「気持ちの悪い女だなあ」

「一流の殺し屋なんて、普通の人間とは違うんでしょう。あの女の言うことを聞き流すのも心配だから、部屋に戻りますかね？」

「戻って、どうするんだよ？」

「ここにいるよりは……」

「お」

紫苑が戸口に顔を向ける。

龍一と高桑が立っている。龍一の顔には、まだ鼻血がいくらか残っている。

「どうしたんだよ、その顔は？」

「ドラゴンに殴られた。携帯も壊された」

「マジかよ」

「頭がおかしいよ」

「ああ、それはわかる。ここにも来たぜ」

「え」

「安心しろ。もう出て行った。何か用か？」

「することもないから、もう一勝負どうかと思ってな。さっきの負けを取り戻したいなら、賭《か》け金を倍にしてもいいぞ。そっちの負けが膨らむだけかもしれないけどな」

「面白いじゃないか。よし、勝負だ。今度は本気を出すぜ」

「そうしろよ」

龍一は高桑を振り返り、ハイボールを作ってくれ、と頼む。

「はい」

「よし、始めるか」

「いつでもいいさ」

龍一がキューを手に取る。

二人がゲームを始める。

高桑と鯖江は、ビリヤード台を挟んで、それぞれ反対側の壁際に立っている。互いに目を合わせようとしないし、酒を飲もうともしない。相手を警戒しているのだ。少しも気を許していない。

一〇

別荘の正面玄関、そのすぐ横に管理人室がある。

別荘の内部はもちろん、敷地内のあちらこちらに設置された五〇台以上の防犯カメラ映像を、壁にずらりと並べられたモニターでチェックできるようになっている。モニターは二〇台ある。ボタンひとつで映像を切り替えることができる。

もっとも、普段、使用人だけしかいないときには、管理人も警備員も映像を真剣にチェックしたりしない。道寸が滞在するときだけ、警備が厳重になるのだ。

今は、ドラゴンが管理人室に居座っている。ドラゴン自身の希望である。

部屋の中央に置かれたテーブルの上には、ドラゴンが持ち込んだ様々な武器や装備品が並べられている。拳銃、サブマシンガン、サバイバルナイフ、手榴弾《しゅりゅうだん》、発煙筒、照明弾、赤外線ゴーグル、ガスマスク、ヘルメット、防弾チョッキ、携帯型のロケットランチャーなどである。

地下室から戻ってきたドラゴンは、それらをざっと点検する。何も異常がないことを確認すると、モニターの前に置かれた椅子に坐《すわ》り込む。コンソメ味のポテトチップスを食べながら、モニターに目を凝らす。

龍一と紫苑の部屋の映像もある。

今は誰もいない。

遊戯室の映像に、龍一と紫苑がビリヤードをしている姿が映し出されている。

別荘の周囲に設置された防犯カメラ映像には、ふたつの組織の構成員たちが二人ひと組で絶え間なく巡回している姿が映っている。選《よ》りすぐられた精鋭たちで、拳銃《けんじゅう》やナイフで武装している。

ドラゴンは、彼らをまったく当てにしていない。どれほど数が多くても、ドラゴンの目から見れば、所詮《しょせん》、素人である。スリーパーにかなうはずがないのだ。

それでも何の役にも立たないわけではない。スリーパーに殺されることで、スリーパーの居場所をドラゴンに教えてくれるという重要な役目を担っているのだ。つまり、捨て石である。死ぬことによって役目を果たすことができるのだ。

一一

電車を降りると、太郎は駅前のレンタカーショップに行く。

受付の女性に、

「どのプランになさいますか？」

と訊《き》かれ、ちょっと迷ったが、二四時間プランを選んだ。一二時間プランというのもあるが、半日で決着するかどうか予想がつかない。太郎としては今夜中にはケリをつけたいので、二四時間プランにしたのである。

書類に記入したり、支払いをしたり、車にある傷を確認したり、車を返す場合や車を返すのが遅れた場合にどうすればいいかという説明を受けたり、そういう細々としたことを終えて、ようやく太郎は出発することができた。別荘の周辺地図は頭に入っているから、カーナビをセットしなくても不自由を感じない。

ふたつの組織がどういうやり方で別荘を守っているのか、そのためにどれくらいの人数を配置しているのか、ということは調べようがない。

最も気になるのは、どこでドラゴンが待ち伏せているのかということだ。

ギャングなど、何人いても少しも恐ろしいとは思わないが、ドラゴンは別だ。警戒し、怖れなければならない手強《てごわ》い相手である。

わからないことが多すぎる。

それだけリスクが大きいということだ。他人に依頼された仕事であれば、こんな無謀なやり方で敵の懐に飛び込んだりはしないだろうな、と太郎は考える。

四〇分ほど車を走らせる。信号待ちの時間がほとんどなかったので、わずか四〇分でもかなりの距離を進んでいる。

（このあたりにするか……）

別荘から二キロくらい離れた場所に車を停め、人目に付かないように草むらに車を隠す。どこに見張りがいるかわからないし、別荘の周囲一キロ以内に民家がないことは知っているので、迂闊《うかつ》に車で近付くのは危険だと考えた。ここからは歩くつもりだ。

リュックから必要なものを取り出すと、リュックは車に残す。身軽である。

別荘に向かって、太郎が砂利道を歩き出す。

時折、足を止めて耳を澄ます。

風の音しか聞こえない。

一二

「その先のサービスエリアに寄ってくれ」

糸居が言う。

「え、何で？　もうすぐ高速を下りるのに」

「わかってるよ。だから、寄ってくれと頼んでるんだろうが。腹が痛いんだ」

「ハンバーガーを三つも食べるからだよ。コーラもがぶ飲みするし」

あおいが呆《あき》れる。

東関東自動車道に乗ってから、トイレ休憩のために一度サービスエリアに寄った。そのとき、食事もした。あおい、田淵、栄太の三人は軽めだったが、糸居一人だけはハンバーガーを三つと大盛りのポテトフライを食べた。

「普段はハンバーガーなんか食べないし、コーラも飲まないんだよ。戦闘の前に体力をつけようと思ったんだ」

「は？　戦闘って何のこと？　戦闘になんか関わらないんだよ。わたしたちは、ただの見張り役なんだから。やばそうなことがあったら、通報するだけの役目なんだからね」

「実際、どうなるかなんてわからないだろうが」

「あんたねえ……」

「できれば、わたしもトイレに行っておきたいわ」

「ぼくもです」

田淵と栄太が言う。

「それなら仕方ないですね」

あおいがうなずき、車線変更してサービスエリアの方に車を走らせる。

「態度が違いすぎないか？　一種のパワハラだぞ」

「あんたの存在そのものがパワハラじゃん」

「どういう意味だよ？」

「あんたがいるだけで周りにいる人間が不愉快になるっていう意味」

「ふざけるな」

「最初、あんたと班長が本庁に残って、四人だけで新宿署に来たよね？」

「それが？」

「すごく平和だったんだよね。チームワークが取れて、みんなが仕事に集中できた」

「まるで、おれが邪魔者みたいじゃないか」

「だって、その通りだもん」

「おまえなあ……」

「ほら、着いたよ。さっさとウンコしてこい」

あおいがトイレの前に車を停める。

「それこそ、パワハラだぜ」

ぶつくさ言いながら、糸居が車から降りる。

田淵と栄太が顔を見合わせて笑う。

一三

「どうだ、おれの勝ちだぜ」

紫苑が右手を高く上げる。

「たまたま勝ったからって威張るなよ。まだ、おれが五〇万以上勝ってるんだぞ」

お代わりくれ、と龍一が空のグラスを振る。高桑がお代わりを作る。

「まさか、おまえと酒を飲みながらビリヤードをすることになるなんてな」

紫苑が笑う。

「スリーパーのおかげってことか？　別に嬉《うれ》しくはないけど」

「あの朝、車に乗ってた七人のうち、もう五人が殺された。残ってるのは、おまえとおれだけだ」

「それが？」

「この別荘を大勢で固めてるし、あの気味の悪い女もいるが、世の中には万が一ってことがある。おれたちもやられるかもしれない。もうすぐ死ぬかもしれないってときに、一〇万、二〇万なんて金を賭《か》けてもつまらないと思わないか？」

「ああ、つまらない。だけど、他にどうする？　おれたちも武器を持って、スリーパーと戦うか？」

「いや、そんな話じゃない。金じゃなくて、他のものを賭けようぜ」

「何を賭けるんだ？」

「ナオミだ」

「は？　ナオミを賭ける？」

「負けた方がナオミから手を引くんだよ」

「ふざけるな。ナオミは、もうおれの女だぞ」

「おれたちを天秤《てんびん》にかけてるのさ。ムカつくが、それでも、あんないい女はいない」

「そうだ、いい女さ」

「だから、賭けようぜ。命懸けの勝負にふさわしい賞品だと思わないか？」

「おまえの方が下手なんだぞ」

「今は勝ったよ」

「運がよかっただけだろう」

「それなら、ビビることないだろう」

「誰がビビってるもんか。いいだろう。やるぜ。ナオミを賭ける」

「よし、これで面白いことになった」

グラスを空けると、早速、二人はゲームを始める。どちらも真剣そのものの表情だ。

一四

(あれか……)

太郎の目に別荘が映る。情報屋が送ってくれた写真通りの外観である。あと五〇〇メートルくらいであろう。

(ん？)

素早く茂みに身を隠す。人の気配がした。

身を潜めて様子を窺《うかが》っていると、二人の男が歩いてくるのが見える。

(なるほど……)

屋敷の周囲五〇〇メートルくらいの範囲を護衛たちが二人ひと組で巡回しているのだな、と太郎は察する。上着の胸元の不自然な膨らみ具合から判断して、拳銃《けんじゅう》を持っているに違いないし、たぶん、ナイフも持っているだろう、と考える。やり過ごすこともできるが、ここで警備に関する情報を手に入れるのがよさそうだ、と決める。足許《あしもと》に落ちている木の枝と小石を拾い上げる。

二人が太郎のすぐ前を通り過ぎる。

注意力の足りない連中だ、いったい、何を警戒しているつもりなんだと呆れながら、

「おい」

と声をかける。

二人がハッとして振り返る。

そのときには、すでに太郎は二人の目の前にいる。

右側にいる男の喉《のど》に木の枝を突き刺す。鮮血が噴き出し、その男は喉を押さえながら仰向《あおむ》けに倒れる。声を出すこともできず、全身を痙攣《けいれん》させている。

もう一人の男が拳銃に手を伸ばそうとする。

もちろん、そんな余裕はない。

太郎が小石を相手の目に叩《たた》きつける。

うわっ、と叫んで後退《あとずさ》る。

太郎が脚を引っ掛けると、男は地面に転がる。

その体に太郎が馬乗りになる。体を探ると、やはり、拳銃とサバイバルナイフを持っていた。

拳銃は、フィリピン製のスカイヤーズビンガムだ。三八口径の回転式の拳銃である。コルト社のリボルバーのコピーとして知られている。

「別荘には何人いる？」

「誰が言うか」

「いや、言うよ」

隣に倒れている男の喉には木の枝が突き刺さっている。その枝を途中から折ると、それを男の左の耳穴に突き刺す。

男が悲鳴を上げる。

太郎が腕で男の口を押さえる。

耳から木の枝を抜くと、

「次は鼻の穴に入れる。その次は目だ。いつまで耐えられるかな？」

「待ってくれ。話す。何を知りたいんだ？」

「うむ……」

太郎が質問を始める。

その結果、次のようなことがわかった。

別荘を警備しているのは、ふたつの組織の構成員が、それぞれ一〇人、合わせて二〇人だという。それには龍一や紫苑は含まれていないから、実際にはもっと多いだろう。

彼らは拳銃とサバイバルナイフで武装しており、見知らぬ人間が別荘に近付いたら容赦なく撃ち殺せと命令されている。

龍一と紫苑の部屋は二階にあるが、紫苑は地下の遊戯室で過ごすことが多い。

肝心のドラゴンについては何も知らないようだ。

太郎の読みでは、最悪の場合に備えて、つまり、ドラゴンがやられた場合ということだが、龍一と紫苑を別荘から逃がすための脱出手段が講じられているはずだが、それについても知らないらしい。

同じ質問を何度か繰り返したが、男の口からは同じような答えしか返ってこない。嘘をついていないということだ。もう聞き出せることはないと判断し、太郎が立ち上がる。じっと、その男を見下ろす。どうしようかと迷っている表情である。その男は左耳から血を流しながら、不安そうな顔で太郎を見上げている。よく見れば、まだ若い。せいぜい、二〇歳くらいだろう。

「おまえは質問に正直に答えた。だから、生き延びるチャンスをやる。ここから消えろ。戻ってくるな」

弾倉から弾丸を取り出し、拳銃と弾丸を地面に捨てる。サバイバルナイフも放り出す。

太郎が別荘に向かって歩き出す。

倒れている男は、横目で太郎の様子を窺っている。拳銃とサバイバルナイフをちらちら見ている。スリーパーを殺せば、一千万の報奨金がもらえることになっているのだ。今なら簡単に殺せる気がする。サバイバルナイフを拾い上げると、背後から太郎に襲いかかる。

そうなるだろう、と太郎は予期していた。振り返りながら、踊るように軽やかにサバイバルナイフをかわす。

相手の手首、喉、そして、最後に脊髄《せきずい》に手刀をお見舞いする。男が地面に膝《ひざ》をつく。

太郎は背後に回り、男の右腕をつかむ。

「おまえにチャンスをやった。生き延びるチャンスだ。おまえは、それを捨てた」

男の右腕をぐいっと引き寄せる。自分の手で自分の胸にサバイバルナイフを突き刺すという格好になる。

「うっ、うっ、うっ……」

男が口から血を吐き出す。

柄のあたりまで深々とサバイバルナイフを突き刺して、太郎は男の体を突き飛ばす。

ふたつの死体が足許に転がる。

役に立ちそうなものを探す。無線機とイヤホンだ。

二人の死体を草むらに隠すと、太郎はまた別荘に向かって歩き出す。二人が死んでも、まだ二〇人近くの敵が別荘にいる。少しも油断できない。

言うまでもなく、最も手強《てごわ》いのはドラゴンだ。

いったい、どこで、どういうやり方で待ち伏せしているのだろう、と太郎は思案する。

一五

「あと、どれくらいですかね？」

栄太が訊《き》く。

すでに高速道路を下りて、一般道を走っている。

「一〇キロくらいですが、ほとんど信号がないし、道路も空《す》いてますから、もうすぐだと思います」

あおいが答える。

「別荘に車を乗り付けるってわけにはいかないよな？」

「それは、まずいでしょう。近くに停めて、まずは別荘の様子を探らないと」

「だよな」

糸居がうなずく。

一六

太郎は着実に別荘に近付いていく。もう別荘は目の前だ。

護衛のギャングたちを次々に倒していく。できるだけ物音を立てないように静かに倒す。無線のおかげで彼らの動きを察知できるのが大きい。不意打ちを食らわせることができるので、ほとんど抵抗されることがない。

すでに六人倒したが、まだ敵の数は多い。

銃声が響き、耳に痛みを感じる。銃弾が耳をかすめたのだ。

いくら注意していても、別荘の周囲には多くの護衛たちが配置されている。どこかから目撃されたのであろう。

二発目、三発目の銃弾が発射されたときには、太郎は身を伏せ、安全な場所に隠れている。

しかし、その銃声を聞いて、護衛たちが集まってくる。

太郎は動きを封じられてしまう。

一七

「どうだ、おれが勝ちそうだな」

紫苑が愉快そうに笑う。

「まだ勝負はついてないぞ」

龍一が顔を顰《しか》める。

「ゆっくりやるさ。時間はいくらでもあるんだからな」

紫苑が水割りを飲む。

弾《はじ》けるような音が遠くから立て続けに聞こえる。

「あれは……」

「銃声だな。何かあったらしい」

鯖江と高桑が反応する。

「やっと、スリーパーが来たのかな」

はははっ、ぶっ殺せ、と龍一が笑う。

「部屋に引き揚げましょう」

鯖江が紫苑に言う。

「どうする？」

紫苑が龍一を見る。

「勝手にすればいいさ。途中で勝負を投げれば、おれの勝ちだからな」

「何だと、冗談じゃない。誰がやめるか」

「じゃあ、やれよ」

「ああ、やるさ」

「紫苑さん……」

鯖江が顔を顰める。

「うるせえな。放っておいてくれ。龍一がここに残るって言うのに、おれだけ逃げ出せるか。外の様子でも見て来いよ。案外、スリーパーが殺されちまったのかもしれないぜ」

「そうかもしれないな」

龍一がハイボールを飲みながらうなずく。

二人ともかなり酔っている。

一八

管理室。

ドラゴンがモニター画面に目を凝らしている。

別荘の外を護衛たちが走り回る姿がいくつかのモニターに映し出されているが、スリーパーらしき人間の姿は見当たらない。

しかし、スリーパーは来た。間違いない。

ドラゴンは確信する。

椅子から立ち上がると、出かける支度を始める。

頑丈な防弾チョッキを着て、ヘルメットを被《かぶ》る。革製のグローブをはめる。麻の袋にゴーグルとガスマスク、発煙筒、手榴弾《しゅりゅうだん》を入れて肩にかける。拳銃《けんじゅう》を腰に差し、サブマシンガンを肩から吊《つる》す。ロケットランチャーを担ぎ、金属製のケースを手に持つ。そのケースにはロケットが四発入っている。

まるで戦場に向かう重武装の兵士である。

実際、ドラゴンは戦争をするつもりでいる。スリーパーが接近戦を得意とすることを知っているから、ドラゴンは離れた場所からスリーパーを殺すつもりなのだ。サブマシンガンで蜂の巣にするもよし、手榴弾やロケットランチャーで吹っ飛ばすのもよし、という考えである。

管理室を出ると、ドラゴンはゆっくり二階に上がっていく。装備が重いので、動作がスローモーなのである。これだけがドラゴンの弱点と言っていい。

二階に上がると、別荘の正面に面した部屋に入る。

ベランダに出ると、護衛たちが展開してスリーパーを包囲している姿を見下ろすことができる。

ただ、スリーパーらしき人間の姿は見えない。護衛たちの様子から、おおよその見当をつけることができるだけだ。

もっとも、ドラゴンには、それで十分である。

ロケットランチャーと金属ケース、麻袋を下に置くと、ドラゴンはサブマシンガンを構える。

一九

太郎は身動きが取れずにいる。別荘の前で足止めされている。

護衛たちが集まって来るのが予想外に早かったせいだ。

しかも、彼らは容赦なく銃弾を浴びせてくる。仕方ないので、倒した護衛から奪い取った拳銃で反撃する。大して射撃がうまいわけではないので、命中精度は低い。ほんの一瞬、護衛たちを足止めする程度の効果しかない。

護衛たちは、じりじり包囲網を狭めてくる。もたもたしていると、四方から包囲されて袋の鼠になってしまう。

何人かの護衛たちが拳銃を発射しながら一気に距離を詰めようとする。

(まずい)

物陰から顔を出し、太郎は拳銃を撃ちまくる。

と、突然、地面の土が次々に跳ね上がる。正面にいた護衛たちがばたばたと倒れる。

太郎が慌てて顔を引っ込める。

危うく太郎も撃たれるところだった。

体をずらし、違う場所から前方を覗《のぞ》く。別荘の二階に誰かいる。ベランダだ。ヘルメットが太陽の光で反射している。その何者かがサブマシンガンを撃ったのだ。

太郎の味方であるはずがない。当然、敵である。

にもかかわらず、なぜ、護衛たちまで撃つのか?

(ドラゴンか)

そうに違いない。

ドラゴンは護衛たちを狙ったのではなく、どこに太郎がいるのかはっきりわからないから、太郎が隠れていそうな場所に向かって掃射したのであろう。その場所に、運悪く護衛たちがいたということだ。一気に距離を詰めようとしたことが命取りになった。

なぜ、そんなことをしたのか？

ベランダに何か黒っぽく細長いものが見えた瞬間、太郎は、その場から走り出す。相手の意図を察したのである。サブマシンガンでその場に太郎を釘付《くぎづ》けにしてから、より破壊力のある武器で攻撃しようというのだ。吹き飛ばすつもりなのであろう。

ベランダからロケットが発射される。炎と煙を噴き出しながら、真っ直ぐ、太郎がいた場所に飛んでくる。

太郎は前方に身を投げ出す。立ったままでいると爆風で吹き飛ばされてしまうからだ。地面に腹這《はらば》いになったとき、後方で凄《すさ》まじい爆発音が響く。

腹這いになったおかげで、爆風の直撃を避けることはできたものの、それでもかなりの衝撃を受けた。耳鳴りがし、頭の中がガンガンする。意識はあるものの、体を動かすことができない。

二〇

ロケットが爆発するのを見ると、ドラゴンはベランダから発煙筒を何個か投げる。たちまち周囲にもうもうと黒煙が立ち込める。

自分以外の者たちの視界を奪うためだ。

さっきのロケット攻撃でスリーパーは死んだはずだが、それを確かめなければならない。生きていれば止《とど》めを刺す必要がある。

ゴーグルとガスマスクを着け、麻袋を担いでベランダから部屋に戻る。ロケットランチャーはベランダに置いていく。

階段をゆっくり下りて、正面玄関から外に出る。

ロケットで狙った方に歩いて行く。

そこにスリーパーがいるはずだ。

二一

発煙筒の黒煙が立ち込めるのを見て、太郎はドラゴンがやって来るのを察する。

太郎の生死を確かめに来るのだ。

必死に気力を振り絞って起き上がろうとする。

が、力が入らずに倒れてしまう。

それを何度か繰り返して、ようやく、よろよろと立ち上がる。幸い、大きな怪我はしていないようだが、体のあちこちが痛むし、出血もしている。

ほんの何メートルか離れた場所に護衛たちの死体が転がっている。

太郎が倒した数より、サブマシンガンやロケットで殺された護衛の方が明らかに多い。

手足がちぎれたり、頭部がなくなっている死体もある。

護衛たちがあと何人残っているのか、それを確認する余裕も太郎にはない。この場から逃げなければならない。それだけを考えているが、足が思うように動かない。走ることができない。

正面玄関から武装した人間が出てくる。護衛たちとはまるで装備が違う。それがドラゴンだと太郎は確信する。

別荘の外にいたのではやられてしまう。発煙筒を投げたのは、太郎の視界を奪うためだろうし、ドラゴンの方では黒煙の中でも困らないように特殊なゴーグルを用意しているのであろう。

とにかく、広い場所ではドラゴンと戦いようがない。戦うとすれば、狭い場所だ。別荘の中がいい。それなら、ロケットを使うこともできない。

太郎は別荘の裏手に回ろうとする。足が思うように動かないので、もどかしいほどのろくさいが、ドラゴンの動きもスローモーだ。それが太郎には幸いした。

二二

あおいが車を停めたとき、別荘の方から銃声と爆発音が聞こえてきた。別荘までは数百メートルの距離である。

「あれは何だ？　戦争でも始めたのか」

糸居が大声を出す。

「このまま別荘まで行く？」

「アホか。手ぶらで行ったら、おれたちが蜂の巣にされちまうぞ」

「班長に連絡するわ。すぐに警官隊を送ってもらわないと」

田淵が携帯を取り出す。

と、糸居がドアを開けて車の外に出る。何も言わず、別荘に向かって走り出す。

栄太が慌てて車から降り、

「糸居さん、どこにいくんですか」

と叫ぶが、糸居は振り返らない。

「面倒臭い男だなあ」

舌打ちしながら、あおいも車から降りる。

「田淵さんと白峰さんは、ここで待機して下さい。わたしが連れ戻しますから」

糸居を追って、あおいが走り出す。

二三

裏口から太郎は別荘に入る。

できれば、ドラゴンを相手にせず、龍一と紫苑を殺して、さっさと立ち去りたい。

だが、そうはいかない。動きは遅いが、ドラゴンは着実に太郎に迫ってくる。闇雲に迫ってくるのではなく、太郎の居場所を知った上で迫ってくる感じがある。

人間の体温に反応する熱探知装置を持っているのかもしれない、と太郎は考える。市街戦を想定して米軍が開発した装置は、小型で軽量であるにもかかわらず、優れた機能を備えており、イラクやアフガニスタンで大いに役立ったという。

護衛たちの多くが別荘の外で死んだとすれば、別荘の中にいるのは龍一や紫苑など数人と、太郎だけである。龍一や紫苑の居場所をドラゴンが知っているとすれば、それ以外の場所をうろうろしている太郎を追跡するのは容易であろう。

太郎はライターを取り出し、カーテンやソファなど、燃えやすそうなものに火をつける。火災を発生させれば、熱探知装置は役に立たなくなるからだ。

もっとも、炎と煙に太郎自身も苦しむことになるから、いいことばかりではない。

（ドラゴンを倒さなければならない）

そうしなければ、龍一と紫苑に辿《たど》り着くこともできない。二人の前に大きく立ちはだかる壁がドラゴンなのだ。

黒煙の向こうで何かが動いた。

太郎が横っ飛びに転がる。

サブマシンガンが掃射される。壁に無数の穴が開き、キャビネットのガラスが粉々になる。天井からシャンデリアが落下する。いい加減に撃っているのではなく、太郎の逃げ道を塞《ふさ》ごうとしているのだ。

かろうじて反対側のドアから太郎が逃れる。一秒後には、そのドアが木《こ》っ端《ぱ》微塵《みじん》になっている。

逃げながら、太郎はドラゴンを観察した。煙のせいで、はっきりとは見えなかったが、それでもドラゴンが重武装していることはわかる。ヘルメットを被《かぶ》り、防弾チョッキを着ている。頑丈そうなブーツも履いている。全身をがっちりガードしているのだ。拳銃《けんじゅう》で撃ったくらいでは歯が立たないだろうし、ナイフも通らないだろう。一撃で倒すことができなければ、反撃されることになる。それは太郎の死を意味する。

(どうする？ どうすればいい？)

あまり時間はない。追い詰められている。生き残る道を、太郎は必死に考える。

二四

「おい、糸居」

しゃがんでいる糸居の背後からあおいが声をかける。

糸居は血まみれで倒れている護衛のそばにいる。

「見ろよ、死んでるぜ。拳銃でやられたんじゃない。たぶん、マシンガンだな」

「え」

「根こそぎ、やられてる」

「……」

まだ発煙筒の黒煙が漂っているから、視界は悪いが、それでも周辺に何人もの男たちが倒れているのが、あおいにも見える。無慚《むざん》な姿の死体ばかりだ。

糸居が倒れた護衛の手から拳銃を奪って立ち上がる。

「何をするつもり？」

「止めるのさ。ここまで来て、尻尾《しっぽ》を巻いて逃げ出すつもりはないぜ。おまえは戻れ」

糸居が別荘に向かう。

背後で足音がして、糸居が振り返る。

あおいも拳銃を手にしてついてくる。

「一緒に来るのか？」

「当たり前じゃない」

「よし、腹を括《くく》れよ。スリーパーを見たら、すぐに撃て。迷ったら自分がやられる」

「わかった」

あおいがうなずく。

二五

「やばい。逃げた方がいいですよ」

鯖江が紫苑の腕をつかむ。

「ああ、そうらしいな」

紫苑がキューを放り出す。爆発音や銃声など、別荘の外で起こっているのは、とても普通のことではないと紫苑にもわかる。

「おう、龍一、一緒に来るか？」

「紫苑さん……」

鯖江が止めようとする。

「いいじゃないか。最初は置き去りにするつもりだったが、そう悪い奴じゃないってこともわかった。案外、面白い奴だよ」

「おい、どういうことだ？」

高桑が訊《き》く。

「万全の態勢でスリーパーを迎え撃つ計画だったが、どんな計画だって一〇〇％うまくいくとは限らない。だから、ヤバくなったら、ここから逃げ出すつもりだった。そのために車を用意してある」

鯖江が説明する。

「車？　かえって危ないだろう。スリーパーに狙い撃ちされるぞ」

高桑が首を振る。

「ただの車じゃない。要人の暗殺を防ぐために開発された特別仕様の外車だ。拳銃なんかじゃ窓も割れない。タイヤもパンクしないんだ。まあ、装甲車みたいなものだと思えばいい。もちろん、ここに残ってもいいぜ。安全だと思う方を選べばいい」

「おれは装甲車に乗るぜ」

すっかり酔っ払っている龍一が言う。

「まだ勝負はついてないからな」

「いいだろう。このまま空港まで行って、海外に行っちまうか。パスポートもあるし、台湾や韓国なら、すぐに乗れる飛行機があるだろう」

「韓国のカジノで勝負か？」

「それは面白そうだ」

「先のことは空港に行ってから考えましょう」

鯖江が紫苑を促す。

「ああ、そうだな。とにかく、ここを出る」

紫苑が言う。

四人は遊戯室を出て、駐車場に行くことにする。

二六

太郎は追い詰められている。

退却一方である。

得意の接近戦に持ち込むことができないのだ。

ドラゴンとの距離を詰めようとすると、サブマシンガンの掃射が襲いかかる。わが身を守るためには距離を取って逃げるしかない。

しかし、その距離が徐々に詰まってきている。

別荘の見取り図は頭に入っているが、それをまったく生かすことができない。逃げるだけで精一杯である。

またもや掃射を浴びて、隣の部屋に転がり込む。

いやに明るい部屋だ。天井から燦々《さんさん》と太陽の光が降り注いでいる。がらんとして家具らしいものが何もない。

見上げると、天井はガラス張りだ。

ふと、足許《あしもと》を見ると、そこもガラス張りになっている。地下にあるプールの真上なのである。太陽光を採り込むことだけが目的の部屋なのである。

太郎は後退《あとずさ》る。

もはや逃げ道はない。

そこが行き止まりなのだ。

重装備のドラゴンがやって来る。

「スリーパー」

ドラゴンが馬鹿丁寧にお辞儀をする。

「お初にお目にかかります。こんなところで会うのは、とても残念。想像していたより、ずっと若い。いい男ね。殺すのは惜しい。だけど、仕事が大事」

勝利を確信したドラゴンが長広舌をまくし立てる。

「わたしが駆け出しの小娘の頃からの有名人なのに、どうして、こんなに若いの？　ものすごく不思議。教えて。なぜなの？」

「あんたが知ってるのは、おれの親父だ」

「なるほど、ブラッドライン……殺し屋の血を相続したのね。親子二代の殺し屋」

ドラゴンがサブマシンガンの狙いをつけようとする。

「……」

太郎が拳銃を続けざまに発射する。

ドラゴンにはまったく当たらない。

「あなた、拳銃、下手くそ」

「いや、狙い通りだ」

「え？」

太郎が撃った弾丸は、ドラゴンの足許に弧を描くように命中している。

つまり、足許のガラスを割るのが目的なのだ。

と、突然、ドラゴンの足許のガラスが割れ、ドラゴンは地下のプールに落下する。

落下するときにじたばたしたせいで、サブマシンガンや麻袋が体から離れる。

太郎が穴に近付く。

重装備をしているせいで、体を思うように動かすことができず、今にもプールで溺《おぼ》れそうな様子だ。

サブマシンガンを手に取って、ドラゴンに狙いをつける。

しかし、ヘルメットと防弾チョッキを撃ち抜くのは難しいと考えてやめる。

サブマシンガンを肩にかけて麻袋を探ると、手榴弾《しゅりゅうだん》が出てくる。

太郎は両手に手榴弾を持ち、ピンを抜いて、続けざまにプールに落とす。

小走りに、その場から離れる。

数秒後、二個の手榴弾の爆発音が続けて響く。

ほっと一息ついたとき、エンジン音が耳に入る。

窓辺に近寄ると、黒光りした大きな外車が地下駐車場から出てくるところだ。後部座席のウィンドー越しに龍一と紫苑の顔が見える。

窓を割り、その車に向けて、サブマシンガンを掃射する。よほど頑丈なのか、車は動き続ける。

ただ、どこかに不具合が生じたのか、スピードががくんと落ちる。

「……」

どうしようかと思案する。

すぐに何事か思いついたらしく、二階に駆け上がる。

ベランダに出る。

そこにはドラゴンが捨て置いたロケットランチャーがある。金属ケースからロケットを取り出し、ランチャーに装着する。

別荘から走り去ろうとする外車に狙いをつける。

「動くな」

背後から声がする。

肩越しに太郎が振り返る。

糸居とあおいが拳銃《けんじゅう》を構えている。

「それを下に置け。ゆっくりとだぞ」

糸居が言う。

「あのマンションにいた刑事さんたちか」

「指示に従え」

「わかった」

太郎がロケットランチャーを肩から下ろそうとする。

しかし、それは見せかけである。下ろす振りをして、狙いを修正したのだ。目標を捕《ほ》捉《そく》して、レバーを引く。ロケットが発射される。

「あ、この野郎」

糸居が拳銃を撃つ。

太郎の肩に当たる。

よろめきながら、太郎がサブマシンガンを腰に構えて、糸居とあおいに向き直る。

あおいが撃つ。ためらうことなく、二発続けて撃つ。二発とも銃弾が太郎の胸に当たる。太郎もサブマシンガンを撃ちまくる。但し、狙いは滅《め》茶《ちゃ》苦茶だ。もはや狙いを定めるだけの力が残っていないのであろう。

糸居が倒れる。どこかに当たったらしい。

あおいが太郎を撃つ。

太郎が後退り、柵《さく》にぶつかる。仰向《あおむ》けにひっくり返り、柵を越えてベランダから落ちる。あおいが柵に駆け寄ろうとしたとき、爆発音が響く。ロケット弾が外車に命中したのだ。装甲車のように頑丈な車もロケット弾の威力にはかなわない。炎を噴き上げて燃える。一瞬にして鉄の棺桶《かんおけ》と化す。

遠くからパトカーのサイレンの音が聞こえる。

エピローグ

一

五月一九日（水曜日）

バルモンのカウンター席で、薬寺がドライマティーニを飲み干す。渋い顔だ。

成田で戦争まがいの大事件が発生してから、一週間が経っている。

世間は大騒ぎである。

これまで事件らしい事件など何も起こったことのない片田舎で、二〇人以上もの人間が死傷したのだ。

事件の真相に曖昧《あいまい》な点が多いこともあり、ワイドショーは連日、熱心に取り上げているし、新聞や雑誌でも大きな扱いが続いている。

ＳＭ班は活動停止中である。

違法なやり方で情報を入手したことが上層部にばれた。正式な処分が決まるまで、強制的に有給休暇を取らされている。

ただ龍一も紫苑も死んでしまったので、違法行為が表沙汰《おもてざた》になることはなさそうである。つまり、違法行為に関しては、警察が内々に処分できるということだ。

とは言え、そう甘い処分になることはないだろう、と薬寺は覚悟している。

「軽くて停職、重ければ懲戒免職か。この年齢で失業するなんて嫌だなあ……」

薬寺がぼやく。

「どうぞ」

バーテンのジョニー笹岡が、薬寺の前にお代わりを置く。

「え」

「奢《おご》らせて下さい」

「ありがとう」

ジョニーが薬寺から離れていく。一人で静かに飲んでいたいという気持ちを察しているのであろう。

二

「おい、飯だぞ」

優美子がリビングに入ってくる。

「いらない。腹、減ってないし」

栄太は、ソファにだらしなく坐《すわ》り、缶ビールを片手にテレビに顔を向けている。テレビが観たいわけではない。手持ち無沙汰なのだ。

「だらだらしてるねえ」

優美子が反対側のソファに腰を下ろす。

「まだ処分が決まってないから、ただの有給休暇なんだよ。だらだらしたって、いいじゃないか」

「開き直っちゃって」

「放っておいてくれよ」

「ＳＭ班、解体されるかもしれないんだよね？」

「え」

「いいんじゃないの？　もう十分でしょう」

「何だよ、それ」

「捜査の進め方にいろいろ問題はあったにしろ、結果として、『金星連合』と『ルシファー』は大打撃を受けたわ。トップの身内が死んだだけでなく、側近として組織を支えていた高桑や鯖江も死んだ。腕利きのギャングたちも大勢死んだ。どっちの組織も弱体化したわ。立て直すのに何年もかかるでしょう。他の組織に潰《つぶ》されるかもしれない」

「それが？」

「つまり、あんたたちは、そんなすごいことをやったということ。今まで誰もできなかったことをしたんだから、それを誇ってもいいんじゃないのかな」

「おれたちじゃない。スリーパーがやったんだよ」

「スリーパーか……」

優美子が小首を傾げる。

「実在したのかしらね？」

「いたに決まってるだろう。山田太郎と名乗って大勢の人間を殺した」

「でも、死体は見付かってないわけだし」

「糸居さんと柴山さんが撃ったと言ってたよ。確実に何発も命中させたって。まあ、頭や心臓に当たったわけではないみたいだけど」

「本当のところはわからない。それでいいんじゃない？　都市伝説なんだし。あんただって自分の目で見たわけじゃないでしょう？」

「だけど、事務所の近くやホテルにあった防犯カメラに姿が映ってるんだよ」

「そう、山田太郎がね。だけど、それがスリーパーかどうかはわからない」

「……」

「ＳＭ班は、よくやった。新宿署ができなかったことをやってのけた。すごいことよ。解体されるとしたら、個人的にはすごく残念だわ」

「個人的には？」

「ええ、わたし個人としてはＳＭ班はすごいと思うけど、組織論から言えば、あの組織はなくなった方がいいと思う」

「ひどい言い草だね。おれだって、ＳＭ班の一員なんだぞ」

「何も問題ないでしょう？ お父さんがちゃんと次の配属先を考えてるみたいだもの」

「おれは頼んでないよ」

「無理するなって。突っ張ることないじゃん」

優美子が立ち上がる。

「ほら、飯だぞ」

「いらないよ。食欲なくなった」

「線が細いよなあ。そういうところ、少しは糸居を見習った方がいいよ」

三

「遅くなってすみません」

席に着くなり、聡子が頭を下げる。

「いいのよ。突然、呼び出したりしてごめんなさいね」

田淵が謝る。

ファンデーションで隠してはいるものの、聡子の顔にはいくつも青い痣《あざ》がある。また殴られたのだな、と田淵は心が痛む。

「今日は何か？」

「気を悪くしないでほしいんだけど、あなたの力になりたいの」

「わたしの？　どういう意味ですか」

「いろいろ大変だと思うから。その……暴力とか」

「同情ですか？」

「変な意味に取らないでほしいんだけど、何か、わたしにできることがあればと思って」

「翔太が死んだとき、わたしの心は死にました」

「それは……」

田淵がごくりと生唾《なまつば》を飲み込む。

「わたしだって同じよ」

「悲しみを分かち合えるのは、あなたしかいなかったのに、いきなり、実は自分は男ではない、女なのだと言って、わたしから離れていきましたよね？」

「それは……」

「わたしは二度殺された気持ちです」

「……」

「同情はいりません。確かに、殴られたり蹴《け》られたり、大変な毎日です。今の自分が幸せだと言うつもりはありません。だけど、あのときよりは、ましです。心が死ぬよりは、肉体的な痛みの方がずっとましですから」

聡子が立ち上がり、田淵に一礼して立ち去る。

「……」

田淵は呆然《ぼうぜん》としている。

四

五月二二日（土曜日）

伊豆稲取駅を出ると、ハイヤーが待っている。

佐藤が近付き、ウィンドーをこんこんと叩《たた》く。

競馬新聞に夢中になっていた運転手の田中が慌てて運転席から外に出る。

「あ、どうも」

「……」

田中が後部座席のドアを開ける。

佐藤が乗り込む。

運転席に戻ると、田中が車を出す。

「珍しいですね。五月中に二度もいらっしゃるなんて。次は来月の半ば頃かなと思ってました」

「田中さん」

「はい？」

「考え事をしたい」

「あ、なるほど」

「……」

「じゃあ、ラジオで競馬を聴いてもいいですかね？」

「どうぞ」

それから佐藤は何もしゃべらず、田中は競馬中継に耳を傾ける。

やがて、目的地の介護施設に到着する。

エントランスの前に車を着けると、

「いつもと同じくらいですか？」

「うむ」

いつも一時間ほどで佐藤は戻って来る。

田中は駐車場で待っている。

受付で手続きを済ませ、佐藤がラウンジに向かう。

母の登水子は窓際のテーブル席に一人で坐《すわ》っている。スタッフに案内され、佐藤は登水子の向かい側の席に腰を下ろす。スタッフが去ると、

「美知太郎です」

　佐藤が挨拶《あいさつ》する。

　登水子は口許《くちもと》に笑みを浮かべたまま、窓の外に視線を向けている。佐藤の存在を認識しているのかいないのか傍目《はため》には判断できない。

「仕事に余裕ができたので来てみました」

「……」

「お話ししていなかったと思いますが、警察庁から警視庁に異動になったのです。ＳＭ班と呼ばれるおかしな部署ですが、わたしは気に入っています」

「……」

「やり甲《が》斐《い》を感じています。警察に入ってから、こんな気持ちになったのは初めてです」

「……」

「きれいな庭ですね」

「……」

「とても静かだ」

　それきり佐藤は口を閉ざす。

　二人とも黙って庭を眺めている。

　やがて、時刻を確認し、

「帰ります」

と、佐藤は腰を上げる。

受付で名札を渡し、代わりに入館証を返してもらう。駐車場に行くと、田中が居眠りしている。

佐藤がウィンドーを指で叩くと、

「あ、もう一時間経ちましたか」

田中が起きる。

後部座席に佐藤が乗り込むと、田中が車を出す。

「どうですか、楽しかったですか？」

「ああ、楽しかった」

佐藤がうなずく。

五

「ねえ、わたしに連絡するのはやめてよ」

白井《しらい》晶子《あきこ》が嫌な顔をする。糸居の元妻である。

「そう言うなって。おまえの知らないうちに、おれがくたばったら、おまえだって寝覚めが悪いだろう」

「いや、別に。たぶん、平気だと思うよ」

「おれは美《み》優《ゆう》の父親だぞ」

「はいはい」

「気にいらねえなあ」

「この前は太股《ふともも》を刺されたんだよね？　で、今度は肩を撃たれたって？　ああ、どうしてしゃべれなくなるところを撃ってくれないかなあ。せめて、黙っててくれれば、わたしだって少しは優しい気持ちになれるんだけどね」

「ママがパパをいじめるぞ。どう思う？」

ベッドの傍らで絵本を読んでいる美優に糸居が声をかける。

美優は顔を上げると、

「知らない。何も聞こえないもん」

「は？　耳くそでも詰まってるのか」

「バカだねえ」

晶子が糸居を軽く叩く。

「子供なりに気を遣ってるのよ。そんなこともわからないんだから、本当に無神経な男」

「まだ小さいのに、そんな気遣いをするようになったのか。二人暮らしだとそうなっちまうんだろうなあ。かわいそうだ。どうしてもと言うのなら、おれはよりを戻してもいいぜ」

「はあ？」

「そう嬉《うれ》しがるなって」

「勘違いしてほしくないから言うけど、わたし、もう付き合ってる人がいるんだよ」

「え」

「美優にも会わせたよ」

「何だと……」

「ねえ、美優？」

「うん、一緒に遊園地に行ったよ。お人形も買ってもらった。新しいパパ、すごくいい人だよ。カッコいいし、優しいの」

美優がにこっと笑う。

「……」

糸居が絶句する。

六

ベッドに横になり、じっと天井を見上げながら、あおいは何度も同じ場面を思い返している。

スリーパーと対峙《たいじ》し、スリーパーに向けて発砲したときのことだ。

糸居は一発撃ち、それは相手の肩に当たった。

　あおいは三発撃った。三発目は外れたか、当たったにしてもかすった程度だろうが、最初の二発は間違いなく相手の胸に命中した。心臓には当たらなかったかもしれないが、それでも、普通、胸を二発も撃たれれば身動きできなくなるはずだ。

　にもかかわらず、スリーパーの死体は見付かっていない。ベランダから転落し、地面に叩《たた》きつけられたはずなのに、死体はなかった。

　すぐに確認できればよかったが、ロケットが爆発した衝撃であおいもしばらく立ち上がることができなかった。

　その間に、スリーパーに何があったのか、あおいにもわからない。スリーパーを撃ったとき、手応《てごた》えを感じたのかと問われると、よくわからない、というのが正直な答えだ。命中したのは間違いないが、はっきりした手応えがないのでは、どれほどのダメージを相手に与えたのか、何とも言えないのである。

　ドアをノックする音がする。

　あおいが顔を向ける。

「つばさちゃん」

　結城つばさである。

「お見舞いにきちゃった。入っていいですか?」

「もちろん」

「失礼します」

病室に入ると、ベッドの横の椅子に腰掛ける。

「一人で来たの？」

「ううん、待合室に母がいます」

「わざわざ来てくれるなんて……。びっくりした」

「だって、あおいお姉さんが怪我をしたって聞いたから。とても、じっとしていられませんでした」

「つばさちゃんだって大変なのに」

「ううん、わたしなんか大したことないです。この前だって、お姉さんは体を張って、わたしを守ってくれた。今度も命に関わるような大変な事件を解決した。わたし、気が付いたの。お姉さんは次から次へと新しい難しい事件に取り組んでいるのに、わたしがいつまでもひとつの事件に縛られていてはいけないんだって」

「つばさちゃん、強くなったね」

「そうだとしたら、お姉さんのおかげです」

「強くなるのは悪いことじゃないよね」

「本当はマリアも連れて来たかったんですけど、ここは病院だし、やっぱり、まずいかなと思って」

「マリアも元気になった？」

「はい、すっかり元気です」

「よかったなあ、わたしも嬉しい」

「お願いがあるんです」

「何？」

「お姉さんが元気になったら、わたしを鍛えてほしいんです。わたしも強くなりたいんです」

「マジ？」

「駄目ですか？」

「そうじゃないけど……。いいよ、わたしにできることなら協力する。でも、回復するには、ちょっと時間がかかりそうかな」

「毎日、お見舞いに来ますから」

つばさがにこっと笑う。

「……」

あおいは心臓の鼓動が速くなるのを感じる。これなら入院も悪くないな、という気になる。

七

携帯が鳴る。

「はい、本郷です」

「荒木と申します。宍戸浩介の弁護士をしております」

「え、宍戸浩介……」

「例の事件に関して、本郷さんが本をお書きになると耳にしまして」

「それが何か？」

「宍戸がお目にかかりたいと申しております。役に立つお話ができるのではないか、と」

「……」

「興味はありませんか？　もし興味がないのであれば……」

「いや、興味はある。本当に会えるのか？」

「ええ、手配できます」

「それなら会いたい」

八

松岡花梨は悩んでいる。

このままでは自分が駄目になるとわかるのだ。

物理的な意味で、つまり、金銭的に苦しい状況に追い詰められているというだけの話ではない。

むしろ、精神的に追い詰められている。今にも自分の精神が崩壊しそうな危機感を抱いている。

このままでは駄目だ、どこかに突破口を見出《みいだ》さなければ、とにかく、何かしなければ、ともがくように悩み続けている。

その結果、ひとつの光明を見出した。天啓を得たのだ。

九

仏壇には愛里沙と次郎の写真が飾ってある。

できれば、そこに太郎の写真も並べたいが、残念ながら、太郎の写真を樹里亜は持っていない。まだ死体は見付かっていないというが、現場の状況から判断して、太郎が死んだことは間違いないと言われている。

だから、線香を上げて、両手を合わせるとき、愛里沙と次郎だけでなく、太郎の冥福《めいふく》も祈るようにしている。

携帯が鳴る。

「はい？」

「樹里亜さん」

「え、太郎君なの？」

「うん、助けてほしい」

今までにないほど弱々しい声で太郎が助けを求める。

「わかった。何でも言ってちょうだい」

樹里亜の心には迷いがない。

どんなことをしてでも太郎の手助けをしようと決める。

警《けい》視《し》庁《ちよう》Ｓ《エス》Ｍ《エム》班《はん》Ⅲ

スリーパー

富《と》樫《がし》倫《りん》太《た》郎《ろう》

令和4年 3月25日　初版発行
令和6年 12月15日　5版発行

発行者●山下直久

発行●株式会社KADOKAWA
〒102-8177　東京都千代田区富士見2-13-3
電話　0570-002-301（ナビダイヤル）

角川文庫 23090

印刷所●株式会社KADOKAWA
製本所●株式会社KADOKAWA

表紙画●和田三造

ISBN 978-4-04-111316-5　C0193

◆◇◇

角川文庫発刊に際して

角川源義

第二次世界大戦の敗北は、軍事力の敗北であった以上に、私たちの若い文化力の敗退であった。私たちの文化が戦争に対して如何に無力であり、単なるあだ花に過ぎなかったかを、私たちは身を以て体験し痛感した。西洋近代文化の摂取にとって、明治以後八十年の歳月は決して短かすぎたとは言えない。にもかかわらず、近代文化の伝統を確立し、自由な批判と柔軟な良識に富む文化層として自らを形成することに私たちは失敗して来た。そしてこれは、各層への文化の普及滲透を任務とする出版人の責任でもあった。

一九四五年以来、私たちは再び振出しに戻り、第一歩から踏み出すことを余儀なくされた。これは大きな不幸ではあるが、反面、これまでの混沌・未熟・歪曲の中にあった我が国の文化に秩序と確たる基礎を齎らすためには絶好の機会でもある。角川書店は、このような祖国の文化的危機にあたり、微力をも顧みず再建の礎石たるべき抱負と決意とをもって出発したが、ここに創立以来の念願を果すべく角川文庫を発刊する。これまで刊行されたあらゆる全集叢書文庫類の長所と短所とを検討し、古今東西の不朽の典籍を、良心的編集のもとに、廉価に、そして書架にふさわしい美本として、多くのひとびとに提供しようとする。しかし私たちは徒らに百科全書的な知識のジレッタントを作ることを目的とせず、あくまで祖国の文化に秩序と再建への道を示し、この文庫を角川書店の栄ある事業として、今後永久に継続発展せしめ、学芸と教養との殿堂として大成せんことを期したい。多くの読書子の愛情ある忠言と支持とによって、この希望と抱負とを完遂せしめられんことを願う。

一九四九年五月三日